Bouddha, Geoff et Moi

A la mémoire de Jan Hillgruber, Dick Causton et
Charlie Darlington

Bouddha, Geoff et Moi

Une Histoire Moderne

Edward Canfor-Dumas

Traduit de l'anglais par Anne Rougemont

L'auteur souhaite remercier les instances suivantes pour l'usage
de matériel sous copyright: Faber and Faber and Harcourt
Inc. pour les extraits empruntés à «Little Gidding» dans *Four
Quartets* de T.S. Eliot; Daisaku Ikeda pour les extraits de *A
Lasting Peace* (New York: Weatherhill Inc., 1981), pp. 133–134;
Random House Group Ltd pour l'extrait de *Man's Search for
Meaning* de Viktor Frankl, publié chez Rider.

Publié pour la première fois en français par
Mud Pie Publishing, impression par Lane Morris Ltd,
43 Leckford Road, Oxford OX2 6HY,
enregistré sous la référence Co No. 4405635.

ISBN 978-0-993477003

Chapitre Un

Non, rien ne vous prépare au moment où vous rencontrez la personne qui va changer votre vie. Là, je ne parle pas de rencontrer quelqu'un, de tomber amoureux, de décider de fonder une famille et tout ça. Je parle de rencontrer une personne qui change, en profondeur, votre façon de voir la vie, et vous embarque sur un chemin totalement inattendu.

Geoff fut le mec qui changea ma vie. Et je ne cherchais pas à changer. Je n'étais pas à la recherche d'un nouveau sens à ma vie. Je n'étais à la recherche de rien. Sauf d'un verre.

Ça avait été une journée atroce. En fait, ça avait été une semaine atroce. Le lundi j'avais rompu avec Angie, ma petite amie depuis deux ans et demi. Ou, pour être plus précis, elle m'avait largué, invoquant des «différences irréconciliables», la principale étant entre moi et l'homme riche, beau, gentil et sensible avec lequel elle voulait passer sa vie. A partir de là, tout avait commencé à foirer.

A cette période – c'était l'été 2000, juste après l'implosion de la bulle internet – je travaillais pour un magazine d'affaires en ligne, ItsTheBusiness.com, qui était basé dans le joyeux quartier de Holloway. Les start-ups internet tombaient comme des mouches autour de nous, mais tant bien que mal, on parvenait à s'accrocher. Officiellement, mon boulot, c'était de copier-éditer des articles et de vérifier le texte avant qu'il arrive sur notre site web. Officieusement, mon boulot, c'était de réécrire toutes les conneries qu'on nous envoyait pour les rendre ne serait-ce qu'à moitié lisibles, puis d'encaisser les coups de gueule des contributeurs outragés qui ne supportaient pas qu'on change la moindre virgule à leurs chefs-d'œuvre. En dépit du fait que la plupart d'entre eux ne distingueraient pas une virgule d'un trou dans leur tête.

Ce n'étaient pas des rédacteurs professionnels. Oh non. Martin, notre rédenchef, avait imaginé une solution lumineuse: notre «plan marketing de niche», c'était que le magazine serait exclusivement écrit «par des gens du business pour des gens du business». Avec leurs propres mots. Même si la plupart n'avaient jamais tenu un stylo à part pour signer une carte de vœux. Risqué, diraient certains, mais incontestablement bon marché. C'était sur la base d'une telle logique qu'il avait persuadé divers riches amis d'aligner l'argent pour financer le site.

En réalité, ItsTheBusiness.com n'était rien de plus qu'une publication qui incitait ses propres rédacteurs à la financer et, pour moi, qu'un long mal de crâne. La douleur du moment était due à un fabriquant de linoleum de West Bromwich qui menaçait de nous poursuivre pour déformation de propos. Martin, béni soit-il, me pointait du doigt en disant que tout était de ma faute, que j'avais «écrabouillé» l'article du gars au point de le rendre méconnaissable. Ce qui m'avait fait perdre les pédales, puis il y avait eu ce grand déballage et j'avais dit des choses que je n'aurais pas dû dire – je crois que les mots «connard avare» ont franchi mes lèvres. Et me voilà avec un avertissement officiel, en route pour Les Trois Couronnes avec Steve (des petites annonces) et un verre de midi rempli d'indignation.

Je démolis Martin dès la première pinte. Ce n'était pas seulement un salaud pour avoir rejeté la faute sur moi, alors que je ne faisais que suivre ses instructions; c'était un salaud et un dégonflé. Il n'avait pas les tripes d'admettre auprès de ses riches amis qu'il était en train de perdre tout leur argent sur une idée qui ne fonctionnait simplement pas. Dans mon esprit, s'il avait le moindre cran, il lèverait le doigt et se confesserait avant que tout ne parte en fumée. Mais il ne le ferait pas, bien sûr. Trop dur de perdre la face. En plus, il se retrouverait sans boulot.

«Apparemment, ce serait le cas pour vous tous».

Je n'avais pas remarqué Geoff en entrant. J'étais trop échauffé, j'imagine. Il était assis au bout du bar, lisant un journal et fumant une cigarette roulée. Calvitie naissante, dans les cinquante ans, un petit ventre, assez bronzé et le visage tanné. Rien de très remarquable à regarder; rien de remarquable à son sujet tout court, en fait.

«Ouais, je suppose que c'est une bonne partie du problème, mon pote», dis-je, avant de me retourner vers Steve, qui décida que c'était le moment de visiter les WC pour hommes.

«Désolé, je n'ai pas pu m'empêcher d'entendre». Geoff sourit.

«Pas de souci.» Je finis ma pinte et en recommandai une demie – je ne voulais pas retourner bourré au boulot et fournir à Martin d'autres munitions contre moi.

A ce moment précis, Steve sortit bruyamment des toilettes, tout vert. «Nom de Dieu, la puanteur, là-dedans! Il va falloir que j'attende d'être de retour au bureau.»

La patronne prit l'air penaud. Des racines d'arbres avaient endommagé une canalisation, expliqua-t-elle. Elle avait appelé plusieurs compagnies de drainage, mais personne ne pourrait venir avant le surlendemain au plus tôt. Il n'y avait rien à faire, à moins que … Elle regarda Geoff d'un air suppliant. Il grimaça.

«Il faut que tu fasses réparer ça, Shirley. Et comme il faut, tu sais.»

«Oui, oui, je sais. Et je vais le faire. Mais juste pour cette fois, Geoff, est-ce que tu … ?»

Geoff la regarda, soupira, posa son journal et disparut par une porte derrière le bar.

«Il est fantastique», s'enthousiasma la patronne. «Rien ne le perturbe jamais.»

Geoff réapparut, tenant un segment de tuyau de jardin. «Je vais avoir besoin d'un volontaire», dit-il.

Steve et moi nous regardâmes. Jamais de la vie. Mais il n'y avait que nous et deux jeunes nanas, en plus d'un vieux gars avec un chien qui roupillaient dans un coin.

«Ne vous en faites pas, c'est juste pour tourner un robinet.»

Steve secoua la tête, inflexible.

«Toi, alors. Allez, viens.» Geoff me fit un signe de la tête et entra dans les toilettes.

Je regardai Steve.

«Prends une grande respiration», me conseilla-t-il.

Ce que je fis, puis je suivis Geoff.

L'odeur était répugnante, mais pas autant que ce qui allait suivre. Les WC étaient exigus, d'époque victorienne, couverts de carreaux blancs sales, et ils avaient sérieusement besoin qu'on leur refasse une beauté – le genre d'endroit où l'on n'a pas envie de passer plus de temps que nécessaire. Geoff avait roulé ses manches et luttait avec une trappe au milieu de la pièce.

«Connecte ça au robinet, tu veux?»

Il me passa une extrémité du tuyau; je le fixai solidement sur le robinet d'eau froide qui alimentait un lavabo fissuré dans un coin des WC. Je regardai autour de moi … et la vue me retourna l'estomac.

Geoff avait retiré la trappe, révélant une fosse carrée dans le sol … pleine de boue. De la pisse et de la merde et de l'eau. Des morceaux de papier hygiénique qui flottaient. Un préservatif. Mais pire encore, il était agenouillé, en train d'enlever sa montre et de la mettre dans sa poche. Puis il attrapa l'autre bout du tuyau et l'enfourna profondément dans le trou. Son bras entra avec, jusqu'au-dessus du coude.

«Ouvre à fond», ordonna-t-il.

Je tournai le robinet … et le niveau de boue dans la fosse commença à monter. Je jetai un coup d'œil anxieux à Geoff, prêt à arrêter l'eau, mais son regard était fixe. La boue continua à monter, menaçant de se répandre sur le sol. Il y eut un gargouillis et un rot bruyant. Une grosse bulle jaillit à la surface.

Mais la boue continuait à monter. Geoff détourna son visage du trou, essayant de respirer un air un peu moins fétide. Il donna un coup sec pour enfoncer le tuyau plus profondément.

«Plus fort», aboya-t-il, tout son bras inséré désormais, jusqu'à l'aisselle.

J'essayai de tourner le robinet. «C'est à fond», dis-je, ma gorge se serrant. La bière commençait à remonter le long de mon tube digestif. Et la boue s'élevait toujours.

Geoff grogna, grimaçant à cause de l'odeur, s'acharnant sur le blocage. Un grognement, un coup sec. Un grognement, un coup sec. Soudain il sourit. «J'l'ai eu», dit-il. Et comme par magie, le niveau commença à baisser, d'abord graduellement, puis plus rapidement, à mesure qu'il tournait le tuyau à l'intérieur de la fosse, utilisant la force de l'eau pour dégager un interstice de plus en plus large au fond de la canalisation bloquée. Soudain, après un gros bruit de succion, la fosse fut vide. Geoff retira son bras, pris le tuyau dans son autre main, et rinça son bras souillé sous le flot d'eau claire. «Merci» dit-il avec un sourire. «Tu peux retourner à ta bière, maintenant.»

Je m'enfuis vers le bar, hébété par ce que j'avais vu. Simple, droit au but, un … héroïsme n'était pas le bon mot. Des tripes. J'étais abasourdi par les tripes qu'il fallait pour faire ce que Geoff avait fait. J'étais encore en train de le raconter à Steve quand Geoff nous rejoignit quelques minutes plus tard. Il prit sa pinte et la siphonna.

«Tu as nettoyé ce bras, j'espère?» lui demandai-je. «Avec du savon.»

Il tira sur sa manche, tourna son bras dans tous les sens. «Propre comme le cul d'un nouveau-né», dit-il avec un grand sourire.

«Ça ne t'a pas dérangé? De l'enfiler dans toute cette merde?»

Il haussa les épaules. «Fallait que ce soit fait, non?»

«Pas par toi.»

«Non. Mais alors pour Shirley c'est, quoi, encore deux jours au minimum avec cette puanteur. *Si* les mecs se pointent quand ils l'ont dit. Elle perdrait des clients, pas vrai? Je veux dire, moi je ne reviendrais pas avant que ce soit réparé. Et vous?»

Steve et moi secouâmes la tête.

«Et bien alors, si j'avais laissé tomber, qu'est-ce que ça dirait de moi, hein?»

«Que tu es normal?»

Il rit. «Quoi … tu veux dire sans couilles?»

Je fis oui.

Il rit de nouveau. «Le truc, malgré tout, c'est que si tu ne règles pas un problème quand tu peux, il y a de fortes chances que quelque chose de pire arrive plus tard. Un peu comme pour ta situation au travail, me semble-t-il.»

Steve et moi échangeâmes un regard.

«Quoiqu'il en soit …» Geoff ramassa sa boîte à tabac. « … Faut que j'y aille. Merci pour le coup de main». Et sur un petit signe de tête à Shirley, il sortit.

Il y eut un silence qui dura un bon moment. Le vieux bonhomme et son chien étaient toujours endormis. Les filles étaient parties. Je me tournai vers Shirley. «C'est qui?» demandai-je.

«Oh, ça c'est Geoff.» Elle sourit. «Notre bouddha local.»

*   *   *

Je pensai beaucoup à Geoff la semaine suivante, en particulier à cette petite remarque sur ma situation au boulot, qui serait comme le trou à merde du pub. Je ne suis pas sûr que c'est exactement ce qu'il avait voulu dire, mais c'est comme ça que je l'avais pris. En tout cas, ça sentait très mauvais au bureau. Tout le monde savait ce que j'avais dit à Martin et que j'avais reçu un avertissement officiel. Nous nous évitions autant que deux personnes le peuvent dans un espace limité: une grande pièce avec une demi-douzaine de bureaux cloisonnés plus petits, dont émanait l'incessant claquement des claviers. Chaque fois que nous devions nous parler seul à seul, nous nous montrions concis, neutres, professionnels. Ce qui était très bien, sauf que nous savions que tous les autres étaient sur les charbons ardents, aux aguets, attendant la prochaine explosion. C'était parfaitement épuisant pour être honnête. Mais pour ce qui était de plonger mon bras dans le problème pour le régler, je ne savais vraiment pas quoi faire. Je sais que traiter Martin de con n'était pas exactement finaud, mais il avait été totalement à côté de la plaque en mettant la faute sur moi face à l'Homme Lino de Birmingham. Les choses se calmèrent lorsque celui-ci décida de ne pas nous poursuivre, finalement … faute de réel motif. Mais il annula son abonnement et jura de nous dénoncer à la Confédération de l'industrie britannique, au Département du commerce et de l'industrie et à toutes les chambres de commerce des Midlands de l'Ouest. Le tout étant de ma faute, selon Martin.

J'étais retourné aux Trois Couronnes une ou deux fois durant cette période, espérant tomber à nouveau sur Geoff. Quelque chose chez lui me faisait penser qu'il pourrait m'éclairer un peu sur ma situation. Mais Shirley me dit qu'il ne passait que de temps à autre, et presque jamais à l'heure du déjeuner. J'essayai de lui soutirer des informations à son sujet, mais elle ne savait pas grand-chose, en fait, seulement qu'il était bouddhiste – d'où le surnom – et que c'était en gros un type sympa; un interlocuteur intéressant, quelqu'un qui savait écouter. Et qu'il avait l'esprit très pratique, dit-elle, avec les pieds sur terre; et elle ne parlait pas que pour les canalisations, qu'elle avait finalement fait réparer pour de bon.

Mais elle avait quelques doutes sur le fait qu'il soit réellement bouddhiste, parce qu'il fumait et buvait, qu'un jour elle lui avait servi un pâté de viande et qu'une fois il avait vraiment perdu son sang-froid et juré lors d'une dispute avec un gars. Elle ne savait pas à quel sujet, «mais ça ne peut pas être bien, non? Je veux dire qu'ils sont supposés être tout pacifiques, pas vrai, les bouddhistes?» Je dis que je pensais que oui et sortis. J'étais déçu de ne pas l'avoir trouvé, pour être honnête.

Puis, quelques jours plus tard, veine incroyable, je tombai sur lui alors qu'il sortait de chez un marchand de journaux et que je me dirigeais vers le métro, après le travail. «Oh, le dieu du débouchage de canalisations!», m'exclamai-je, sincèrement heureux de le voir.

Il me fixa d'un regard vide pendant un instant, puis le déclic se fit. «Ah oui, mon formidable jeune assistant. Comment ça va?»

Et je ne sais pas pourquoi, mais j'ai commencé à lui raconter, de manière vaguement désinvolte, que ça ne s'arrangeait pas au boulot, que les relations entre Martin et moi étaient de plus en plus glaciales, que j'avais le sentiment d'être tendu tout le temps, et isolé, et débordé, et pas apprécié, et rabaissé, et que rien n'allait bien pour moi en ce moment, avec Angie partie et tout, et … Et d'un coup je me retrouvai avec une grosse boule dans la gorge, presque bord des larmes. C'était comme si les digues avaient lâché, ou un truc du genre, ça ne me ressemblait pas du tout.

De toute évidence, Geoff réalisa que je n'étais pas au mieux de ma forme et me demanda si j'avais envie d'une bière.

Je réfléchis environ une nanoseconde et dis «Ouais. D'accord.» Nous partîmes donc pour le pub. Et en y repensant, ce fut le moment où tout bascula.

*   *   *

«Le truc avec les problèmes, Ed», dit-il alors que nous attaquions notre première pinte, «c'est que ce n'est pas vraiment eux, le problème.»

«Hein?»

Geoff sourit. «Ce que je veux dire, c'est que ce n'est pas vraiment eux qui nous font du mal. C'est *nous* qui nous faisons du mal.»

Je ne le suivais pas.

«En gros, tout dépend de la façon dont on regarde les choses; de comment nous pensons et ressentons face à la vie en général et au sujet de nous-mêmes. Et de ce que nous en faisons ensuite.»

«OK …» Je n'étais pas entièrement d'accord, mais allez, donnons-lui une chance – il venait à peine de commencer.

«Disons que tu te sens à plat. Tu n'as aucune foi en toi-même, rien ne semble aller, tu as l'impression que tu ne vas jamais t'en sortir. Ce que j'appellerais un état de vie bas. Ça te parle?»

«Fort et distinctement».

«Eh bien, dans cet état de vie, quand un problème te tombe dessus, il y a des chances que tous les sentiments négatifs sur toi-même ressortent – juste? Du genre «Oh non, pas de nouveau, pourquoi est-ce toujours à moi que ça arrive?» Et cetera, et cetera.»

J'acquiesçai. «C'est l'histoire de ma vie.»

«Voilà. Et se sentir comme ça ne fait qu'empirer les choses. Tu penses que tu ne résoudras jamais le problème, donc tu pars tout de suite perdant.»

J'acquiesçai à nouveau. Pile dedans.

«Mais ce n'est pas le problème qui est le problème, dit Geoff, c'est la manière dont tu le vois, dont tu réagis.»

«Parce que si tu as la moindre confiance en toi – ce que j'appellerais un état de vie plus élevé – le même problème pourrait te rendre nerveux pendant un moment, te filer les glandes ou te déboussoler; mais au fond de toi, tu saurais que même si c'est difficile, d'une manière ou d'une autre, à la fin, tu trouveras un moyen d'en sortir, d'accord? Et si tu es dans un état de vie très élevé, tu accueilleras même le problème à bras ouverts.»

Je rigolai – ça, je ne pouvais pas l'avaler.

«Si, insista Geoff, parce que tu le verras comme un défi. En fait, je pense que dans un état de vie très élevé, tu iras même chercher les ennuis, parce que tu sais que c'est exactement ce dont tu as besoin pour rendre la vie intéressante. Alors la vraie question ce n'est pas 'quel est ton problème?', c'est 'quel est ton état de vie?' et comment tu peux l'élever.»

«C'est des foutaises, dis-je pendant qu'il prenait une gorgée de bière. Personne ne veut des problèmes. Je veux dire, évidemment que s'il y en a un qui arrive, tu dois t'en occuper. Mais rechercher les ennuis … c'est de la folie.»

Geoff posa sa pinte. Je commençais à avoir l'impression qu'il appréciait les discussions musclées. «D'accord, et les entreprises de drainage? Elles aiment les canalisations bouchées, pas vrai? Elles font de la pub pour les canalisations bouchées, juste pour pouvoir venir les déboucher.»

«Seulement parce que tu les paies. Elles ne sont pas comme toi, à coller leurs bras dans la merde juste pour le plaisir. Elles le font pour de l'argent.»

«Très bien, alors ... les alpinistes. Plus l'ascension est difficile, plus ils aiment. Et plus ils prennent leur pied quand ils atteignent le sommet. Ou les surfeurs. Pour un champion de surf, une vague énorme, c'est l'occasion de s'éclater. Pour toi et moi, c'est un mur de la mort.»

Je n'allais pas laisser passer ça. «Écoute, dis-je en avalant une grosse rasade de bière, ce dont tu parles, ce sont des choses que les gens font pour s'amuser ou pour le fric. Ce dont moi je parle, c'est des problèmes dont tu ne veux pas, comme moi qui perds ma petite amie, ou choper un cancer, être au chômage, avoir un accident de voiture, perdre sa maison, ou quand ta famille éclate, ou que ton père devient alcoolique, ou n'importe. Tu sais, les trucs horribles. Les trucs que tu ne souhaiterais à personne.»

«Même pas à ton patron?»

J'y réfléchis l'espace d'une seconde. «D'accord, il y a des exceptions évidemment.»

Geoff sourit, puis sirota dans son verre, pensif. «L'idée, Ed, c'est que les trucs horribles font tous partie de la vie. Tu ne peux pas les éviter. Même si tu vis une vie bienheureuse depuis des années, qui dit que tu ne vas pas tomber malade demain? Ou perdre ton boulot à cause de quelque chose qui est hors de ton contrôle? Ou que quelqu'un que tu aimes ne va pas mourir subitement?»

Je dus avoir l'air un peu déprimé par tout ça, parce qu'il ajouta rapidement: «Je ne parle pas de toi, spécifiquement, mais de tout le monde. La vie est imprévisible. Elle change en permanence et il arrivera toujours des trucs. Alors à moins de développer un tant soit peu notre force intérieure, on sera simplement dépassés quand il se passe des choses difficiles, pas vrai?»

«D'accord.» J'étais prêt à lui concéder ça. «Mais tu ne vas quand même pas aller les chercher, non? A moins d'être un foutu masochiste.»

«Pourtant, certains le font. Les médecins et les infirmières, les psys. Ils vont justement là où il y a de la souffrance, parce qu'ils savent qu'ils peuvent aider. Et ils en tirent de la satisfaction. Ce qui signifie que leur état de vie est déjà plutôt élevé.»

Je n'avais pas de réponse à ça. Il semblait juste ne pas comprendre ce que je disais. Mais qu'est-ce que je disais ? Je ne le savais pas – sinon qu'il y avait quelque chose en moi qui refusait d'accepter ce que j'entendais.

Geoff enfonça le clou. «Je connais un gars, un croque-mort, qui fait partie d'une équipe spéciale qui s'envole pour n'importe où dans le monde dès qu'un avion s'écrase quelque part. C'est son boulot de retrouver les cadavres et les morceaux de corps, de les identifier et de les rendre aux proches pour qu'ils puissent leur offrir des funérailles décentes. Alors en voilà un boulot sacrément répugnant à mon avis, bien pire que d'enfoncer un bras dans une conduite bloquée. Mais ce mec le voit comme un privilège. La souffrance, la tragédie l'affectent, bien sûr. Mais il sait que le fait que quelqu'un se sente suffisamment concerné pour faire ce boulot apporte un réconfort immense aux membres de la famille. Pour eux, la perte est effroyable. Mais il contribue à ce que les choses se passent mieux pour eux, du coup lui aussi se sent mieux.»

«Et donc?»

«Je te l'ai dit. Les problèmes ne sont que des faits. C'est notre attitude envers eux qui nous fait souffrir – ou pas. Et ça, ça dépend de notre état de vie.»

Il vit que je n'étais toujours pas convaincu.

«OK, mettons-le comme ça: si on se sent plus grand que le problème, on s'en sort. Si on se sent plus petit que lui, on souffre. Bien souvent, les problèmes ne font que montrer notre faiblesse et c'est ce qu'on ne supporte pas. Alors on devient malheureux.»

«D'accord. Alors si je suis au fond du trou, c'est parce que je suis un pauvre couillon faible?»

«C'est à peu près ça.»

«Merci.»

Geoff rigola. «T'en fais pas, on est tous dans le même bateau. Et tu peux y faire quelque chose.»

«C'est réconfortant. Comment?»

«Eh bien, ton état de vie n'est pas fixe. Il change d'un instant à l'autre. Alors la question, selon moi, c'est comment le maintenir aussi élevé que possible? Par exemple, si je suis crevé, rien que la pensée de ce que je dois faire le lendemain peut me déprimer. Mais après une nuit de sommeil, le matin suivant, ça ne semble plus si énorme. Les faits n'ont pas changé – moi si.»

«Donc en somme, il suffit d'aller se coucher tôt, c'est ça?»

Geoff ne mordit pas à l'hameçon. «Dormir assez est important, oui … mais il en faut un peu plus que ça.»

«Vraiment?» Je ne parvins pas à éviter le sarcasme dans ma voix

Geoff ne put que le remarquer. «Écoute, Ed, tu passes par un sale moment, pas vrai?»

Je fis oui de la tête.

«Et j'essaie de t'expliquer un truc qui pourrait t'aider. Je le sais parce que je suis passé par là, j'ai même un T-shirt qui le clame noir sur blanc, tout ça … Mais si tu n'es pas intéressé, aucun souci. Je finirai mon verre, te serrerai la main et te souhaiterai bonne chance, mon pote.»

«Non, non … ça m'intéresse.» Je le pensais vraiment. «C'est juste une de mes habitudes, tu sais, être sarcastique.»

Geoff sembla m'évaluer.

«S'il-te-plaît, continue. Et je garderai mon côté sceptique sous contrôle.»

«Tu peux être sceptique tout ce que tu veux, Ed. Mais si tu veux juste te foutre de ma gueule …»

«D'accord, je suis désolé. S'il-te-plaît, je veux en savoir plus.» Bon Dieu … un vrai susceptible, ma parole!

Geoff me regarda, prit sa décision et poursuivit. «Je pense que tout se résume à trois choses: la sagesse, le courage et la compassion. Si tu parviens à les développer en toi, tu peux utiliser n'importe quel problème pour créer quelque chose de mieux, comme un haltérophile utilise des poids toujours plus lourds, pour devenir toujours plus fort.»

Je fis un énorme effort pour ne pas laisser transparaître le scepticisme sur mon visage – ni dans ma voix. «Très bien. Mais qui le fait vraiment … à part les haltérophiles?»

«Tous les sportifs, pour commencer. Prends un champion de golf. Il sait que pour gagner, il doit battre les meilleurs, pas vrai? Alors s'il perd, quel est le vrai problème? Pas son adversaire, ni le terrain, ni le fait qu'il a plu comme vache qui pisse tout l'après-midi – c'est lui. Il n'a simplement pas été assez bon ce jour-là. Donc s'il veut gagner la fois d'après, il devra bosser son swing, sa sélection de clubs, son jeu d'approche, son putting, son attitude mentale, tout ça. Pareil pour nous. Si on veut être vraiment heureux, on devrait considérer les problèmes comme ça: comme un entraînement qui nous rend plus fort face à la vie.»

Je le regardai, ébahi. «Alors ça, c'est juste … des foutaises.»

«C'est la deuxième fois que tu le dis.»

«Oui» dis-je. «Parce que … parce que c'en est. Les gens ne sont simplement pas comme ça.»

«Mouais … la plupart d'entre nous. Mais certains le sont. Et tout le monde peut l'être. Ou en en tout cas je le pense. C'est impressionnant ce que les gens peuvent faire – s'ils le doivent. Parce que *tous* ont de la sagesse, du courage et de la compassion en eux. Ils ne savent juste pas comment les faire sortir, c'est tout, ou comment les renforcer. Et c'est là que les problèmes entrent en scène.»

Cette fois je ne réussis pas à dissimuler mon scepticisme.

«C'est du bouddhisme, c'est ça? Shirley a dit que tu étais bouddhiste.»

«Ouaip. Utiliser les problèmes de façon positive, nous appelons ça 'transformer le poison en remède'.» Il aspira une petite gorgée de sa pinte. «Mais ce n'est pas exclusif au bouddhisme. Pour moi, c'est juste du bon sens, puisque si la merde arrive de toute manière, le plus vite tu peux la transformer en compost, le mieux c'est.»

Ma gorge se serra.

Geoff dut le remarquer. «Qu'est-ce qu'il y a?»

«J'sais pas, marmonnai-je. C'est juste qu'il y a un truc chez les gens positifs qui me déprime toujours.»

Geoff se mit à rire.

«Sérieusement! C'est comme s'ils avaient pris un genre de pilule du bonheur qui les rend un peu inhumain. Tu as un cancer? Pas grave! C'est le moment de te poser ces fameuses grandes questions que tu as toujours évitées et de devenir une meilleure personne. Ou de trouver Dieu – encore mieux! Ça me donne envie de les frapper, en fait.»

Geoff eut l'air chagriné. «Je vois ce que tu veux dire. Mais si ça peut aider, être positif ne me vient pas naturellement non plus.»

«Tu te forces?»

«Pas exactement. Mais je dois y travailler. Au fond, je suis un peu comme Bourriquet[1]. Je m'attends toujours à ce que les choses tournent mal ou ratent. Et elles le font souvent, ce qui me donne raison. Sauf que j'ai aussi un peu de Tigrou[2] en moi, et Tigrou est toujours d'attaque, pas vrai? Un éternel optimiste. Alors il y a cette lutte constante, et avec les années j'ai appris qu'il valait mieux encourager Tigrou et dire à Bourriquet de

---

1 NdT: Références aux personnages figurant dans les ouvrages classiques de littérature enfantine écrits par l'auteur britannique A.A. Milne et dont le héros est Winnie l'Ourson.
2 Voir NdT ci-dessus

dégager, parce que s'il gagne, je ne ferai probablement rien, ou je me planterai – et une fois encore, ça aura démontré que j'avais raison. Mais quel est le résultat? L'échec. Et qui a envie de ça?»

Voilà qui était intéressant. «Tu veux dire que s'attendre à réussir ou à échouer est juste une question d'habitude?»

«En bonne partie. Et ça a beaucoup d'influence sur le fait que tu gagnes ou que tu perdes. Ça ne garantit rien, bien sûr. Parfois tu gagnes, parfois tu perds, quelles que soient tes attentes. Mais à la longue, je vois des gens qui s'en sortent bien dans la vie en raison de leur attitude fondamentale, de leur habitude de pensée – en particulier face aux problèmes. C'est comme d'être en bonne forme. Ça ne garantira pas que tu gagnes la course, mais ça te donne sacrément plus de chances que si tu craches tes poumons après dix mètres. Le seul truc, c'est que se mettre en forme et le rester demande des efforts, donc tu dois en faire une habitude, là aussi.»

«Nom de Dieu. Ça semble trop être un boulot d'enfer à mon goût.»

«Très bien, si tu veux rester un pauvre couillon faible et triste, à ta guise. Surtout ne fais rien.»

Je le fixai droit dans les yeux et il soutint mon regard. Pourquoi est-ce que je laissais ce quasi inconnu m'insulter? Je ne sais pas. Peut-être parce que j'étais tellement faible, triste et au fond du trou que je ne n'avais même pas la force de lui en tourner une. Ou peut-être parce que j'avais ce sentiment sournois que ce qu'il disait sonnait … juste ? Plus ou moins.

«D'accord, dis-je sèchement. Continue.»

Geoff continua. «En fait, quand tu y penses, nous fonctionnons par habitude pour tout. Par exemple, j'imagine que vous avez régulièrement des réunions au travail, avec les mêmes personnes?»

«Bien sûr.»

«Dans la même pièce?»

«En général.»

«Bien. Je te parie que tout le monde s'assied à la même place à chaque fois.»

Je réfléchis, puis acquiesçai.

«Et pourquoi à ton avis?»

Je haussai les épaules.

«L'habitude. Quand on décide pour la première fois où s'asseoir, on choisit l'endroit où on se sent le mieux. Telle personne s'assied toujours face à la porte, telle autre près du radiateur ou de la fenêtre. Ou près du chef, ou aussi loin de lui que possible, ou à côté d'un pote, peu importe. Ensuite, à moins de s'être vraiment planté – genre on réalise qu'il fait bien trop chaud à côté du radiateur – on ne changera plus. On a trouvé sa zone de confort et on s'y accrochera. En plus, notre choix sera renforcé par le fait que personne d'autre ne bouge non plus. Essaie seulement de t'asseoir à une place différente lors de ta prochaine réunion, et observe la réaction des autres quand ils entreront.»

«Je le ferai.»

«Bien. Fais gaffe, quand même …» Geoff agita un doigt sous mon nez. «Il y a de ça des années, quand j'étais dans le bâtiment …»

«Tu étais dans le bâtiment?»

«J'étais … oui. Quoiqu'il en soit …»

«Tu fais quoi maintenant?»

«Ça n'a aucun rapport avec cette histoire.»

«Ah.»

«Je te le dirai après. Donc je faisais un boulot dans une usine, je construisais un mur. Le premier jour, à la pause, je vais à la cantine et m'assieds à l'une des tables. Au bout de deux minutes, un gars arrive vers moi et pointe son pouce en direction d'une autre table. «Hé, il dit, c'est ma place.» Je regarde autour de moi et il y a des tables libres partout. De toute évidence, il voit ce qui me traverse l'esprit parce qu'il dit: «Ça fait trente ans que je suis là et je m'assieds toujours ici.» Pauvre con, je me dis, et je m'en vais, parce qu'il est clair que c'est bien plus important pour lui que pour moi.»

Je secouai la tête, incrédule.

«Histoire véridique. L'idée, c'est que nous créons tous ce genre d'habitudes, et qu'elles peuvent finir par nous emprisonner. Et la plus puissante habitude de toutes, c'est notre manière de penser, parce qu'elle contrôle notre manière d'agir. On se tire des balles dans le pied en disant qu'on ne peut pas faire ci ou ça, que telle chose est impossible. Peut-être qu'on a peur de ce dont on aura l'air si on se plante, ou peut-être qu'on a échoué par le passé, perdu la foi et qu'on ne veut pas réessayer – alors qu'en fait, si on faisait juste un petit effort supplémentaire, ou qu'on développait une certaine compétence, ou qu'on recevait le bon avis ou le bon coup de main, ou qu'on s'y collait juste un peu plus longtemps, on y arriverait certainement. Je veux dire, regarde tous ceux dans l'Histoire que l'on considérait comme vaincus et qui ont gagné à la fin, simplement parce qu'ils n'ont pas laissé tomber: Robert Bruce[3], Nelson Mandela, Churchill, Dieu sait combien de scientifiques et d'artistes. C'est ma devise, en fait: «La persévérance paie.»

«Et qu'en est-il de tous ceux qui ont persévéré et échoué?»

«Comme qui?»

Je réfléchis un instant. «Hitler. Il n'a pas laissé tomber et regarde ce qui lui est arrivé.»

Geoff soupira. «Si tu penses négativement, Ed, tu peux toujours trouver un exemple négatif.»

«Je mets juste ta devise à l'épreuve, c'est tout. Ou dois-je accepter tout ce que tu dis?»

«La vie serait plus facile si tu le faisais.»

Nous sourîmes tous les deux.

«D'accord, poursuivit-il. J'aurais dû dire un truc sur faire le

---

3 Robert I, dit Robert The Bruce (1274-1329), roi d'écosse, héros national, partisan de l'indépendance de l'écosse.

bien. La persévérance, dans l'intérêt du bien, paie. Sauf que ça en jette moins, pas vrai?»

«Si, admis-je. Mais ça non plus, je ne sais pas si c'est vrai.»

«D'accord, alors restons-en là pour le moment. Mais ce que je veux dire, c'est que j'ai essayé de m'exercer moi-même à ne pas simplement accepter ma manière 'naturelle', c'est-à-dire négative, de considérer mes problèmes. J'ai appris une nouvelle habitude, qui est: montrer un peu de courage et m'attendre à les résoudre. De cette façon, je maintiens un état de vie élevé et en général, je trouve un moyen pour m'en sortir. Et ma négativité ne draine pas toute ma force vitale justement quand j'en ai besoin. La même chose?»

Il désignait du doigt mon verre presque vide.

Je hochai la tête – «Merci» – et il alla au bar. Et moi, aux toilettes.

Il y avait beaucoup de points à ruminer pendant que j'arrosais la cuvette.

Les problèmes, c'est bien. Ce qui compte, c'est l'état de vie. Ce dont on a besoin, c'est de sagesse, de courage et de compassion. Mmm. Mais ce truc sur les réunions était vrai. On s'asseyait effectivement toujours aux mêmes places. J'aimais être dans le coin, loin de Martin. Malgré ça, je ne voyais pas comment utiliser quoi que ce soit de ce que Geoff avait dit pour arranger les choses au travail – sans parler de récupérer Angie. Mais alors que je me retournais pour me laver les mains, j'aperçus le couvercle de la fosse sur le sol, et l'image de lui, agenouillé par terre, me revint en un éclair. On ne pourrait jamais me faire croire qu'il avait vraiment pris plaisir à se retrouver là, peu importe à quel point il était entraîné à penser positivement.

«Je n'y ai pas pris plaisir, protesta-t-il alors que nous entamions notre deuxième pinte. Je faisais simplement ce qui devait être fait.»

«Très bien, dis-je. J'admets qu'il y en a certains, dans ce monde, qui s'éclatent en faisant le bien pour les autres, qui vont dans les zones de guerre, de famine, aident les malades et les mourants – tout le truc à la sauce Mère Teresa. Et j'accepte même qu'il y en a certains qui, pour leur part, apprécient les problèmes.

«Les défis, corrigea Geoff. Si tu penses que tu peux résoudre un problème, c'est un défi, un test de tes forces.»

«D'accord … les défis». Dis-je les dents serrées. «Quoiqu'il en soit et pour faire court, Geoff, je ne suis pas comme ça. Pour moi les problèmes sont juste un truc chiant et je préférerais ne pas en avoir.»

«Bien», dit-il, et il prit une gorgée de sa bière.

J'attendis.

Il posa son verre et me regarda. «Et alors?»

«Alors quoi?»

«Ils sont partis? Tes problèmes?»

Je soupirai – bien sûr que non.

Geoff leva son verre vers moi en souriant … et je repris du poil de la bête pour lâcher la question qui tue.

«OK. Supposons que tout ce que tu dis soit vrai: qu'on a toutes ces mauvaises habitudes dans notre manière de voir les choses et ainsi de suite. La question est: comment tu les changes ? Parce que je n'arrive déjà pas à arrêter de ronger mes ongles, alors ne parlons pas de changer toute ma façon de penser.»

Geoff resta imperturbable. «Bien. Premièrement, rappelle-toi que tu as le choix. Quand tu penses ne pas pouvoir régler quelque chose, tu peux *choisir* de te sentir piteux et impuissant, ou éventuellement de t'en remettre à un autre pour qu'il s'en occupe – si tant est qu'il en ait la moindre envie. Ou tu peux décider de prendre le taureau par les cornes, d'assumer la pleine responsabilité de ce tout qui arrive, même si rien ne semble être de ta faute, et décider de transformer le poison en remède.»

«Oui, mais *comment* – en pratique? Par exemple pour moi et Angie, ou pour Martin-le-Crétin.»

«Eh bien, moi je me servirais de ma pratique bouddhiste.»

Je poussai un grognement. «De la religion.»

«C'est un problème?»

«Sacrément. Je ne supporte pas la religion.»

«Ce n'est pas la première fois que j'entends ça.» Il sourit tristement. «Certains préfèrent qualifier le bouddhisme de philosophie de vie, si ça peut t'aider.»

«Possible ... Si tu peux la mettre en pratique sans la partie religieuse.»

«Tu peux essayer.»

«Très bien, parle-moi de ça, alors. Parce qu'on m'a assez gavé de religion quand j'étais gosse pour me dégoûter à vie. Des conneries, tout ça. Et dangereuses. Je veux dire, regarde les dégâts que ça a fait: guerres, massacres, persécution. Alors ... pas de religion. Juste des conseils réalisables, terre-à-terre, pratiques et utiles sur comment m'y prendre pour récupérer ma copine et régler les choses au boulot. D'accord?»

«D'accord. Mais si jamais tu changes d'avis ...»

Je secouai la tête, très décidé.

Geoff encaissa bravement. «Très bien. Mais ... Nom de Dieu.»

«Quoi?»

«Désolé, ça va devoir attendre. Je devrais être ailleurs depuis cinq minutes.»

Maintenant c'était à mon tour d'être déçu. Mais je l'ai jouée décontracté – «Pas de problème» – tandis que Geoff avalait rapidement sa bière. Nous nous mîmes d'accord sur la date et le lieu d'une prochaine rencontre, puis il me tendit sa main.

«A la prochaine.» Le temps de dire tope-là et il était parti.

C'est étrange, mais alors que j'étais assis là, en train de finir mon verre, j'eus l'impression que quelque chose de bien s'était produit. Je ne pus cerner quoi exactement, dans un premier temps. Puis je réalisai que c'était un truc que je n'avais pas ressenti depuis longtemps. De l'espoir. Je ne savais pas comment, mais ce type m'avait fait me sentir plus positif, même si je n'étais pas vraiment d'accord avec lui. Je me réjouissais déjà de le revoir. Il y avait une chose dont il avait parlé, au sujet de laquelle je voulais le questionner: la force vitale. Il avait dit que le pessimisme la pompait. Mais qu'est-ce que c'était? Et d'autres questions commençaient à affluer, comme ce qu'il faisait pour gagner sa vie ... Il ne me l'avait pas dit finalement. Mais elles devraient attendre.

Toujours est-il qu'en y repensant aujourd'hui, je dirais que ce jour fut indéniablement celui où ma vie commença à changer.

Chapitre Deux

À cette époque évidemment, je ne le voyais pas comme ça. Je ne faisais que recevoir quelques conseils gratuits sur la vie de quelqu'un qui pourrait peut-être m'aider. Je me sentais bien, en forme. Mais ensuite, les doutes ont commencé à s'insinuer en moi.

Je ne savais rien de ce type. Si ça se trouve, il essayait de m'attirer dans un genre de secte religieuse délirante. Peut-être qu'il voulait me séduire. Peut-être même qu'il prévoyait de découvrir mes plus noirs secrets et puis – glups – de me faire chanter. Pas que j'aie des secrets, si ce n'est de cliquer à l'occasion sur un site porno au boulot. Et d'avoir triché à l'épreuve de physique du bac de sciences. Mais quoiqu'il en soit, je commençais à regretter de m'être montré si ouvert avec lui. Et quand je repensai au fait que j'avais failli lui sangloter sur l'épaule dans la rue, une bouffée d'embarras tellement brûlante s'empara de moi que je me mis à suer pour de bon. À ce moment, Steve passa à côté de mon bureau et le remarqua, ce qui aggrava le phénomène. Beaucoup.

«Ça va, mon pote?» demanda-t-il, sincèrement inquiet.

«Ménopause précoce, plaisantai-je, tout en tirant rapidement sur le devant de ma chemise pour créer un courant d'air frais entre le tissu et la peau.

Steve me fixa du regard, comme s'il s'attendait à ma combustion spontanée.

«J'ai juste un point d'ébullition très bas», lui assurai-je, la sueur commençant à couler dans mes yeux. «Rien de grave».

Steve ne bougea pas, fasciné. «Merde, on dirait que t'es en train de fondre.»

«Ha ha!» J'essayai de rire. «C'est bien l'impression que ça fait. Excuse-moi.»

Je me levai et me ruai dans les toilettes, où j'inondai mon visage d'eau froide et revins graduellement à température ambiante. Nom de Dieu, que se passait-il? La seule pensée que j'arrivais à formuler, tout en me séchant, c'était: «Je suis en train de craquer, de faire une dépression nerveuse.» D'abord injurier Martin, ensuite être étranglé par l'émotion en pleine rue, et maintenant ça … J'avais perdu le contrôle de mon Moi Essentiel ou un truc du genre. Je me regardai dans le miroir. Trente-et-un ans et déjà du gris qui pointait sous le noir. Merde. Et Angie disait que je prenais du poids. Je soupirai. C'était vrai. Trop de bière.

Mon apparence était le cadet de mes soucis, cependant. Mon vrai souci, c'était Martin. J'étais convaincu qu'il prévoyait une «réorganisation» … c'est-à-dire de tout lâcher. Les abonnements et la publicité avaient chuté et il passait de plus en plus de temps collé en séance avec des gens qu'on ne connaissait pas … des gens en costume dont il ne révélait pas l'identité …

Puis soudain ce fut le Jour J – mon rendez-vous avec Geoff – et on s'approchait rapidement de l'heure H. L'heure de la décision. Je caressai l'idée de ne pas y aller, mais cela semblait un brin puéril: il n'avait en réalité rien fait qui vaille de se voir poser un lapin. Pourquoi reculais-je? De quoi avais-je peur? J'y réfléchis un instant et la réponse vint. C'était le fait qu'un parfait étranger offrait de m'aider … Pour quelle raison? J'évaluai à nouveau les possibilités: conversion religieuse, sexe, chantage. Et décidai de le rencontrer.

Ce qui me fit basculer, c'est le test des chaises – vous savez, celui concernant les gens qui s'assoient toujours à la même place dans les réunions. Je le tentai cet après-midi-là, lors de notre «conférence éditoriale» hebdomadaire.

J'arrivai un peu en avance et m'assis sur le siège de Julie, en face de la fenêtre – et juste à côté de Martin. Quand les autres débarquèrent, pas un mot ne fut prononcé à ce sujet, mais tout le monde semblait surpris et Julie eut l'air franchement en rogne d'être reléguée à ma place, dans le coin. Et Martin … eh bien, il était clairement mal à l'aise. On pouvait voir le moulin tourner dans sa tête: *Qu'est-ce que mijote Ed?* Il était si nerveux que chaque fois qu'il me parlait, il se penchait en arrière, comme s'il s'attendait à ce que je plonge en avant à tout moment et que je le morde.

Le truc marrant, c'est que je me sentais vraiment plus puissant, comme si cette simple action me conférait davantage d'initiative. Martin n'en répondit pas plus à mes questions inquisitrices sur l'avenir de la compagnie. Mais je pensais que si un changement si minime pouvait affecter toute l'atmosphère d'une réunion, ou du moins la manière dont je la ressentais, alors peut-être que cela valait la peine d'en entendre un peu plus sur ce que Geoff avait à dire.

«Donc … rencontre-le», me dis-je, «mais sois sur tes gardes. Parce qu'on n'est jamais trop prudent quand il s'agit d'accepter des cadeaux de la part d'un inconnu.»

* * *

«J'ai failli ne pas venir», avouai-je tout en déposant nos pintes sur la table. Nous étions dans un autre pub, Le Cygne – long et étroit, avec des tapis décolorés et une machine à sous bruyante dans un coin.

«Et pourquoi donc? Santé!»

«Je me suis dit que tu essayais peut-être de me piéger dans un genre de secte bizarre.»

Geoff poussa le long soupir satisfait d'un homme dont la soif vient d'être étanchée et posa son verre. «Eh bien si ça peut te réconforter, Ed, j'ai failli ne pas venir non plus.»

«Ah bon?»

«Ouais. Je me suis dit, pourquoi voudrais-je passer du temps avec ce loser? Je veux dire, la vie est trop courte. J'ai des trucs à faire, des gens à voir …» Il sourit gaiement.

Je décidai de ne pas me vexer. «Exactement.»

«Mais je ne peux pas m'en empêcher: c'est ma nature de Bodhisattva.» Il sortit sa boîte à tabac pour rouler une cigarette.

«Ta … ?»

«Nature de Bodhisattva. La partie de ma vie qui veut absolument que je fasse le bien. On l'a tous … même toi.»

«Ah ouais?»

«Oui. Simplement, chez certaines personnes, c'est plus développé que chez d'autres. Et chez quelques-unes, ce n'est quasiment pas développé du tout.»

«Comme Hitler.»

«T'as un truc avec Hitler, non?»

«Ah bon?»

«Tu l'as déjà mentionné la dernière fois.»

J'y réfléchis l'espace d'un instant. C'était vrai. «Je suppose que c'est parce qu'il est à lui seul le pire scénario d'être humain, tu vois …»

Geoff lécha la bande collante de son papier à cigarette.

«Même le pire des scélérats aime sa femme et ses enfants. Il possède lui aussi une part de Bodhisattva en lui.»

«Hein?»

«Citation bouddhiste. Elle évoque les différents états de vie que chacun possède: la souffrance, la colère, la joie, l'avidité, l'instinct, l'humanité, et cetera, et cetera – y compris l'état de Bodhisattva. Ce qui signifie que même des Hitler peuvent être bons, parfois, envers certaines personnes.»

«Eva Braun.»

«Entre autres. Et que même des saints peuvent parfois agir comme de vrais salopards.»

«Par exemple?»

«C'était une métaphore.»

«Ah.»

«Même si je pense que Saint Paul s'exprimait un peu rudement, parfois. Quoiqu'il en soit, le bouddhisme dit que chacun possède un côté positif et un côté négatif. Alors la question, c'est: quel côté gagne? Ou gagne le plus souvent.»

«C'est juste du bon sens, non?»

«Le bouddhisme, c'est du bon sens. Du bon sens augmenté.»

«Augmenté de quoi?»

«Augmenté de la partie spirituelle qui ne t'intéresse pas.»

«Juste. Alors, au bon sens!» Je levai mon verre, il leva le sien, nous les cognâmes, nous bûmes. Claquements de lèvres.

«Mais tu ne trouves pas intéressant qu'on se soit senti tous les deux négatifs au sujet de ce soir?» Geoff avait pris un air malicieux.

«Tu veux dire que tu ne voulais vraiment pas venir?»

«Non.»

Je me sentis un peu piteux. Et dire que je pensais qu'il voulait me draguer.

«C'est parce que le positif et le négatif vont toujours main dans la main. Il y a un adage qui dit: un centimètre de bon invite un mètre de mauvais. Ce qui signifie que le positif suscite le négatif. Nous rencontrer était positif, alors il devait y avoir une réaction négative quelque part.»

«Attends. Qu'y a-t-il de si positif à notre rencontre? On est juste deux gars prenant un verre.»

«A un certain niveau, ouais, bien sûr. Mais tu veux avancer dans ta vie, pas vrai ? Ce qui est positif. Je veux t'aider à le faire, ce qui est aussi positif. Donc il doit y avoir une réaction négative quelque part. Ça fait partie de la loi de la vie.»

Je n'y croyais pas vraiment, mais laissai passer … pour le moment. «Si tu le dis».»

«Voilà qui est très sage … Tu apprends.» Il émit un petit rire. «Quoiqu'il en soit, le fait est que plus le positif est fort, plus la résistance négative sera forte. C'est comme faire de l'exercice.» Il tira une bouffée de sa cigarette. «Je sais que c'est bon pour moi, et de temps en temps je me dis, Perds du poids, espèce de gros plouc. Alors j'enfile mes shorts et mes chaussures de course et je commence à battre le pavé. Mais après quelques séances, je regarde par la fenêtre et je vois qu'il fait un peu humide et je me dis Nan ... une prochaine fois. Et la fois suivante, il fait peut-être un brin trop chaud. La fois d'après, ça tombe sur le match de foot à la télé. Et à la fin je me dis, Au diable ce truc de petit soldat, et j'abandonne. En fait, un jour, avant d'être bouddhiste, j'ai rejoint un groupe militant pour la paix – tu vois le genre, anti-guerre, anti-violence, tous des pacifistes. Et ils se détestaient. Toujours en train de se crêper le chignon. Incapables de se mettre d'accord sur quoi que ce soit. Je n'arrivais pas à le comprendre à l'époque, mais maintenant ... eh bien, cela paraît inévitable.»

«Pourquoi?»

«Ils s'efforçaient de créer une cause vraiment positive, donc ils étaient frappés très durement par la négativité: médisance, désunion, toujours à se disputer.»

Je n'aimais pas ce que cela impliquait. «Donc tu es en train de dire que chaque truc bien que quelqu'un essaie de faire va être réduit à néant par la négativité?»

«Pas réduit à néant – frappé. Car une fois que tu sais qu'elle va surgir, ou que tu sais la reconnaître quand elle surgit, tu peux prendre des mesures pour la surmonter. C'est comme un avion lancé sur la piste de décollage. Il va de plus en plus vite et la résistance contre lui s'accroît. S'il continue à avancer, il décollera. En fait, il a besoin de résistance pour voler. S'il ralentit, la résistance va disparaître, c'est sûr ... mais il restera au sol.»

«Donc si je veux m'envoler, je dois continuer à avancer?»

«Traverser ta négativité, ouais. En fait, au bout d'un moment, tu en viendras à voir que la résistance est positive, parce qu'elle te montre que tu essaies de faire ou de changer quelque chose de vraiment important. Ce groupe pacifiste s'est disloqué à cause de la négativité de ses membres. S'ils avaient connu ce principe, ils auraient réalisé qu'elle surgissait seulement parce qu'ils étaient sur la bonne voie ... et peut-être qu'ils auraient persisté et seraient passés au travers.»

Je me grattai la tête. «C'est encore une de tes histoires à la 'le mal, c'est bien', c'est ça? Comme l'idée que 'les problèmes, c'est sympa'.»

Geoff rit. «Je n'irais pas jusque-là. Mais dis-moi qu'on ne rencontre pas souvent la plus grande résistance avec ce qu'on désire le plus. C'est comme une de mes amies, une actrice. Elle est terriblement sur les nerfs avant une audition si elle veut le rôle, mais si elle n'en a rien à faire, elle reste aussi calme qu'un concombre. Et à propos, quand as-tu appelé Angie pour la dernière fois ?»

«Quoi?» C'était un changement de sujet soudain. Il me regardait innocemment. «Pas depuis qu'on s'est séparés.»

«Tu voulais le faire?»

«Bien sûr.»

«Mais il y a quelque chose en toi qui t'en empêche.»

«Je sais juste que ça n'amènera rien de bon.»

«Tu le sais … ou tu as peur que ce soit le cas?»

J'étais sur le point de répondre quand je m'arrêtai. Avais-je peur? Ma parole … oui, j'avais peur. Peur d'encaisser un rejet final, total et définitif.

Geoff poursuivit. «Si tu veux être heureux, comblé, appelle-le comme tu veux, tu dois vaincre ce que les bouddhistes appellent ton 'obscurité fondamentale', ta négativité intérieure. Mais d'abord, tu dois repérer comment elle se manifeste dans ta vie.»

«Hello Darkness, My Old Friend[1] …»?

«Elle-même. Parce qu'elle peut se montrer sacrément tordue … tu sais, subtile. Par exemple: je suis plutôt du genre décontracté, ce qui peut être positif … en général, les problèmes ne m'agacent pas. Mais ça signifie souvent que je ne vais pas trop bouger mes fesses pour les régler. C'est ma part d'obscurité fondamentale.»

---

[1] NdT: Introduction de la célèbre chanson «The Sound of Silence», écrite et interprétée par le duo folk américain Simon and Garfunkel (source: Wikipédia).

Deux filles étaient entrées – une blonde et une brune, toutes les deux canons – et s'étaient dirigées vers le bar. Elles jetèrent un œil alentour, évaluant le niveau des prétendants ... et me regardèrent sans me voir. Je soupirai, déprimé. Pour trouver une remplaçante à Angie – si c'était même possible – il ne suffisait pas que je me montre plus finaud et que je perde un peu de poids. Maintenant il fallait aussi que je m'occupe d'une foutue obscurité fondamentale.

«Ça commence un peu à ressembler à l'église, selon moi» dis-je, ramenant mon attention sur Geoff. «Faire une longue liste de ses défauts, décider d'être une meilleure personne ...»

«Non, non, non.» Il écrasa le mégot de sa cigarette dans le cendrier. Ça, c'est la dualité. Il faut que tu oublies ça.»

«Hein?»

«Il n'y a pas deux boîtes: juste, faux; bien, mal; toi, moi.»

«Non?»

«Non. Il y a *funi*: deux mais non-deux, non-deux mais deux. Ce qui signifie que les choses sont séparées; mais que vues sous un autre angle, elles ne font aussi qu'un. Donc tes défauts peuvent aussi être tes forces. Ce qui est positif peut aussi être négatif et vice versa.»

«*Funi*?»

«Ouais. C'est du bouddhisme. Par exemple, est-ce que tu es têtu, parfois?»

«J'peux l'être.» Une des raisons pour lesquelles Angie était partie.

«Eh bien alors, si tu te montres têtu par rapport à quelque chose et qu'il s'avère que tu as raison, tu es décidé, confiant, déterminé, obstiné, tenace. Mais si tu as tort, tu es buté, arrogant, inflexible, borné ou tout autre terme négatif qui te vient à l'esprit. Le même trait de caractère peut être un plus ou un moins, suivant la situation.»

Je fronçai les sourcils. «D'accord. Mais comment sais-tu quand ce trait est positif ou négatif s'il fait partie de ton caractère? Comment peut-on savoir si on est décontracté ou juste flemmard?»

«Eh bien c'est justement ça, parce que parfois ce qui est positif au départ devient négatif et …» « …vice versa.» Je commençais à piger cette logique renversée.

«Doux Jésus, il a compris!»

Je souris.

«Donc s'il y a un problème, que je n'agis pas et que tout finit bien, j'avais probablement raison de ne rien faire. Mais si tout part en vrille, j'aurais probablement dû me bouger.»

«Bien. Mais comment savoir?»

«Par le résultat … tôt ou tard.»

«Oui, mais ça c'est après coup. Comment sais-tu si être têtu ou décontracté est la bonne chose à faire sur le moment?»

«*Connais-toi toi-même*. Il faut te regarder en face … Et c'est là que ma pratique entre en jeu, la partie religieuse. Elle me force à être totalement honnête avec moi-même.»

«Et sans la religion?»

«Eh bien, j'imagine que tu vas devoir t'entraîner à te poser des questions difficiles – sans relâche, tu vois – et passer les réponses au crible pour détecter les foutaises. Ou te trouver un vrai bon pote pour le faire.»

Mmm. Tout ça me semblait un peu théorique. Et mon vrai bon pote, c'est Angie. C'était. «Très bien, dis-je, voilà une situation réelle. Martin s'en prend à moi. Il me critique sans arrêt. Rien de ce que je fais ne va. J'essaie de faire les choses à sa façon, il y a une couille et ça retombe sur moi. Comme avec Monsieur Linoleum. Et ça me gonfle vraiment. Alors est-ce que je devrais ne pas être en rogne et juste faire avec? Où est le positif, où est le négatif? Et – la question à 100'000 dollars– comment je change les choses?»

«Mmm…» Geoff fit tourner le fond de sa bière dans son verre, pensif. «Le scénario typique du patron déraisonnable et de l'employé victime.»

«C'est ça.»

«Et ça te gonfle qu'il soit injuste.»

«Tout à fait.»

Il renifla. «Comment penses-tu qu'il considère la situation?»

«Il voit son business de rêve partir en fumée et refuse d'en assumer la responsabilité. Donc il cherche à s'en décharger sur quelqu'un d'autre – *moi*[2].»

«Houla, tu as mélangé les points de vue, là, Ed. Lui voyant son business de rêve partir en fumée, c'est bien son point de vue. Lui n'assumant pas ses responsabilités ... ça, c'est le tien.»

«Mais il ne les assume pas.»

«Tu as peut-être raison. Mais comment *lui* voit-il les choses ... et te voit-il toi?»

Je le fixai d'un air ahuri.

«Reviens-en à lui qui voit son rêve partir en fumée.»

Je fronçai les sourcils, essayant de comprendre.

«Mets-toi dans ses chaussures. Il a ce rêve, il a emprunté beaucoup d'argent à ses potes, ça ne fonctionne pas ... alors?»

Je commençai à voir vaguement où il voulait en venir. «Alors ... il subit une grosse pression, j'imagine. Il est stressé.»

«Il a les idées claires?»

J'émis un rire sec.

«Il a peur?»

«Probablement.»

«Bien. Donc comment te voit-il?»

«Il ne m'aime pas.»

«Parce que ... ?»

Je n'y avais jamais vraiment réfléchi.

«Ce que je veux dire, c'est que tu m'as l'air d'être un gars plutôt sympa. Pourquoi pas avec Martin?»

«J'sais pas. C'est juste qu'on ne s'entend pas.»

«Tu l'apprécies?»

«Je pense que c'est un abruti. Et un lâche.»

«Mmm ... Et penses-tu qu'il soit éventuellement possible

---

[2] En français dans le texte.

qu'il l'ait senti … avant que tu ne le lui balances carrément à la figure?»

«Es-tu en train de dire que c'est de ma faute s'il s'en prend à moi?» Sans trop savoir pourquoi, je commençais à m'énerver.

«Je dis juste que c'est dans la nature humaine d'essayer de se protéger quand les gens révèlent nos failles … Surtout si tu essaies de te les cacher à toi-même.»

«Pff.» Je soulevai ma pinte et bus.

«Pourquoi es-tu en colère?»

«Je ne le suis pas, mentis-je. Simplement je ne pense pas que ce soit mon boulot de flatter l'ego de mon crétin de chef.»

«Je n'ai jamais dit que tu devrais le faire. Pourtant tu *es* en colère.»

«Parce que c'est de la psychologie à deux balles, Geoff. Désolé.» Je repris une gorgée.

Il ne fut pas le moins du monde découragé. «Je souligne juste une réalité fondamentale, Ed, que tu es en train de démontrer. La plupart des gens, dès qu'ils se sentent critiqués, se mettent sur la défensive et se hérissent, n'écoutent plus ou se renferment. Comme le fait Martin. Il pense que tu l'as percé à jour. Et chaque fois qu'il te voit, il se sent menacé.»

«Plutôt deux fois qu'une.» Je lui parlai du test des chaises à la réunion de l'après-midi, et de Martin qui s'écartait de moi autant qu'il le pouvait.

«On dirait que ça t'a plu.»

«C'est le cas.» Je souris.

Geoff se mit à rouler une autre cigarette, l'air pensif.

«Quoi?»

«Eh bien, qu'est-ce que ça dit de toi?»

«Qu'est-ce que tu veux dire?» dis-je … sur la défensive, hérissé …

Geoff choisit d'ignorer ma question. «La question, telle que je la vois, n'est pas de savoir si tu as as-tu raison ou si tu as correctement analysé les choses.Probablement que oui. Martin prend des décisions pourries. Ma question est: et alors, quelle conclusion en tires-tu? Qu'il doit être viré? Que tu dois faire en sorte qu'il te vire pour pouvoir toucher l'argent du chômage? Ou que tu dois l'aider à sauver la société?»

«Écoute, Geoff, chaque fois que je fais une suggestion, il la rejette.»

«Probablement parce qu'il la perçoit comme une critique de plus.»

Je soupirai. Il n'en démordait pas.

«Parce qu'il n'a pas confiance en toi.»

«Et pourquoi n'aurait-il pas confiance en moi?»

«Tu picoles à l'heure du déjeuner, pour commencer. Et puis tu ne parais pas impliqué.»

«Impliqué! Avec ce qu'il me paie?»

«Bien. Mais ça, c'est ton obscurité fondamentale.» Il me fixait sans ciller. Je ne comprenais vraiment pas et il le voyait. «Parce que ton environnement de travail est fondamentalement négatif, tu décides d'être négatif aussi. La négativité ambiante fait ressortir la négativité en toi, mais tu penses être dans ton bon droit, ce qui en rajoute à toute cette …»

«Négativité.»

«Oui. Et ainsi de suite … un cercle vicieux classique. Le bouddhisme appelle ça 'la non dualité de la vie et de son environnement': ta vie se reflète dans ton environnement, et ton environnement se reflète en toi. *Funi.*»

Je me sentis pris d'une sensation vertigineuse à l'idée qu'il pouvait bien avoir raison. Je fis une tentative désespérée pour me raccrocher à mes certitudes: «Mais ce mec est un crétin de première ligue, du crétin vingt-quatre carats.»

«Peut-être. Mais c'est son problème. Ton problème, c'est comment tirer le meilleur parti de ta situation. Penser que c'est un crétin et le traiter comme un crétin, est-ce que ça arrange vraiment les choses?»

Je restai silencieux.

«Et si tu appliquais un peu de sagesse, de courage et de

compassion à la situation? Que penses-tu qu'il pourrait se passer?»

«Aucune idée.» Maintenant, je boudais.

Geoff le remarqua. «Encore un?» Il pointait mon verre vide du doigt.

J'hésitai. Je n'étais pas sûr de vouloir en entendre davantage. Tout cela commençait à … me peser. «Bon, d'accord», dis-je.

Il ramassa les verres et alla au bar. Je pensai à Martin … et à la sagesse, au courage et à la compassion. J'avais le mauvais pressentiment que Geoff était sur le point de suggérer que je me mette à ramper devant lui; et c'était une chose que je me refuserais absolument à faire. Les filles avaient acheté leurs boissons et s'étaient installées à une table proche. Je leur lançai un sourire amical. «Ça va?»

«On attend quelqu'un», dit la blonde, le visage dur.

Je hochai la tête – tu parles qu'elles attendaient quelqu'un, bordel – et me détournai. Le retour de Geoff avec deux pintes remplies à ras bord fut une distraction bienvenue. Deuxième round.

«Alors que penses-tu d'un petit peu de SCC?»

Je le regardai sans comprendre.

«Sagesse, courage et compassion.»

Je soulevai mon verre, silencieux.

«Si ça peut aider, dit-il, la compassion est supposée être la mère de la sagesse.»

«Vraiment?»

«C'est ce qu'on dit.»

«Ah. Eh bien tu sais ce que moi je dis, Geoff? Je dis que si quelqu'un devrait appliquer ce SCC ou je ne sais quoi, c'est lui, pas moi. C'est lui Le Patron, moi je ne fais qu'exécuter ses ordres. C'est lui qui aligne les bourdes, jour après jour, pas moi … Et c'est à lui que tu devrais parler.»

Il attrapa le doigt que je brandissais sous son nez et sourit.

«Tu veux entendre un principe bouddhiste vraiment essentiel?»

«Non.»

Il haussa un sourcil.

Je soupirai. «Quoi?»

«Regarde ta main.» Il relâcha mon doigt.

Je regardai.

«Ton index pointe dans ma direction, juste?»

Je fis oui de la tête.

«Et ton pouce est au-dessus. Mais dans quelle direction pointent les trois autres doigts?»

Je regardai à nouveau. Ils pointaient en direction de ma poitrine.

«A chaque fois que tu pointes ton doigt sur quelqu'un, il y a trois autres doigts qui pointent sur toi …Ce qui veut dire que les reproches et la critique, c'est bien, mais que prendre ses responsabilités demande trois fois plus de tripes.»

«Nous y voilà.»

«Quoi?»

«Tu vas me dire de ramper.»

«Pas du tout. J'allais te demander si tu avais entendu parler du Mahatma Gandhi.»

«Évidemment. L'homme qui a mené le mouvement indépendant ayant éjecté les Britanniques de l'Inde en 1947.»

«C'est ça. Eh bien, il est à l'origine de cette phrase magnifique: 'Sois le changement que tu veux voir.' Dans le bouddhisme que je pratique, cela s'appelle 'la révolution humaine', mais ça revient au même. Tu changes ta situation en changeant d'abord *ton* attitude, pas les autres personnes. La plupart du temps, on cherche à modifier l'environnement – en particulier les gens autour de nous – pour qu'il corresponde à notre façon de penser. Mais en général, l'environnement ne veut pas changer. Ce principe dit que si toi tu changes, ton environnement doit changer pour refléter ton changement.»

«Pourquoi le doit-il?»

Geoff aspira de l'air à travers ses dents. «Grande question, ça, Ed. Très grande question. Il faudrait qu'on se lance dans de la philosophie de haut vol pour la décortiquer.»

«Je ne vais nulle part.»

«Moi si. Et de toute manière, après quelques bières, je m'y perdrais probablement. Je t'expliquerai une autre fois, mais pas maintenant.»

Je pris un air déçu.

«Quoiqu'il en soit, l'idée est la suivante: si tu veux voir du changement dans ton environnement et les gens qui t'entourent, travaille sur toi-même. Parce que tu es la seule personne que tu peux influencer à coup sûr.»

«Tu crois?»

«Je l'ai vu se produire maintes et maintes fois. Et avec des gens bien plus mal barrés que toi.»

Ah … Ce qui me fit penser. «Tu fais quoi déjà? Tu sais, comme boulot?»

«Je …» Geoff hésita. «J'aide les gens à y voir plus clair.»

«Opticien?»

Il sourit.

«Ou un genre de consultant?»

«Non.»

«Coach?»

Il secoua la tête.

«D'accord, alors *où* travailles-tu?»

«Partout. A tous les niveaux.» Il sourit, il s'amusait.

«Tu sais, tu te montres très évasif, Geoff. Bientôt tu vas me dire que tu es un fantôme, ou peut-être l'esprit du Bouddha réincarné dans cette enveloppe humaine.»

Il rit. J'attendis. Il resta silencieux.

Je me penchai en avant, le fixant droit dans les yeux. «La dernière fois, tu as bien dit que tu me dirais ce que tu fais dans la vie.»

«Et je le ferai, je te le promets. Quand tu seras prêt.»

Quand je serai prêt? C'était quoi cette histoire?

«Je ne pense vraiment pas que tu comprendrais à ce stade.»

Je pris une profonde respiration.

«Fais-moi confiance, Ed … s'il-te-plaît? Si ce que je te dis ou les conseils que je te donne se révèlent être un tas de foutaises, tu n'auras qu'à t'en aller.»

* * *

Ce soir-là, dans mon triste petit deux pièces, je me sentis franchement déprimé. La première fois que j'avais rencontré Geoff, j'avais ressenti de l'espoir. Maintenant c'était du désespoir. Je n'arrivais pas à m'ôter de la tête l'image de moi, face au bureau de Martin, bégayant que j'avais été un très vilain garçon, mais que j'avais pris conscience de mes erreurs et que je voulais tourner la page et … A chaque fois que j'en arrivais là, j'étais pris de nausée.

Pourtant Geoff n'avait pas tout à fait tort. Avoir raison – et tout le monde était d'accord avec moi au sujet de Martin – ne m'avançait à rien. Mais comment diable pouvais-je changer ma manière de penser? «Réfléchis-y» avait dit Geoff, et je l'avais presque frappé. Pourtant j'étais là, allongé dans le noir, à fixer le plafond et essayer de faire exactement ça: réfléchir.

Rien.

Et puis, pour une raison quelconque, les lettres SCC me vinrent à l'esprit: sagesse, courage et compassion. Et puis la phrase 'La compassion est la mère de la sagesse.' Bien. Mais nom de Dieu, qu'est-ce que ça signifiait?

Je réfléchis. Si on est désolé pour quelqu'un, on … euh … Non, c'est plus que ça. La compassion, ça veut dire … ça veut dire … Se soucier. De quelqu'un. De ce qui lui arrive. De ses hauts et de ses bas. De son bonheur.Mais c'était justement ça, le problème. Je ne me souciais pas de Martin. En fait, je ne me souciais de personne à part d'Angie et … Je m'arrêtai. La terrible vérité venait de me sauter au visage. La seule chose qui m'importait, c'était Angie et moi. Mes parents étaient morts tous les deux. J'avais un frère auquel je ne parlais jamais – on s'était éloignés il y avait des années de cela. J'avais quelques amis, mais on n'était pas vraiment proches. Il n'y avait qu'Angie et moi; ou plutôt, il n'y avait eu. Et dans quelle mesure me souciais-je vraiment d'elle ? Dans quelle mesure ne la voulais-je que parce qu'elle me faisait me sentir bien? Est-ce que je me souciais *réellement* de son bonheur? Quand nous étions ensemble, j'avais simplement supposé qu'elle était heureuse avec moi parce que j'étais heureux avec elle. Jusqu'à ce qu'elle commence à avoir plein de besoins et à se plaindre du fait que je ne faisais rien pour elle, ou que je ne faisais pas attention à elle et tout le blabla. J'avais balayé le tout d'un revers de main, décidant que ce n'était rien de plus que du harcèlement typiquement féminin – et puis elle était partie. Alors est-ce que ça signifiait qu'en vrai, tout au fond de moi, tout ce dont je me souciais, c'était de moi-même? Plus j'y pensais, plus j'en étais convaincu: j'étais un ... petit merdeux, totalement égoïste, superficiel et bon à rien.

J'allumai la lumière, sautai hors du lit et attrapai du papier et un stylo. Puis je m'assis à la table et commençai à rédiger une liste. Il y avait deux colonnes: 'Demain je vais ...' et 'Demain je ne vais pas ...' Tout en haut de la première colonne était écrit: 'Recommencer à zéro avec Martin.'

* * *

J'arrivai au bureau juste après huit heures et demie. Je savais qu'il venait de plus en plus tôt, à mesure que les choses avaient empiré, et je voulais l'attraper pour une bonne discussion à cœur ouvert avant l'arrivée des autres. Je ne savais pas si c'était faire preuve de sagesse, ou de compassion, mais de mon point de vue, ça demandait assurément du courage. Afficher un profil bas face à votre pire ennemi ... Mais j'étais déterminé à le faire. Il fallait que quelque chose change, et après ma prise de conscience de la nuit précédente, je savais que ce devrait être moi. J'étais enfermé dans mon petit monde fait de moi, moi, moi et j'étouffais.

Martin était seul dans son bureau, en train de lire un long fax, quand j'arrivai. Je frappai à la porte et il me regarda d'un œil éteint. Mais sans manifester de surprise, ce qui fut une surprise pour moi: il savait qu'en principe je n'apparaissais pas avant presque dix heures. Toujours est-il que j'étais décidé. J'entrai.

«Je ne te dérange pas, j'espère?»

Il secoua la tête.

Je m'assis en face de lui et pris une profonde respiration. «Écoute, Martin, je sais que les choses ne se passent pas très bien entre nous, ces derniers temps. Enfin, depuis toujours pour être honnête. Nous, euh, nous voyons les choses très différemment parfois. Mais je voulais seulement te dire que j'apprécie les efforts que tu as faits pour la compagnie ... Je veux dire que sans toi, on ne serait pas là. Et j'apprécie tout ce que tu fais pour nous sortir de cette passe difficile côté affaires. Alors à partir de maintenant, mon pote, je suis de ton côté et je ferai tout ce que je peux pour t'aider, d'accord?»

Il me regarda, stupéfait. Je lui fis un bref sourire gêné. Et là, son menton se mit à frémir. Sa lèvre à trembler. Et soudain, il fondit en larmes.

«On a fait faillite», dit-il.

Chapitre Trois

Ma première réaction, ce fut le choc … puis la colère suivit. Pas envers Martin, envers moi-même. Comment avais-je pu ne rien voir venir? Tous les signaux étaient là, mais j'avais été tellement absorbé par l'auto-apitoiement et le foutu bouddhisme de Geoff que je les avais totalement ratés. J'aurais simplement dû partir, me barrer il y a de cela des mois, quand j'avais réalisé pour la première fois que Martin était un parfait imbécile. C'est vrai, comment un mec comme lui serait-il jamais capable de gérer une affaire avec succès? Au lieu de ça, je m'étais accroché, espérant que les choses iraient mieux, malgré toutes les preuves du contraire. Et la nuit dernière … Ha! J'étais là, à me reprocher d'être trop centré sur moi-même, alors que si j'avais été *davantage* centré sur moi-même – et plus malin – je me serais un peu plus soucié de moi et beaucoup moins de Martin.

Ceci fut en gros la teneur de ma tirade téléphonique à Geoff, plus tard dans la matinée. Les choses étaient allées vite après que Martin eut lâché sa bombe. Avant même que tout le monde soit là, les huissiers étaient arrivés et nous avaient littéralement flanqués à la rue; il s'avéra que Martin avait des semaines de retard sur le loyer. Ils cadenassèrent les portes et ce fut fini. On traîna dans le coin pendant un moment, se demandant si – on peut rêver – on nous paierait ce qu'on nous devait, alors que Martin détalait en direction de la banque «pour arranger les choses.» Il avait été frappé d'une soudaine vague d'optimisme débridé … ce qui finit de nous convaincre qu'il avait complètement perdu la boule.

On ne le revit jamais; pas en tant qu'employés du moins, parce qu'il réapparut inopinément dans ma vie quelques temps plus tard. Mais j'y reviendrai.

Il était trop tôt pour le pub, donc nous ne pûmes même pas noyer nos soucis. Au lieu de ça, tout le monde se contenta de rentrer à la maison ou de faire un saut en ville pour une séance de thérapie par le shopping.

Mais j'étais trop remonté pour retourner dans ma petite cellule. J'avais passé la moitié de la nuit à me préparer pour un changement de vie majeur, vous vous souvenez? Donc je tournai en rond pendant un moment comme un lion dans un zoo, puis me retrouvai au téléphone dans un café du quartier, à passer un savon à Geoff. Il resta très calme … ce qui me rendit encore plus dingue.

«Je ne sais pas de quoi tu te plains, dit-il, tu voulais un changement dans ta vie et maintenant tu l'as.

«Pas comme ça, protestai-je. Je n'ai plus de boulot, plus de fric, on me doit un paquet d'argent …»

«Tu vas t'en sortir», ronronna Geoff. Je pouvais presque entendre un sourire dans sa voix. «Dès qu'une porte se ferme …»

« … on t'en claque une autre à la figure!»

Il y eut un bref silence sur la ligne. Puis: «Tu ne connais pas le mot chinois pour 'crise'?»

«Non», aboyai-je. Je n'étais pas d'humeur pour davantage de foutue philosophie.

«Ils l'écrivent avec deux caractères. L'un signifie 'danger', l'autre 'opportunité'. Donc cette situation peut prendre l'une ou l'autre tournure.»

«Comment?»

«Ça dépend des choix que tu fais.»

«Du genre?» Je savais qu'il n'était pour rien dans ma délicate position, mais je me sentais en quelque sorte trahi par le fait que toute la pensée positive que j'avais utilisée, sur son insistance, n'avait servi à rien.

«Je ne sais pas», dit-il.

«Oh, formidable! ricanai-je. Autant pour la sagesse, le courage et la compassion.»

«D'accord. Soit tu peux t'apitoyer sur toi-même et faire un truc stupide … comme casser la figure à Martin …»

«Il s'est fait la malle.»

«Ah. Soit tu peux voir ça comme une chance de tout repenser complètement; et soyons honnêtes, tu pourrais bien ne jamais l'avoir fait si tu étais resté avec lui.»

«Mais hier encore tu me disais de prendre un réel engagement!»

«C'était hier. Les choses changent. Il faut être flexible.» Nom de Dieu. «Et de toute façon, je ne t'ai jamais dit de faire quoi que ce soit. Je ne fais que des suggestions. Tu peux les prendre ou les laisser.»

Je poussai un soupir. Je me sentais trop abattu et en rogne pour entrer dans cette discussion. «Très bien alors, ô Grand Sage, que *suggères*-tu que je fasse maintenant?»

*   *   *

Et c'est ainsi que je me retrouvai, environ une heure plus tard, devant une petite agence d'emploi à l'air sinistre, dans Baker Street: Personnel Personnel appartenait à une amie, avait dit Geoff, une amie qui pourrait me brancher sur un nouveau boulot.

«Ou pourquoi pas sur une nouvelle vie?» avais-je soupiré.

«Eh bien ça aussi, peut-être … si tu demandes gentiment.»

La vitrine était pleine d'affichettes pour des «Opérateurs de traitement de texte! Tarifs imbattables!» et des «Assistants exécutifs personnels– entrée en fonction immédiate!» Pas exactement ce que je recherchais. De plus, je ressentis une méfiance immédiate à l'égard de quiconque abusait autant des points d'exclamation. Le cœur lourd, je poussai la porte et entrai, laissant le grondement du trafic derrière moi. Une femme noire, la fin de trentaine, était en train de punaiser d'autres affichettes enthousiastes sur un panneau fixé au mur.

Elle était tout en courbes, avec une volumineuse chevelure noire et brillante – clairement une perruque – un tailleur noir, de longs ongles vernis et d'épais faux cils. On aurait dit qu'elle auditionnait pour faire partie des Supremes[1].

«Oui?» Une Londonienne. Sans vraiment savoir pourquoi, je m'attendais à une Antillaise.

«C'est Geoff qui m'envoie. Il m'a dit de demander Dora.»

«Ed?»

J'essayai de sourire.

«Subitement disponible?»

«Voilà.»

«Oui, il m'a appelé à ton sujet. Bien, assieds-toi et voyons ce qu'on peut faire.»

Elle me donna un formulaire d'inscription et s'affaira, punaisant des affichettes et arrosant sa collection d'aloe vera, pendant que je le remplissais. Puis elle s'assit et étudia ce que j'avais écrit.

«Pas de religion?» Elle leva les yeux sur moi.

«C'est un critère?»

«J'ai juste pensé que tu étais peut-être bouddhiste.»

«Non, j'ai rencontré Geoff dans un …» J'allais dire 'pub' mais décidai soudain que ça me faisait un peu passer pour un alcoolique. «Dans un cercle d'amis.»

«Au pub, tu veux dire?»

J'hésitai, j'étais démasqué.

Dora émit un petit rire de gorge. «Oui, toujours prêt pour un verre, le Geoff. Bon, qu'est-ce que tu cherches?» demanda-t-elle. «Toujours dans les ordinateurs, internet?»

«Je ne suis pas sûr, sincèrement. Geoff pense que ce pourrait être l'occasion d'opérer un changement radical.»

«Très bien. Alors quel serait ton job idéal, si tu pouvais choisir n'importe lequel au monde?»

---

[1] Groupe de musique féminin américain originaire de Détroit, aussi connu sous le nom de Diana Ross & The Supremes (source: Wikipédia).

La réponse vint spontanément. «Auteur à succès.»

«Ah.» Elle ouvrit une boîte de cartes sur son bureau, remplie d'offres d'emploi, et les parcourut de ses doigts experts. «On en avait une pour ça la semaine dernière, mais … quel dommage.» Elle soupira. «Déjà prise. Désolée.»

Je souris. «Pas de problème. Je me rends bien compte que des opportunités de ce genre sont plutôt rares.»

Elle ferma la boîte d'un coup sec. «Mais c'est bien, au moins tu sais où tu veux aller.»

«Même si c'est impossible?»

«Pourquoi ce serait impossible? Le monde regorge d'écrivains.»

«Mmm … Mais je n'ai aucun talent.»

«Bah, le talent, ça se travaille. L'important ce n'est pas le talent, c'est l'*ichinen*.»

«L'itchiquoi?»

«*Ichinen*. C'est du japonais. Ça veut plus ou moins dire détermination. C'est ce qui est dans ta vie, à chaque instant, et qui te pousse d'un côté ou de l'autre. Alors si tu possèdes une forte *ichinen* pour être écrivain, tu feras tout ce qu'il faut pour en devenir un. Mais si ton *Ichinen* est faible, eh bien ça restera juste un rêve éveillé.»

«D'accord. Mais il faut quand même avoir du talent.»

«Et qu'est-ce que c'est?»

«Le talent?»

Elle fit oui de la tête.

«Ben, c'est … tu sais bien … être bon dans quelque chose. Naturellement bon.»

«Et tu n'en as aucun?»

«Non.»

«OK, donc tu ne réaliseras jamais ton ambition. Alors, qu'est-ce que tu vas faire à la place?» Elle sourit d'un air interrogateur.

Je me renfrognai. Je n'aimais pas la tournure que prenait cet entretien.

«Tu viens de me dire que ce que tu veux est impossible, dit Dora. Donc je te propose de t'aider à trouver ton deuxième choix.»

«Tu n'es pas supposée m'encourager?»

«Ça ne va pas m'empêcher de dormir que tu vives le reste de ta vie frustré et insatisfait», dit-elle.

Je la dévisageai avec attention, essayant de comprendre si elle plaisantait ou non. Elle avait l'air plutôt sérieuse.

«Écoute, dit-elle. J'ai une nièce qui joue du violon. Elle n'a que neuf ans, mais elle joue comme un ange. Au début, le son était horrible – comme des chats qui se battent. Mais elle voulait jouer. Chaque matin, la première chose qu'elle fait en se levant, c'est attraper son violon et son archet et ...» Elle mima le geste de jouer. «Alors, est-ce que c'est du talent? Du travail acharné ? Du désir?» Elle secoua la tête. «*Ichinen*. Ça comprend le tout.»

«Très bien. Mais c'est tout de même un fait que certaines personnes sont plus douées naturellement que d'autres.»

«Et? Ça ne signifie pas qu'elles seront les meilleures au bout du compte. En fait, pour certains, être bon dans quelque chose veut dire qu'ils n'y attachent pas de réelle valeur.»

«Et puis ta nièce n'a pas besoin de gagner sa vie.»

Elle soupira. «Bien. Tu ne seras pas écrivain. Alors trouvons quelque chose que tu puisses regretter de faire pour le reste de ta vie.»

«Tout ce que je veux dire, Dora ...», dis-je, et franchement elle commençait un peu à me gonfler, «... c'est qu'il existe des obstacles pratiques à ce que tu veux accomplir, et devoir gagner sa vie en fait partie.»

«Et tout ce que je veux dire, Ed, c'est qu'il semble que tu aies déjà pris la décision de laisser ces obstacles avoir le dessus.»

«Je suis réaliste, c'est tout.»

«Je dirais que tu es pessimiste. La réalité est ce que tu en fais, au travers de ta manière de penser, de ce que tu dis, de ce que tu fais. Alors si tu te répètes que tu ne peux pas faire x, y ou z, eh bien, tu ne pourras pas. Et ton futur sera accompli par quelqu'un qui a une *ichinen* plus forte que la tienne.»

Je poussai un soupir. C'était en gros ce que Geoff m'avait dit, mais dès l'instant où j'avais décidé de faire quelque chose de positif, on m'avait mis des bâtons dans les roues.

Dora dut percevoir ce qui me traversait, car son ton s'adoucit. «Écoute, Ed, je ne sais pas grand-chose de toi, à part ce que Geoff m'a dit ...»

«Et qu'a-t-il dit?»

«Seulement que tu passais par une sale période ces derniers temps. Mais je pense qu'il a raison. Tu as l'occasion de revoir tes plans – tu sais, de commencer le voyage vers une destination que tu désires vraiment. Alors pourquoi ne pas élaborer un projet et aller de l'avant?»

«Un voyage de mille lieues commence toujours par un premier pas?»

«Oui. Et si tu veux vraiment aller en Russie, va en Russie. Ne dis pas que c'est trop loin sans même essayer et finir par faire juste une excursion à Calais.»

«Es-tu en train de dire que tu peux m'aider à devenir un auteur à succès?»

«Chéri, je suis déjà en train de t'aider!» Elle me donna une tape sur le bras et éclata de rire.

Je ne pus m'empêcher de sourire. «Tu t'y connais un peu en écriture?»

«Non.»

«Ah.» Au moins elle était franche.

«Mais je connais différents boulots, différentes carrières et comment s'y prendre dans le travail. Et beaucoup de choses sont valables pour tout, crois-moi.»

«Même pour quelque chose de créatif?»

«Il n'y a pas que les boulots 'créatifs' qui sont créatifs, tu sais.»

«Je voulais dire artistique.»

«Tu veux être un auteur à succès *et* être créatif?» Elle aspira de l'air entre ses dents. «Dur.»

«C'est ça, ma Russie.»

«La Sibérie, plutôt. Mais d'accord … si c'est là-bas que tu veux aller. Où te situes-tu maintenant?»

«A Baker Street.»

«Au niveau de ton écriture.»

«Nulle part. J'ai un roman inachevé dans mon tiroir, des idées pour un scénario …»

«Rien de publié?»

«Pas depuis la fac, non.»

«Bien. Donc tu veux être un écrivain de catégorie A, mais actuellement tu es dans la catégorie D.»

«Ah bon ?»

«C'est juste ma façon de voir ce que les gens veulent faire: un truc artistique, monter leur propre affaire; tout ce qui pourrait être un passe-temps ou, à l'autre extrême, une mine d'or.»

«C'est intéressant.»

«Ça l'est. Je suis intéressante.» A nouveau ce petit rire. Qui était assez sexy pour être honnête.

«Continue», dis-je. *Concentre-toi.*

«Alors, la première chose, c'est que tu peux être heureux et comblé à chaque niveau: A, B, C ou D. C'est à toi de décider. La souffrance ne vient que si tu te trouves à un certain niveau alors que tu veux être à un autre.»

«Par exemple?»

«Eh bien, un écrivain D – et là je parlerai d'écriture, mais tu pourrais être danseur, peintre, tricoteur de pulls, réparer des voitures, peu importe.»

«L'écriture, c'est bien.»

«D'accord. Donc un écrivain D jouit d'une totale liberté. Il peut écrire exactement ce qu'il veut … n'importe quoi. Le seul problème, c'est qu'il n'est pas payé pour. En gros, c'est un hobby. De temps à autre, il se peut qu'il vende quelque chose, mais ce n'est pas vraiment pour ça qu'il le fait. Il écrit pour lui-même, et peut-être pour quelques personnes autour de lui.»

«Comme les poètes.»

«Si tu le dis. Quoiqu'il en soit, peut-être bien qu'il rêve de succès, mais il a envoyé des trucs à des éditeurs, des sociétés de production ou autres; il a essuyé des rejets et abandonné. Ou peut-être qu'on lui a demandé des modifications et qu'il a dit non parce qu'il ne veut pas 'compromettre sa vision'. Ou peut-être que ça ne l'a jamais effleuré que ce qu'il a écrit pourrait toucher un public plus large, que qui que ce soit en voudrait.»

«Ça me rappelle quelque chose … surtout la partie sur les rejets.»

Elle sourit avec empathie. «Maintenant, notre écrivain C, qui est payé, lui, mais il n'a pratiquement aucune liberté. Il écrit ce que lui demande celui qui le paie: comme une brochure promotionnelle, disons, ou un communiqué de presse, des articles journalistiques; quelque chose qui doit correspondre à une fonction très spécifique. L'écrivain C est engagé parce que, techniquement parlant, il sait le faire: dans les temps, de la bonne longueur et en traitant tous les points. Pas de liberté ou de créativité – ou peu – et il n'y a pas grand-chose de sa personnalité là-dedans, mais au moins il est payé. Il peut même bien gagner sa vie.»

«Mmm … Est-ce que récrire des articles sur le linoléum, ça compte?»

«C'est tout à fait un écrivain C.»

«Ou un écrivaillon, dirait-on. Bien. Qu'est-ce qu'un écrivain B, alors?»

«Il a bien plus de liberté, on lui offre du travail mieux rémunéré et probablement plus intéressant aussi. Mais il travaille toujours selon les règles de quelqu'un d'autre.»

«Par exemple?»

«Par exemple quelqu'un qui écrit pour une série TV. On lui donne les personnages et la situation, peut-être même l'intrigue, mais il doit prendre tous les ingrédients et en tirer un épisode distrayant.»

«Donc en gros, c'est une version améliorée de C, un super écrivaillon.»

«Ce sont tes mots, Ed. Il n'en reste pas moins très compétent et peut se faire beaucoup d'argent.»

«Désolé. J'ai cette petite tendance à porter des jugements.»

Dora se contenta de sourire.

«Et l'écrivain A … ?»

«Pareil que l'écrivain D … sauf qu'il est payé au prix fort. Il écrit exactement ce qu'il veut, quand il veut, mais les gens sont impatients de découvrir sa dernière œuvre. Et il a la priorité sur n'importe quel boulot disponible.»

«C'est un peu une star, en d'autres termes.»

Dora acquiesça.

«Mais pourquoi quelqu'un voudrait-il autre chose que ça? Pourquoi un écrivain C ou B voudrait-il rester à son niveau?»

«Parce que chaque niveau implique des défis différents. Les gens en attendent davantage de l'écrivain A, donc il peut se sentir contraint de produire continuellement des choses formidables, ce qui peut s'avérer très stressant. En particulier si tu ne sais pas vraiment comment tu as fait pour décrocher la timbale la première fois.»

«Le syndrome de l'œuvre qui suit un premier gros succès.»

«Oui. Les écrivains C et B ont peut-être des ambitions plus modestes et se contentent de moins, mais ils peuvent se sentir plus heureux en travaillant dans le cadre de leurs limites.»

Mmm … Très intéressant tout ça, mais je ne voyais pas très bien où cela me menait. «Bien, disons que je veux être un écrivain A. J'ai quand même besoin d'un boulot … tout de suite.»

«Bien sûr que oui, chéri, et je vais t'en trouver un. Mais il faut d'abord que je t'aide à élaborer un projet, pour que ce travail t'aide, lui, à aller où tu veux … d'accord?»

«Si tu peux, ce serait génial.» Je commençais à l'apprécier davantage.

«Geoff t'a-t-il parlé de *kio tchi guio i* ?»

«Kio … ?»

«Apparemment pas. Et de la création de valeur?»

Je fis non de la tête.

Elle se pinça les lèvres, il était clair qu'elle se retroussait mentalement les manches.

«Très bien, alors … on ferait mieux de se mettre au travail.»

* * *

Je sirotais le café fadasse dans la tasse que Dora avait plantée en face de moi, pendant qu'elle dégageait un espace sur son bureau et tirait une feuille de papier vierge d'une pile de sa corbeille à courrier.

«Pas trop fort?»

«Il est parfait», mentis-je en grimaçant.

«Bien. Donc … *Kio tchi guio i*. *Kio* est ton but. *Tchi* est ta sagesse. *Guio* est ton action. Et *I* est le statut qui en résulte. Ceci, annonça-t-elle solennellement, est le secret pour atteindre tous tes buts dans la vie.» Et elle l'écrivit:

KYO – But

CHI – Sagesse

GYO – Action

I – Statut

«C'est du bouddhisme? demandai-je, réalisant que j'avais mentalement mal épelé.

«Tout est bouddhisme, chéri.»

«Tu vois ce que je veux dire.»

«Eh bien, je l'ai appris d'un bouddhiste – je crois que c'est une variation d'un principe bouddhiste très profond. Mais je l'utilise simplement parce qu'il fonctionne.»

«Ça me suffit, dis-je. Continue.»

«Donc le point de départ, c'est de déterminer ton but: où tu veux aller, ce que tu veux accomplir.»

«Être écrivain.»

«Non.»

«Hein?»

«Erreur classique. Tu confonds *kyo* et *i* – ton but et le statut, le résultat que tu obtiens en atteignant ton but. Être et faire.»

«Je ne comprends pas.»

«Ton but est quelque chose d'extérieur à toi, quelque chose que tu accomplis en *agissant*. Ton statut résulte de cette action.»

Je fronçai les sourcils, je ramais toujours.

«C'est comme de dire 'je veux être un voyageur', plutôt que 'je veux voyager'.»

«Quelle différence cela fait-il?»

«Ça t'aide à te concentrer sur quelque chose de concret … et de faisable. Par exemple, tu veux aller en Russie? D'accord, mais où en Russie? Tu prends une carte et tu choisis un endroit. C'est ton but. En y allant, tu deviens un voyageur – c'est ton statut. Faire mène à être.»

«Je vois.» Je n'étais pas sûr que ce soit complètement vrai, mais j'étais curieux de voir où cela menait.

«Donc que faut-il *faire*, en tant que but, pour *être* un auteur à succès?»

«Écrire.»

«Quoi?»

«Un livre à succès?»

«Bien.» Elle sourit, satisfaite que j'aie compris. Sauf que je n'avais pas compris.

«C'est tout?»

«Non, mais c'est le point de départ.»

J'étais perdu. «Ben, je suis désolé Dora, mais il me semble que ça ne fait qu'énoncer une foutue évidence.»

«Alors pourquoi tu ne l'as pas fait?»

J'ouvris la bouche. Et la refermai. Puis l'ouvris à nouveau. Rien ne sortit.

Dora se contenta de sourire. «Ça a l'air d'un détail, Ed, mais la différence est énorme. Si tu te concentres sur *kyo*, ton but, tu penseras toujours à ce qui est extérieur à toi, à la manière dont tu vas atteindre ta destination. Mais si tu te focalises sur *i*, ton statut, tu ne feras que penser à toi-même, t'inquiéter de toi-même. Et si l'image que tu te fais de toi et celle de ce que tu veux être sont à mille lieues l'une de l'autre … eh bien, ça peut être très douloureux, paralysant même.»

J'acquiesçai d'un air sombre. Elle m'avait percé à jour, et pas qu'un peu.

Elle me regarda avec gentillesse. «Ne t'en fais pas, c'est un mal dont on souffre tous. En fait, je pense que c'est à cause de ça que les sportifs – même les champions – peuvent flancher dans les grands moments. Tout à coup, ils déplacent leur attention du jeu lui-même à ce que ça signifierait s'ils gagnaient ou perdaient ce point, ou rataient ce coup.»

J'y réfléchis un moment. «D'accord. Ça paraît sensé, mais je ne vois toujours pas comment ça m'aide à écrire un livre à succès.»

«Juste.» Ce fut au tour de Dora de froncer les sourcils. «Eh bien, je suppose que je commencerais par me demander ce qui fait un livre à succès?»

«Si je le savais, Dora, je l'aurais écrit il y a des années.»

«Penses-y comme à n'importe quel produit.»

«Mais ce n'est pas n'importe quel produit. C'est … différent.»

«Différent comment?»

Encore un silence. Je séchais de nouveau.

«Pourquoi les gens achètent-ils une chose, Ed?»

«A cause de la pub.»

Elle secoua la tête. «Je dirais qu'il faut qu'elle réponde un besoin quelconque … physique ou psychique; spirituel, même. Tout produit qui marche le fait pour beaucoup de monde et mieux que ses concurrents. Même un livre.»

«Mais beaucoup de produits – et de livres – à succès le sont presque par accident …» Je me sentais obligé d'argumenter avec elle; elle semblait rendre les choses trop faciles.

«C'est vrai, parce que souvent le créateur ne sait pas combien de personnes ont le même besoin que lui.»

Je fis une grimace, toujours pas convaincu.

«Bon d'accord ... Voilà une histoire vraie. Je connais un homme qui a beaucoup de succès, parce que tout ce qu'il voulait, c'était une bonne nuit de sommeil.»

«Vas-y, continue», soupirai-je. Je me reculai dans mon siège et me préparai à une histoire incroyable, *à la Geoff*.[2] Pour une raison qui m'échappait, les bouddhistes adoraient raconter des histoires.

«Alors voilà: sa femme a un bébé et essaie de l'habituer au biberon. Mais le bébé ne veut rien savoir. Donc une nuit, alors que son gosse hurle à la mort après un autre essai pour lui donner un biberon, Papa décide d'arrêter de râler parce qu'il manque de sommeil et étudie le problème. Il regarde de près comment est conçue la tétine et s'aperçoit que le bébé ne reçoit tout simplement pas assez de lait. Plus il tète fort, plus les trous se bouchent. Mais tu ne peux pas dire à un bébé de téter moins fort, n'est-ce pas? Surtout quand il a faim. Alors Papa se met à dessiner une tétine différente; et même un biberon entièrement différent, parce qu'après quelques recherches, il découvre que la forme des biberons est basée sur celle des bouteilles de bière, vu qu'à l'origine, les mères remplissaient juste des bouteilles de bière vides avec du lait, improvisaient une tétine et les collaient dans la bouche des bébés. Alors Papa conçoit un biberon plus gros et plus trapu – plus facile à tenir pour bébé – et une tétine, en prenant sa femme pour modèle, tu sais, son ...»

«Mamelon. C'est bon, Dora, je connais le mot.»

Elle rit et poursuivit. «Quoiqu'il en soit, il le fait parce qu'il veut que son bébé soit à l'aise, avec quelque chose qu'il connaît.»

Je hochai la tête.

«Et le plus important de tout: au lieu de faire des trous d'épingle au bout, comme sur toutes les autres tétines, il fait une petite encoche. Si tu la tournes verticalement et que le bébé tète dessus, elle s'ouvre et il reçoit beaucoup de lait; mais si tu

---

[2]   En français dans le texte.

la tournes horizontalement, elle ne s'ouvrira pas autant. Donc tu peux vraiment contrôler la quantité que le bébé reçoit, et à quelle vitesse.»

«Malin.»

«Oui. Mais ce que je veux dire, c'est qu'il a fait tout ça pour pouvoir dormir un peu, et pour que son bébé soit bien nourri. Et en le faisant, il a réalisé que beaucoup d'autres gens avaient le même besoin; des millions dans le monde entier, en fait, parce que son biberon se vend désormais partout. Il n'a pas fait tout ça parce qu'il voulait devenir un riche homme d'affaires qui a réussi. Il l'a fait pour répondre à un besoin.»

«Bien. Donc tout ce que j'ai à faire, c'est écrire un livre qui réponde à un besoin tout à fait fondamental et je décrocherai la timbale?»

«Exactement. Et en atteignant ton but – *kyo* – tu deviens un auteur à succès – *i*.»

«Bon, je ferais mieux d'y aller, alors. Merci.» Je commençai à me lever, agacé par la banalité extrême de ce que j'avais entendu.

Dora prit un air soucieux. «Tu ne veux rien savoir sur *chi* et *gyo* … sagesse et action?»

J'hésitai, puis me rassis; n'était-ce que parce que je devais bien à Geoff de ne pas planter son amie comme ça.

Dora sourit, pensant que j'avais seulement voulu blaguer. «Bien. Donc tu as identifié ton but … et relégué le statut à l'arrière-plan de ton esprit. Maintenant, il te reste à trouver comment tu vas t'y prendre pour l'atteindre. Voir que le biberon du bébé est nul est une chose; trouver comment l'améliorer en est une autre. C'est là que ta sagesse entre en jeu: tu dois te creuser les méninges pour trouver comment réaliser ton but. Et l'action, c'est simplement ce que tu fais pour y arriver, en t'appuyant sur ta sagesse. En tâtonnant, petit à petit.»

«Le problème, Dora», dis-je en essayant de masquer l'irritation dans ma voix, «c'est que tu fais paraître les choses tellement simples – et elles ne le sont pas.»

«C'est simple. Mais simple ne veut pas dire facile. Gravir

l'Everest, c'est simple: il faut juste continuer à monter. Mais c'est aussi difficile, donc beaucoup n'essaient même pas. Ou abandonnent quand ça devient trop dur.»

«La persévérance paie?»

«Exactement!» Elle affichait un air de triomphe absolu, comme si le déclic s'était fait chez un élève particulièrement lent à la détente.

«C'est ce que Geoff a dit.»

«Ben il a pas tort.»

La porte s'ouvrit et une jeune femme entra. «Bonjour, je chercher travail.»

Une femme d'Europe de l'est ... qui me donnait l'occasion de fuir. Je me levai à nouveau. «Très bien. Laisse-moi y réfléchir.»

Le visage de Dora s'assombrit. «Tu t'en vas?»

«Euh, oui, désolé. Je viens de me rappeler que je dois voir quelqu'un.» «Et le boulot?»

«Eh bien, je suis trop occupé avec mon best-seller pour ça. Mais merci encore pour ton aide.»

«La clé, dit-elle en ignorant mon sarcasme, c'est de fixer ton but dans ton cœur.» Et elle enfonça le papier où était écrit *kyo chi gyo i* dans ma main.

«Compris», dis-je – et je sortis.

*   *   *

C'était le soir et j'étais de retour dans mon appartement. Il n'y avait rien à la télé et j'étais là, à contempler ma liste nocturne de résolutions et le papier de Dora. J'essayais de comprendre pourquoi j'avais commencé à ressentir de l'hostilité envers elle. Elle essayait seulement de m'aider. C'était pareil avec Geoff. Au bout d'un moment, il avait soudain commencé à m'irriter. Peut-être que je ne voulais simplement pas qu'on m'aide. Peut-être que je faisais partie de ces personnes étranges qui cherchent prétendument à échouer, et sabotent inconsciemment les choses positives qui leur arrivent. Comme ce truc que j'avais lu quelque part et qui disait: «*C'est notre lumière, pas notre* part d'*ombre, qui nous effraie le* plus» – quel que soit le sens de cette phrase. Ou peut-être que j'étais si déconnecté de ce que je ressentais et de mes besoins que j'étais voué à rester seul, misérable et frustré … pour toujours.

Puis je compris. J'avais commencé à éprouver des sentiments négatifs quand Geoff et Dora avaient essayé de m'encourager, parce qu'au fond de moi, je ne les croyais tout bonnement pas. Si avancer dans la vie était si foutrement simple, pourquoi est-ce que je n'y arrivais pas? Plus ils expliquaient les choses, me parlaient de tel ou tel principe, plus mon cœur se serrait. Tout avait du sens et semblait juste … jusqu'à ce qu'une petite voix dans ma tête s'en mêle et me dise que tout ça, ce n'était que du blabla. Je fixai le papier de Dora. Le secret du succès était forcément plus compliqué qu'une formule en quatre mots, que ce soit *kyo chi gyo i* ou autre chose. Non … ce n'était pas pour moi.

Et pourquoi pas? Si ça marchait pour eux, pourquoi pas pour moi?

Je cherchai une réponse, essayant d'être aussi honnête que possible avec moi-même. Et presque tout de suite, une pensée commença à émerger des tréfonds de mon subconscient. Une pensée désagréable. Mais au lieu de la repousser, je la laissai remonter à la surface … et parler.

«Parce que tu es un raté, dit-elle. Et tu le sais. Même ce matin, quand tu voulais recommencer à zéro avec Martin, tu savais que ça ne donnerait rien. Parce que rien ne donne jamais rien. Comme ton écriture. Ha! La bonne blague. Si tu n'arrives pas à écrire, c'est que tu n'as rien à dire. Tu n'es pas fichu de répondre à tes propres besoins, sans parler de ceux des autres. Le génie, c'est peut-être bien un pour cent d'inspiration et quatre-vingt-dix-neuf pour cent de transpiration comme on dit, mais tu ne l'as même pas, ce pour cent. Sois réaliste: tu es si ordinaire, si moyen, que tout ce que tu peux espérer, tout ce que tu mérites en fait, c'est une vie ordinaire et moyenne. Ennuyeux? Oui – mais c'est la réalité. Et qui es-tu pour croire autre chose?»

Le téléphone sonna … Geoff. Je pouvais entendre de la musique dans le fond, des voix. De la vie.

«Salut. Je me demandais juste comment ça s'était passé avec Dora.»

Mmm … Etait-il au courant? «Bien. Elle m'a tout appris sur *kyo chi gyo i.*»

«Ah. Et côté boulot?»

«Euh … c'est en cours, tu vois le genre.»

«Ça va, toi? Tu m'as l'air un peu déprimé, mon pote.»

«Juste fatigué. Ça a été une journée stressante.»

«Tu m'étonnes. Bon, si tu as envie d'un verre un de ces quatre, lance un coup de fil et on arrangera quelque chose.»

«D'accord … merci. Et merci d'avoir appelé.»

Je raccrochai. Seul à nouveau … avec Mon Ami Diabolique.

«Bien sûr, qu'il savait. Elle l'a probablement appelé à la minute où tu es parti, et ils ont ricané, t'ont taillé un costard par téléphone. Eh bien, qu'ils aillent se faire voir. Des cinglés religieux, fourguant des solutions simplistes dont tu sais qu'elles ne marcheront jamais. La vie est dure, Ed. Échouer est la norme. Seuls quelques chanceux s'en sortent, et peu d'entre eux sont réellement heureux. Parce que tu connais le vieil adage: l'argent ne fait pas le bonheur, mais au moins tu peux être malheureux confortablement.Sauf que tu ne seras même pas riche. Tu es …»

«LA FERME!»

J'ai vraiment crié. Fort. Ce qui m'a passablement alarmé. Nom de Dieu, ai-je pensé, je deviens vraiment dingue. Mais au moins ça lui a cloué le bec. J'empoignai le téléphone avant qu'il n'ait une chance de recommencer.

«Geoff? C'est Ed. Je crois que je le prendrais bien tout de suite, ce verre.»

*   *   *

Ma mère disait qu'il n'y a que deux sortes de personnes dans ce monde. Non, pas celles qui disent qu'il y a deux sortes de personnes dans ce monde et les autres. Ses deux sortes à elle, c'étaient les pompes et les radiateurs: les gens qui vous pompent votre énergie et les gens qui vous donnent la leur. Si c'est vrai, alors Geoff était sans aucun doute un radiateur. Il m'écouta geindre pendant quinze bonnes minutes, sirotant tranquillement sa bière, allumant et rallumant sa cigarette roulée. Puis, quand j'eus épuisé mon stock de plaintes, il sourit ironiquement.

«Mon Ami Diabolique ... Mmm ... je le connais bien – le salopard! Il a trouvé ton point faible et sait exactement quand il faut appuyer dessus.»

J'acquiesçai d'un air lugubre.

«Le seul truc, c'est que je ne sais pas d'où tu as tiré cette idée que je fourgue des solutions simplistes. Je t'ai dit dès que tu as essayé de changer les choses que ta négativité te sauterait au visage ... et elle l'a fait. C'est une bataille.»

«Eh bien, j'imagine que Mon Ami Diabolique a effacé mes mémoires pour que je l'oublie au moment crucial.» Je ne plaisantais qu'à moitié.

Geoff hocha la tête. «Rusé salaud.» Il réfléchit un instant. «Tea cup[3]– c'est de ça dont tu as besoin.»

«Hein?»

«Thinking Correctly Under Pressure: TCUP[4]. Les sportifs l'utilisent pour rester concentrés quand les choses se corsent.»

«Ah. Et comment je développe ça?»

«La pratique. L'anticipation. La préparation. Parce que ton Ami Diabolique a raison: la vie est difficile. Les coups durs arrivent. Il faut t'y attendre, être préparé. Comme ça tu sauras mieux y faire face quand ils se présenteront.»

«Comment pouvais-je m'attendre à ce que Martin fasse faillite?»

«Allons, Ed. Tu as dit toi-même qu'il y avait eu des signes.»

Je soupirai, toujours déprimé. «D'accord, mais comment je

---

[3] Tasse de thé.
[4] En français: penser correctement sous pression.

fais avec MAD[5]? Il est là constamment, à critiquer, me rabaisser, faire des remarques cyniques …»

«C'est ton état de vie, mon pote. Je te l'ai dit la deuxième fois qu'on s'est vus: si ton état de vie est bas, des trucs négatifs apparaissent soudain, comme les rochers à marée basse. Ils sont là tout le temps, mais quand la marée est haute – quand ton état de vie est élevé – ils disparaissent. Tu t'élèves littéralement au-dessus d'eux.»

Je le regardai. «Et comment j'élève mon état de vie?»

«Je te l'ai déjà dit. Moi, je le fais grâce à ma pratique bouddhiste. Mais tu ne veux rien en savoir, n'est-ce pas?»

Il me fixa d'un regard pénétrant.

«Je ne deviendrai pas bouddhiste, Geoff … désolé.»

J'ai dû le dire d'un ton plus agressif que j'en avais l'intention, car il leva les mains en signe d'abandon … ou était-ce de défense? «OK, très bien.» Il se réfugia dans sa bière pendant un moment, pensif. «Quoi que dise MAD, je pense que tu as besoin d'un résultat. Il faut que tu gagnes quelque part, pour sentir à nouveau l'effet que ça fait, puis construire à partir de là. Gagner en confiance. Comme quand une fois, alors que j'étais au fond du trou, il y a des années, j'ai contesté une contravention et qu'on m'a donné raison. Ce n'était qu'un petit truc, mais ça m'a fait du bien – tu sais, de gagner. Et ça m'a rappelé qu'en fait je pouvais provoquer quelque chose de positif.

«Donc que suggères-tu?»

«Je pense que ce que Dora a dit sur *kyo chi gyo i* est juste. Tu as effectivement besoin de te fixer un but, et d'avoir les couilles d'en avoir un grand, un culotté, qui signifie quelque chose pour toi. Ton rêve doré. Parce qu'au bout du compte, te lancer à fond est ce qui va donner une raison d'être, un sens à ta vie. Mais …»

«Je sentais arriver un mais …»

«Ce n'est pas un mauvais mais … t'en fais pas.»

J'attendis, sceptique.

---

[5] NdT: Acronyme de Mon Ami Diabolique.

«J'allais dire: mais tu as besoin d'une série de petits objectifs sur le chemin; un genre d'étapes intermédiaires, pour rendre le parcours plus faisable. C'est comme dans cette devinette: comment manger un éléphant?»

J'attendis. «Alors?»

«Une bouchée à la fois.»

Je rigolai.

«Donc, la première chose, dit Geoff, c'est de retourner chez Dora et de te trouver un boulot. Pas n'importe quel boulot. Il faut que ce soit exactement ce dont tu as besoin dans ta vie en ce moment.»

«Je ne peux pas.»

«Pourquoi?»

«Je l'ai envoyée sur les roses. C'est embarrassant.»

Geoff sourit. «Il y a un adage bouddhiste, Ed.»

Je gémis.

«Si tu ne peux pas franchir un fossé de trois mètres, comment vas-tu franchir un fossé de cinq ou dix mètres?»

«Et en français, ça donne ...»

«Vas-tu sérieusement laisser un petit embarras se mettre entre toi et ton épanouissement suprême?»

Présenté comme ça, comment pouvais-je refuser?

Chapitre Quatre

Matin suivant. J'avais repris la direction de Baker Street; le métro était bondé, mais je m'en balançais. J'étais en mission pour faire avancer ma vie, lui donner un coup d'accélérateur et la pointer dans la direction choisie. Geoff avait raison: les gens qui savent ce qu'ils veulent se fichent pas mal de ce que pensent les autres. Ils baissent la tête et foncent. On les dit impitoyables, ambitieux, et alors? C'est un point de vue de pleurnichard, rien de plus. 'Montre-moi un bon perdant et je te montrerai un perdant.' Bien vu. Je me retrouvai bientôt assis en face de Dora, en train de planifier mon avenir. Elle avait balayé mes excuses d'un éclat de rire: «T'inquiète pas, chéri. J'aimerais tant que davantage d'hommes reviennent dans ma vie!» … et elle s'était attelée sans attendre à la tâche du jour.

«Donc, dit-elle, tu sais que ton but, c'est …»

«Écrire un best-seller»

«Bien. Mais il faut que tu trouves une solution pour y arriver tout en étant capable de payer le loyer, de garder la lumière allumée …»

«De manger …»

«Indispensable. Et de t'amuser un peu de temps à autre.»

«Ce serait sympa.»

Elle sourit.

«Geoff a dit qu'il me faut un boulot qui colle parfaitement à ma vie, là maintenant, un boulot qui serve de tremplin pour aller là où je veux aller.»

«D'accord. Alors selon moi, il y a trois composantes à tout travail: la beauté, le gain et la bonté.»

«Encore du bouddhisme?» Je commençais à en voir partout.

«Non», dit-elle.

«Ah bon.» J'étais surpris.«Même si le principe a été développé par un bouddhiste.»

Je souris. Nous y revoilà. «Et quel est ce principe ?»

«La création de valeur.»

«C'est-à-dire … ?»

«C'est-à-dire, en résumé, qu'une chose est neutre et n'acquiert de valeur – positive ou négative – que par la manière dont on la considère. Et ces valeurs, ce sont la beauté, le gain et la bonté.»

«Explique …»

«Disons que tu possèdes le plus gros diamant du monde. A-t-il de la valeur? Oui, si tu peux le vendre. Mais si tu ne peux pas, quelle est sa valeur?»

«A moins que tu aimes simplement le regarder.»

«Ce qui signifie que sa valeur dépend de la manière dont tu le considères. La beauté, c'est à quel point tu l'apprécies, le plaisir qu'il te procure. Le gain, c'est le bénéfice que tu en tires, qui pourrait être l'argent, bien sûr, si tu pouvais le vendre. Et la bonté, c'est ce qu'il fait pour le bonheur et le bien-être de tous.»

Je pris un moment pour digérer cela. «Tu es en train de dire que nous attribuons de la valeur à chaque chose?»

«Presque.La valeur est *créée* par notre relation à une chose, par notre attitude.»

«Et c'est valable pour le travail?»

«C'est valable pour tout, chéri.» Dora sourit. «Plus nous créons de valeur, surtout pour les autres, plus nous sommes heureux.»

«D'accord. Mais par rapport au travail … ?»

«La beauté, c'est à quel point tu aimes un travail. Le gain, c'est surtout combien on te paie pour le faire; quoi que tu puisses en retirer aussi d'autres bénéfices, comme l'expérience. La bonté, c'est ce qu'il apporte à la société. Et des boulots différents représentent des quantités différentes de beauté, de gain et de bien pour différentes personnes.»

«Par exemple?»

«La publicité peut te rapporter de gros gains, mais certains disent que ça ne fait pas tellement de bien.»

«C'est bon pour l'économie.»

«C'est ce que d'autres disent … surtout s'ils sont dans la pub. Quoiqu'il en soit, à l'autre extrême, être infirmier fait beaucoup de bien, mais tu n'y gagnes pas grand-chose.»

«C'est-à-dire que ça ne paie pas gros.»

«Voilà. Mais ça pourrait t'être très bénéfique d'en apprendre sur la nature humaine, ce genre de choses. Quant à la beauté, elle est dans l'œil de celui qui regarde: à quel point tu aimes un boulot, ça ne regarde que toi, et ça peut changer. Tu peux adorer être dans la pub, adorer le salaire, puis commencer à te demander si tu fais vraiment le bien et devenir infirmier.»

«Ou tu peux démarrer avec plein d'idéaux en tant qu'infirmier, puis avoir les boules d'être fauché et te lancer dans la pub.»

«Exactement. Les gens restent souvent dans des jobs qu'ils n'aiment pas vraiment, soit parce que le salaire est bon, soit parce qu'ils pensent faire quelque chose qui en vaut vraiment la peine. Mais l'idée, c'est qu'on jongle toujours entre la beauté, le gain et la bonté dans notre travail, même si on ne le voit pas en ces termes.»

Mmm … Est-ce que c'était vrai de mon passage à ItsTheBusiness.com?

Dora devina mes pensées. «Ça te paraît sensé? Par rapport à ton ancien boulot, par exemple?»

«Eh bien … pour la beauté? Aucune. J'ai détesté à peu près chaque minute.»

«Y avait-il quelque chose que tu ne détestais pas?»

«Certaines personnes. Et puis je suppose qu'il y avait une sorte de satisfaction sinistre à transformer un truc illisible en un article vaguement décent.»

«Le gain?»

«Pas gros. En tout cas pas suffisant par rapport au stress.»

«D'accord. Et la bonté?»

«Je n'en vois pas. Personne ne le lisait jamais.»

«OK. Donc un score plutôt bas sur les trois plans.»

«Ouais. Un boulot à la con sur toute la ligne.»

«Alors que d'écrire un best-seller … ?»

«Eh bien, un gain important, c'est évident. Beaucoup de bonté … parce que si je vends bien, c'est que je répondrai à un grand besoin chez un grand nombre de personnes, c'est ça?»

«A peu près, oui. Et la beauté? Est-ce que tu prendras vraiment du plaisir à l'écrire? Toutes ces heures seul, à suer sur un clavier …»

Bonne question. «J'en sais rien … faudra voir.»

Dora m'étudia pensivement, comme si l'incertitude était tatouée sur mon front. «Est-ce que ça t'aide, de réfléchir au travail sous cet angle?»

«Un peu. Mais tant que je n'ai pas appliqué tout ça au job parfait que tu vas me trouver …»

Elle rit – «J'ai compris» – puis détacha une feuille vierge de son bloc de papier.

* * *

Une demi-heure plus tard, après l'application rigoureuse du principe «beauté, gain et bonté» à ma vie et à mes compétences, Dora proposa la prochaine étape parfaite pour moi: l'écriture commerciale.

«C'est exactement ce que je viens de faire», grommelai-je.

«Je ne parle pas d'internet», dit Dora avec enthousiasme. «Les entreprises ont toutes sortes de choses à rédiger: des brochures, des supports marketing, des newsletters, des revues; plein de trucs. Tu pourrais travailler dans un département de relations publiques, ou même une agence de relations publiques.»

Je fis la grimace. «Mais je n'aime pas le monde des affaires.»

Dora fronça les sourcils. «Écoute, Ed» dit-elle d'un ton sévère, «dans l'immédiat, ton besoin numéro un c'est le gain, pas la beauté. Tu dois payer tes factures, non?»

Je soupirai.

«Et puis une chose mène à une autre. Il y a toutes sortes d'opportunités dont tu n'entendras parler que si tu travailles quelque part.»

«Ça ressemble à un pas en arrière, c'est tout.»

«Eh bien, tu peux le voir comme ça», dit-elle d'un ton vif. «Ou tu peux le voir comme le premier pas en direction de ton but ultime.»

«Comment ça?»

«Un vieil ami plein de sagesse m'a dit un jour: 'Tu ne peux faire un pas en avant que si l'endroit où tu te tiens est solide.' Autrement dit, tu dois avancer à partir d'une base sûre. J'ai vu plein de gens échouer parce qu'ils ne l'ont pas fait. Ils ont monté des affaires ou se sont lancés dans de nouvelles carrières avec trop peu d'argent, d'expérience, de compétences, ou avec un revenu fluctuant … voire pas de revenu du tout. Et à chaque fois, à moins d'avoir vraiment beaucoup de bol, ils se sont plantés. La chose essentielle qui leur manquait au début est devenu un obstacle de plus en plus grand au fil du temps. Alors ne sous-estime pas l'importance du gain, c'est tout ce que je veux dire. Tant que ce que tu veux faire, ton *kyo*, est là-dedans – elle tapota sa charmante poitrine – tu te rapprocheras de plus en plus de la position qui te permettra de le réaliser.»

Je marquai un temps d'hésitation. «Je peux y réfléchir?»

«Bien sûr que tu peux, chéri. C'est ta vie.» Elle sourit

*   *   *

J'y ai vraiment réfléchi. Tout le reste de la journée, en fait. Et plus je tournais et retournais tout ça dans ma tête, plus l'idée me plaisait.

Je commençais à me voir en héros de ma propre histoire, sur le point de partir à l'aventure, mon aventure, de terrasser des dragons sur mon chemin, de surmonter moult dangers et d'en ressortir, triomphant, à la fin. Si ce truc de *kyo chi gyo i* était vrai, je devais simplement faire ce que Dora et Geoff avaient dit: garder l'œil fixé sur mon *kyo* et, telle l'étoile polaire, il me guiderait inexorablement, infailliblement, vers ma destination. Un jour. De plus – et j'admets que c'était un facteur important – la bulle internet avait bel et bien implosé; toujours plus nombreux étaient ceux qui annonçaient l'arrivée d'une récession. Ce n'était pas le moment de se retrouver sans boulot.

J'appelai Dora avant la fermeture pour l'informer de ma décision: je souhaitais qu'elle essaie de m'organiser quelques entretiens d'embauche.

«Chéri, c'est déjà fait!» dit-elle, enthousiaste. Le premier était prévu le lendemain matin …

* * *

Ce soir-là, Geoff m'en dit davantage sur la création de valeur. Nous étions supposés aller au pub– inévitablement – mais quand il avait sonné à la porte, j'en étais à la moitié d'un grand whisky-coca et lui en proposai un. J'avais acheté une bouteille de Famous Grouse pour m'aider à relever le défi du chômage et ça semblait être le moment idéal pour solliciter son soutien. Ce verre fut suivi d'un autre, puis d'un autre, puis de la livraison d'un repas indien. Donc là, j'étais étalé sur le canapé, rassasié et beurré, tandis qu'il était enfoncé dans le fauteuil, ignorant poliment le foutoir qui faisait office de salon et me parlant de ce type, un Japonais: Makiguchi.

«Il a développé la théorie de la création de valeur dans les années vingt et trente, parce qu'il n'était pas d'accord avec certains philosophes qui disaient que les plus nobles valeurs dans la vie sont la vérité, la beauté et la bonté, puisque la vérité n'est pas une valeur.»

«Hein?»

«Makiguchi pensait que la vérité est absolue et la valeur relative. La vérité décrit une chose exactement telle qu'elle est, et la valeur décrit en gros ce qu'on ressent envers elle.»

«Par exemple?»

«Bien. Tu vois un cheval. Tu dis: ceci est un cheval. C'est la vérité.»

«Si c'est bien un cheval.»

«Évidemment. Par contre, si tu dis: j'aime bien ce cheval, c'est une valeur; ça concerne ta relation avec lui. Alors Makiguchi a remplacé la vérité par le gain ou le bénéfice, car selon lui, c'était la valeur qui manquait à la liste. 'J'aime bien ce cheval', c'est la beauté. 'Je peux monter ce cheval', c'est le gain ou le bénéfice. Et 'on peut utiliser des chevaux pour labourer la terre', c'est la bonté.»

J'éructai bruyamment. «Désolé. Trop d'coca.» Je m'éclaircis la gorge. «Et alors, pourquoi c'est important?»

«Eh bien, selon Makiguchi, confondre vérité et valeur mène à toutes sortes de confusions.»

«Comme quoi?»

«L'idée selon laquelle la vérité, c'est la même chose que la bonté.»

«Et ce n'est pas le cas?» Je sentais arriver un de ces préceptes bouddhistes du genre «le noir est blanc, le haut est en bas.» Geoff se pencha en avant dans son fauteuil.

«Les Nazis frappent à la porte de la maison où se cache Anne Frank. 'Z'avez-vu des juifs par ici?' ils demandent. Le propriétaire de la maison fait non de la tête et les Nazis s'en vont. La vérité n'est pas toujours le bien, et ne crée pas toujours de la valeur. Tout dépend de la situation.»

«C'est une affirmation plutôt dangereuse», contrai-je. «Ça dit que tu as le droit de mentir si tu considères que c'est à ton avantage.»

«Eh bien, beaucoup le font. Mais la société n'approuvera pas ce genre de mensonge, à moins qu'il ne contribue à l'intérêt général – bien que les différentes sociétés n'en aient souvent pas la même définition …»

«Plus lentement …»

«D'accord. Un général nazi espionne pour le compte des alliés. Pour son camp, c'est un traître, pour les alliés, c'est un héros. Le fait qu'il espionne est la vérité; la manière dont il est vu par chacun des côtés, c'est la valeur.»

«D'accord … ça je comprends. Mais je ne vois toujours pas pourquoi c'est important.»

«Ça aide à communiquer bien plus clairement de savoir si on parle de vérité ou de valeur.»

«Par exemple?»

Geoff tordit un bout de tabac qui dépassait de sa cigarette fraîchement roulée, puis releva soudain la tête vers moi. «Désolé, je ne t'ai pas demandé. Ça ne te dérange pas?» Il agita sa cigarette.

«Pas de souci, dis-je. La femme de ménage vient demain.»

«Tu as une femme de ménage?» Geoff semblait surpris.

«A ton avis?» Je fis un geste de la main vers la pile d'emballages correspondant à plusieurs jours de repas à emporter, les assiettes sales et les tasses à café, les journaux éparpillés partout. «Je crains qu'il n'y ait un peu de laisser-aller depuis qu'Angie est partie.»

Geoff hocha la tête avec sympathie, puis alluma sa cigarette. «Où en étais-je?», dit-il en expulsant une bouffée de fumée.

«Euh …» Trop de whisky-coca.

Geoff se souvint. «La vérité et la valeur. Donc … prends la religion. Beaucoup de gens disent que les différentes religions sont sans arrêt en train de se disputer, de se contredire, et que si seulement elles pouvaient se mettre d'accord, on aurait un peu de paix sur la Terre, pas vrai?»

«Amen.»

«Mais d'autres affirment qu'elles sont en gros toutes pareilles et ne font que dire la même chose de façon différente; qu'elles représentent différents chemins menant au même but, et cetera, et cetera.»

«Elles *sont* pareilles – toutes aussi mauvaises les unes que les autres.»

«Certes. Mais c'est un exemple typique de la différence entre vérité et valeur. Les désaccords portent en général sur la vérité, sur quelle religion possède la meilleure compréhension de la vie et de la mort, tout ça … Les points de convergence, eux, portent plutôt sur la valeur, sur comment la beauté, le gain et la bonté est enseignée par différentes religions. Donc le bouddhisme et le christianisme peuvent diverger sur l'existence ou d'un dieu, c'est vrai, et pourtant …»

«Attends. Tu dis que le bouddhisme ne croit pas en Dieu?»

«Oui.»

«Je ne savais pas.»

«Maintenant tu sais. Quoiqu'il en soit …»

«Drôle de religion.»

«Eh bien, en fait, je suppose que tout dépend de ce que tu entends par Dieu. Si tu imagines un vieux barbu qui dirige tout depuis là-haut – alors non, effectivement.»

«Je ne pense pas que quiconque croie encore à ça … si?»

Geoff réfléchit un instant. «J'en sais rien. Mais même si tu entends par Dieu une sorte d'intelligence omnisciente, le bouddhisme n'est pas d'accord non plus. Et il ne pense pas non plus qu'il y ait un plan divin qui se déploie lentement, ou un truc du genre. Pourtant, même si le christianisme et le bouddhisme sont en désaccord sur quelque chose d'aussi fondamental que Dieu, ça ne les empêche pas d'être totalement d'accord sur l'idée que le comportement humain devrait être basé sur la compassion et le respect, c'est-à-dire sur des *valeurs*. D'ailleurs, d'après ce que je vois, les religions sont de plus en plus d'accord de n'être pas d'accord sur la vérité – dont la plus grande partie ne peut être prouvée, de toute manière – et se concentrent sur les valeurs pour trouver un terrain d'entente.» Il me regarda pour vérifier que je comprenais, puis ralluma sa cigarette, qui s'était éteinte pendant qu'il parlait.

Mais j'en étais encore en train de digérer sa remarque sur le bouddhisme et Dieu. «Peut-on vraiment avoir une religion qui ne croit pas en Dieu?» J'étais en pleine confusion.

«Le bouddhisme», répondit sobrement Geoff.

«Sauf que plein de gens disent que ce n'est pas une religion, non?» Ça commençait à me revenir.

«Seulement parce que certaines personnes ne peuvent envisager la religion qu'en termes d'un ou plusieurs dieux.»

«Tu as dit toi-même qu'on peut le voir comme une philosophie de vie.»

«Tu peux, si tu veux. Mais à part le fait qu'elle n'a pas de dieu, sur tous les autres aspects, c'est une religion. Désolé.»

Il avait vu la déception s'afficher sur mon visage. «Il y a une pratique, des écritures, des doctrines – tous les travaux. Et des scissions internes sans fin.» Il rit et prit une gorgée de son verre.

«A quel sujet?»

«Ce qu'est l'illumination.»

«Ça a l'air intéressant. Envie d'illuminer mon esprit?»

Geoff gémit. «On peut garder ça pour une autre fois? C'est une longue conversation.»

«Je ne vais nulle part», dis-je. J'avais envie d'un autre verre ... voire de trois autres verres.

«Pourtant tu devrais, dit Geoff. Tu as un entretien d'embauche demain.»

*   *   *

Je luttai victorieusement contre l'idée de boire encore un verre – seul – et étais en train de me brosser les dents, prêt à me mettre au lit, quand la sonnette de la porte retentit. Sûrement Geoff, pensai-je. A moins que ce soit ... non, pas Angie. Elle ne débarquerait pas à l'improviste. Sauf qu'elle était assez imprévisible, parfois ... par exemple quand elle avait bu un peu trop de vin.

Je me rinçai rapidement la bouche, me passai la main dans les cheveux et dévalai les escaliers jusqu'à la porte d'entrée – mon appartement est au dernier étage de la maison. Je pris une profonde inspiration, ouvrit d'un air nonchalant – et fus totalement surpris. Sur le seuil se trouvait la dernière personne que je m'attendais à revoir: Martin.

Chapitre Cinq

Y'a une chose qui me sidère toujours, vous savez laquelle? Les gens. Vous pensez les avoir percés à jour, classés, «parce qu'ils sont toujours comme ça»: cupides, égoïstes, altruistes … faites votre choix. Vous leur collez une étiquette, vous les mettez dans une boîte … et là, ma main à couper qu'ils feront un truc qui ne leur ressemble pas du tout. Le doux Monsieur X assassine sa femme parce qu'elle range ses chaussettes dans le mauvais tiroir. La discrète Miss Y s'enfuit pour épouser un chef de tribu africain qu'elle a rencontré en vacances. Le vieux gars tout pouilleux au numéro 15 meurt et laisse un million d'euros aux œuvres de bienfaisance. Et Martin … Martin qui se pavanait et aboyait dans tout le bureau, qui savait toujours tout, qui n'écoutait jamais un traître mot quand il sortait de ma bouche … Martin apparaissait sur mon pas de porte au milieu de la nuit et demandait mon aide.

«Parce que tu as bien proposé de m'aider, hein?»

Tu parles d'un culot. Le mec me devait un mois de salaire, m'avait pris la tête pendant plus d'un an, infligé un avertissement officiel – et le voilà qui me demandait de l'aide! Je lui fis remarquer, assez froidement, que l'offre avait été faite quand j'avais encore un boulot; j'étais sur le point de retourner à l'intérieur et de lui claquer la porte au nez quand je vis l'air abattu sur son visage, ses épaules avachies, sa tête courbée et … et je me sidérai moi-même en lui proposant d'entrer prendre un verre.

Grave erreur. Nom de dieu, quel insupportable pleurnichard. D'accord, donc il était à deux doigts de la faillite personnelle et de la rue: il avait pris une deuxième hypothèque sur son appartement chic dans les Docklands pour investir dans l'entreprise, et il allait très probablement le perdre. Mais il n'en finissait pas de geindre! Et comme si rien de tout ça n'était de sa faute! J'avais très envie de le frapper. Mais je ne le fis pas. Au lieu de ça, au bout d'un moment – et c'est là que ça devient flippant– je me mis à lui parler de certains des trucs de Geoff et Dora. Je ne lui dis pas que c'était du bouddhisme, bien sûr; il était encore plus cynique que moi. Mais je lui parlai de prendre ses responsabilités, des trois doigts qui pointent sur nous à chaque fois qu'on brandit un doigt accusateur, du 'danger-opportunité', des problèmes qui nous aident à grandir, et de tout le reste. Du moins autant que je m'en souvienne, parce que les choses devinrent un peu embrumées à mesure que l'on finissait de faire un sort au Famous Grouse.

Mais le truc sidérant – et je sais que c'est la troisième fois que je suis sidéré depuis le début de ce chapitre, mais je fus … oui, sacrément sidéré par la tournure des événements. Quoiqu'il en soit, le fait est qu'au moment du départ de Martin – à une heure du matin passée – ce fut comme si j'étais devenu son meilleur ami!

«Bon Dieu, tu m'as vraiment aidé», dit-il en sanglotant, avant de me donner une grande accolade émue. «Pendant tout ce temps, j'ai pensé que tu étais un salopard fini, alors qu'il y avait toute cette … perspicacité qui bouillonnait et ne demandait qu'à sortir.»

Il pensait que *moi* j'étais un salopard fini? C'était la meilleure. Mais je dis juste «Ouais, ben … tu vois, quoi …» d'un ton ivre, en haussant modestement les épaules.

«Quoiqu'il en soit, c'est trop tard, dit Martin. Du moins pour ItsTheBusiness. Mais merci, merci.» Il me donna une autre brève accolade et s'en alla.

Hourra! Je titubai jusque dans ma chambre à coucher, puis m'écroulai sur le lit et dans les bras de Morphée.

* * *

Je démarrai la journée avec mon entretien chez Rédacteurs Associés. J'avais prévu d'arriver l'œil vif, bondissant d'impatience. Au lieu de ça, j'avais à peu près la pire des gueules de bois dont je puisse me souvenir. Ma tête cognait, j'avais la nausée et mes tripes se révoltaient tandis que je refusais un café noir avec un faible sourire et essayais de me concentrer sur la sublime créature qui m'interrogeait: la demi-trentaine, élégante, des lèvres pleines qu'on avait très envie d'embrasser … Heureusement, tout en fantasmant sur la déesse du sexe qui se dissimulait de toute évidence sous des dehors froids et professionnels, je m'entendis parler de création de valeur; de toute la satisfaction que je retirerais en aidant diverses entreprises à atteindre leur but, y compris Rédacteurs Associés, et du fait qu'au bout du compte cela m'aiderait à atteindre le mien. «Et quel est-il?» demanda-t-elle.

«Eh bien, dis-je avec un sourire timide, j'espère écrire un jour quelque chose qui va vraiment … vous savez … toucher les gens.»

J'ignore si c'est ça qui a fait pencher la balance, ou les salades sur la création de valeur, mais un message m'attendait sur le répondeur quand j'arrivai chez moi: quand pouvais-je commencer?

Bingo! Un résultat! Un trou-en-un ! J'étais tellement excité – et soulagé – que j'en oubliai de retourner directement me coucher avec ma nausée et téléphonai à Dora pour lui annoncer la bonne nouvelle.

«Mais bien sûr que tu l'as eu, dit-elle. J'ai pratiqué pour toi.»

Bien bien. «Donc je n'y suis pour rien?»

Elle rit. «Tu y es pour tout. Mais un petit peu d'aide ne fait jamais de mal, hein?»

«Quel genre de petit peu d'aide?»

«Des bonnes vibrations, des pensées positives, des prières … Appelle-le comme tu veux.»

«Bien sûr …»

«En tout cas, je suis vraiment heureuse que ça ait marché pour toi, Ed. Si je peux t'être utile pour quoi que ce soit d'autre, n'hésite pas à appeler.»

Je fis remarquer que je n'aurais plus besoin d'une agence de placement pour un certain temps, sur quoi elle se remit à rire- «Espérons que non!» – puis elle raccrocha. Mmm ... Savait-elle quelque chose que j'ignorais?

Je passai également un coup de fil à Geoff, sur son portable, et il parut aussi sincèrement ravi. «Et si je te payais le resto un de ces quatre?» dis-je, désireux de lui montrer ma gratitude.

«Ça me va!» dit-il pour signifier son accord. Nous fixâmes une date et j'allais raccrocher quand une pensée me traversa soudain l'esprit.

«Tu n'as pas aussi pratiqué pour moi, si?»

«Mais bien sûr, mon frère[11]»

«En français?»

Geoff se mit à rire. «Ça marche dans toutes les langues.»

«Bon, quoi que tu aies fait, je t'en dois une.» Je notai mentalement de penser à l'interroger au sujet de cette histoire de pratique durant notre dîner, mais je dus l'annuler avant même la fin de la semaine: Rédacteurs Associés attendait vraiment de moi que je travaille chacune des heures qu'ils me payaient ...

* * *

Ça ne m'a pas trop gêné de le laisser tomber, pour être honnête, parce que les choses se passaient vraiment bien. Bon d'accord, je ramenais du travail à la maison; mais les Rédacteurs Associés étaient des pros et je voyais des résultats tangibles, avec une littérature d'entreprise intelligente et bien ficelée. Tant que je tenais mes délais et que je répondais aux attentes du client, tout roulait. Et puis il y avait le bonus d'avoir Cathy pour chef ... Celle dont on rêvait d'embrasser les lèvres. Elle se montrait plutôt distante, mais amicale et sensée, ça changeait

---

[1] En français dans le texte.

franchement de Martin. Elle était aussi libre, autant que je puisse en juger, et avait de toute évidence un béguin secret pour moi mais ne précipitait rien. Pas de problème: je pouvais attendre. Après tout, mon cœur brisé était encore en convalescence, suite à ma rupture avec Angie. Mais en temps voulu, j'étais sûr que mon charme subtil allait faire des miracles et qu'elle succomberait à l'inévitable: un verre ensemble, un ciné peut-être, un dîner ... et au lit. Il me suffisait de me concentrer sur mon travail et d'être patient ... Mais c'est là que se produisit l'Incident-de-La-Dalle-de-Moquette.

Tout commença de manière assez anodine par une visite à une société située dans une zone industrielle proche du périphérique nord, à Wembley. Ils voulaient tourner une vidéo sur leur moquette super luxe, et Cathy m'avait confié le premier jet du script, en guise de promotion par rapport à mon travail sur des brochures. Je n'étais là que depuis un mois, et me voilà déjà dans le cinéma!

La salle d'exposition ressemblait à une piste de danse, entourée sur trois côtés par des sièges en gradins. Le quatrième côté était occupé par une série d'appareils industriels pour le nettoyage des sols: tout pour laver, récurer et cirer. Je fus dirigé vers un siège sur le côté par Brian, le directeur des ventes, avec une demi-douzaine d'autres personnes – des clients potentiels, murmura-t-il tandis que je m'asseyais. Puis il se redressa et nous salua d'un sourire éclatant. «Merci beaucoup à tous d'être venus. Maintenant je vous en prie, détendez-vous ... et profitez du spectacle!»

Entra Wilf: la cinquantaine, le cheveu rare, maigrichon, une moustache à la Zapata. Il sembla nous jauger puis se lança dans son baratin, avec un énorme accent cockney. «Y'a quelqu'un qu'aime passer l'aspirateur ici?»

Personne ne moufta.

«Nan? Moi j'adore ça. Mais bon, je suis très bizarre.»

Il saisit un sac de farine posé sur une table à proximité et en saupoudra une bonne poignée sur la piste, qui révélait à présent sa vraie nature: une surface composée de dalles de moquette que fabriquait l'entreprise. «La plupart des gens détestent ça. Ma femme aussi. Mais même ceux qui détestent pas ne savent pas vraiment comment c'est qu'on passe l'aspirateur.» Il en attrapa un qui attendait patiemment sur le côté, le tira sur la piste et l'enclencha. «Combien vous avez vu de fées du logis faire ça?» Il appuya fortement la tête de l'aspirateur sur les dalles parsemées de farine. Seule une très petite quantité fut aspirée. «Triste à voir, vraiment. Pasque c'est pas l'aspirateur qui nettoie, voyez … c'est l'air ascendant. Donc faut laisser un espace pour que ça marche, voyez? Quand on fait le mouvement *arrière*.» Il tira la tête de l'aspirateur vers lui et la farine disparu illico. Je fus presque impressionné. Je me souviendrais de la leçon … s'il m'arrivait un jour de me trouver à proximité d'un aspirateur.

«Mais vous n'avez pas fait tout ce chemin pour apprendre ça», dit Wilf, remarquant mes traits impassibles. «Non, z'êtes venus pour quelque chose de plus spectaculaire.» Il se dirigea à nouveau vers la table et ouvrit une boîte d'œufs. Il en prit deux, les inspecta brièvement, puis les jeta par-dessus son épaule. Ils s'écrasèrent de façon théâtrale sur les dalles de moquette. Je levai un sourcil et Wilf attrapa un bloc de margarine. «On en met?» demanda-t-il.

Nous fîmes tous oui de la tête.

Il en racla un gros morceau et le laissa tomber sur le sol, puis il saisit une bouteille d'huile de moteur et en versa. Un liquide épais et noir se joignit au mélange d'œuf et de margarine. «Quoi d'autre? Un truc qui tache vraiment.»

«Du toner, proposa Brian. Vous savez, ce qu'il y a dans les photocopieurs.»

«Joli», dit Wilf avec un sourire diabolique, et il en répandit sur le mélange immonde qu'il y avait déjà sur le sol. Il réfléchit un instant. «Je sais: ça vous dit un peu de Tipp-Ex? Une cochonnerie à nettoyer, c'truc.» Il empoigna un petit flacon sur sa table et en renversa le contenu. «Autre chose? Vous, Monsieur.» Il me regardait.

«De la sauce tomate?»

«Ah». Il eut l'air déçu. «Très salissant, mais on n'en a plus. Du jus d'betterave, ça irait?»

J'acquiesçai.

Il sourit et rajouta le liquide violet issu d'un pot de cubes de betterave au vinaigre sur le reste. «Mais bien sûr, c'est pas drôle si on le fait pas bien pénétrer, pas vrai?» Et sur ce, il se mit à quatre pattes avec une spatule et commença à remuer et mélanger les ingrédients jusqu'à en faire une indescriptible mixture visqueuse, nauséabonde et collante. Dans un grand geste théâtral, il l'étala sur les dalles de moquette, puis scruta son public captivé. «Et maintenant, déclara-t-il, on nettoie. Si on peut.» Ses yeux brillaient.

Il se mit à racler la matière gluante avec la même spatule, s'attaquant à la moquette avec la vigueur d'un prisonnier grattant le béton de sa cellule. La dalle était constituée d'une fibre virtu-ellement indestructible, expliqua-t-il, et était ingénieusement conçue pour rejeter la saleté. «Elle peut encaisser pratique-ment tous les mauvais traitements imaginables», grogna-t-il, frappant le sol pour marquer ses propos, puis il se remit sur ses pieds pour inspecter son œuvre. Une grosse tache noire souillait toujours la moquette.

«Phase deux», annonça-t-il en traînant un nettoyeur industriel dernier cri sous les feux de la rampe. Il appuya sur l'interrupteur et la machine – clairement la prunelle de ses yeux – prit vie, impatiente de passer à l'action. Wilf la fit glisser sur la zone incriminée avec la facilité que confère la pratique. «Inonder et frotter, c'est le secret» hurla-t-il pour couvrir le vrombissement et les bruits de succion de la machine. Et, incroyable mais vrai, en un rien de temps, la moquette eut l'air flambant neuf. Nous applaudîmes, impressionnés, tandis que Wilf faisait une révérence, puis il se redressa. «Alors, dit-il, quelqu'un pense encore que passer l'aspirateur, c'est pour les mauviettes?»

Je me dépêchai de rentrer à Rédacteurs Associés, armé de

documentation sur les dalles de moquette et d'une idée précise pour la vidéo. Tout ce qu'il fallait, pensai-je, c'était filmer la démonstration de Wilf, rajouter quelques commentaires techniques et le tour était joué.

Je ne parvins jamais jusque-là. Cathy m'attendait lorsque je fis mon entrée. «Dans mon bureau», dit-elle d'une voix sifflante, puis elle tourna les talons.

Les gens levèrent le nez tandis que je la suivais, puis détournèrent les yeux. Que se passait-il?

Cathy cracha le morceau dès que nous atteignîmes son bureau. «Ils ne veulent pas faire la vidéo.»

«Quoi? Pourquoi?»

«A toi de me le dire.»

Sa voix était lourde d'accusations, mais j'étais sincèrement dérouté.

«A cause d'une remarque offensante que tu as faite, apparemment. Au sujet des nettoyeurs noirs.»

Hein? Je me repassai frénétiquement le film de ma visite. La seule chose qui me revint, c'est d'avoir dit à Brian que l'amour de Wilf pour le nettoyage me rappelait ce gars, un Ghanéen que j'avais rencontré un jour, qui m'avait confié que son ambition secrète était d'acheter une machine haut de gamme pour nettoyer, cirer et polir, et de faire vraiment briller l'aéroport d'Accra. Sérieusement. Mais il ne pouvait pas avoir été offensé par cette histoire … si?

«Et quelle conclusion en as-tu tiré?» Le ton de Cathy était glacial.

«Quelle conclusion?»

Cathy hocha la tête.

Je réfléchis à nouveau. «Euh … Eh bien que, peut-être, ce que certains disent est vrai: tu sais, que pour chaque boulot, y compris le plus répugnant, il y a toujours quelqu'un quelque part qui est prêt à le faire.»

«C'est-à-dire que les noirs sont faits pour les boulots répugnants?»

Clic. La lumière se fit dans ma tête … et une alarme se mit à y retentir. «Non, non, pas du tout. Je voulais juste dire que – tu sais – il faut de tout pour faire un monde.»

Cathy me fixa, impassible. «Non, je ne sais pas, Ed. Tout ce que je sais, c'est que quoi que tu aies voulu dire, tu nous as fait perdre un contrat de quinze mille euros et un client; et on ne peut se permettre ni l'un ni l'autre, vu la conjoncture. Encore un cafouillage comme ça et tu es viré.»

* * *

«C'est totalement injuste, bordel! Un petit chef interprète mal une remarque complètement innocente et d'un coup mon job est sur la sellette! Nom de Dieu!»

Geoff poussa un profond soupir. «C'est le karma, mon pote», dit-il en découpant sa pizza Quatre Fromages. Nous étions dans une pizzeria bondée, dégustant le repas de 'célébration' que je lui avais promis plusieurs semaines auparavant, et je venais juste de vomir mes états d'âme … sur lui.

«Je me fous de ce que c'est. Ce n'est simplement pas juste, bordel!» Je finis ma bière et en commandai une autre pour m'aider à retrouver mon sang-froid.

«Tout dépend de comment tu regardes la chose», marmonna Geoff tout en mâchant sa pizza.

Je lui lançai un regard furieux. «J'espère que tu ne vas pas dire que c'est de ma faute.»

«De ta faute? Eh bien …» Et il hocha la tête d'un côté, puis de l'autre, comme s'il faisait littéralement tourner l'idée dans son esprit.

«Écoute, Geoff» dis-je en brandissant mon couteau dans sa direction, «la dernière chose dont j'aie besoin, là maintenant, c'est que tu me dises que j'ai fait quelque chose de mal. Parce que c'est faux.»

«Je ne dis pas que c'est le cas. Mais je peux te proposer une autre manière de voir les choses, si tu veux. Ça pourrait t'aider à retourner la situation.»

«Comment?» Je crachai le mot, pas d'humeur à être apaisé.

«Eh bien, dit Geoff, on dirait qu'il y a comme un schéma répétitif. Je veux dire, c'est quoi le problème entre toi et les revêtements de sol?»

«Quoi?»

«C'est pas une entreprise de linoléum qui t'a causé tous ces problèmes dans ton dernier boulot?»

«Une coïncidence.»

«Rien de tel dans le bouddhisme.»

«Ah ouais? Et c'est reparti ... Le monde à l'envers.»

«Mmm ... D'après le bouddhisme, tout fonctionne selon la loi de cause à effet. Une coïncidence n'est qu'un effet dont on ne peut voir la cause. Mais peut-être n'est-ce pas le meilleur moment pour parler de ça, vu comme tu es échauffé.» Et il trancha de ses dents un long fil de fromage fondu.

«Je veux en parler. C'est pour ça qu'on mange ensemble. Et je ne suis pas échauffé.»

«Ah, c'est juste une bonne imitation?»

Je me renfrognai, mais avant que je puisse répondre, la serveuse m'amena ma bière. J'en bus le tiers d'une traite et me sentis tout de suite mieux. Je regardai Geoff dans les yeux. «Tu disais?»

Il déposa couteau et fourchette, puis m'étudia pendant un moment en mâchant. «D'accord, dit-il. Mais je te préviens: la loi de cause à effet et le karma sont des choses qui posent problème à beaucoup de gens. Ça peut les rendre assez ... nerveux.»

«Pourquoi?»

«Parce que nous vivons dans une culture, dans une philosophie qui ne peut accepter qu'une certaine dose de responsabilité.» Et il pointa à nouveau son doigt robuste sur moi, désignant les trois autres qui pointaient sur sa poitrine.

«Très bien, dis-je. Je promets de ne pas m'énerver. Continue.»

«Bien», dit Geoff en continuant à découper sa pizza. «Le karma est comme un compte en banque de causes et d'effets que tu balades partout avec toi. Tout ce que tu as jamais pensé, dit ou fait, est profondément imprimé dans ta vie. Ça façonnecomment tu penses et ressens les choses, ce que tu dis et fais; et c'est la somme de toutes ces causes qui t'a mené à ce moment. Donc ce n'est pas un compte figé; c'est aussi un peu ta tendance de vie de base. Et puis ça façonne ton futur.»

«De quelle manière ?»

«Tu connais l'histoire du bébé éléphant de cirque?»

Je secouai la tête.

«Alors un beau jour, Maman éléphant de cirque a un petit, et dès l'instant où il se met à téter, il a une chaîne autour d'une de ses pattes, avec l'autre bout attaché à un poteau en métal fixé au sol, pour qu'il ne s'enfuie pas. Donc à chaque fois qu'il s'éloigne, la chaîne le tire en arrière d'un coup sec. Et il grandit comme ça. Ce qu'il ne réalise pas, c'est qu'à mesure qu'il devient plus gros, il devient aussi plus fort; donc arrivé à l'âge adulte, il pourrait facilement briser la chaîne et retrouver sa liberté. Mais à ce stade, il n'essaie même plus et donc, il reste où il est.»

«Il a été conditionné.»

«Exactement. Et c'est ça, le karma. L'éléphant est né dans une situation donnée et grandit en étant conditionné par elle. On est tous comme ça, en un sens. On prend l'habitude de penser et d'agir de telle ou telle manière, dans différentes situations et face à différentes personnes. Si on rencontre quelqu'un qu'on apprécie, on sera ouvert, amical; cette personne le sera probablement aussi en retour, et on poursuivra cette expérience positive. Mais si on apprécie moins la personne, on se montrera moins amical, ce qu'elle sentira et nous renverra, et on la quittera en se disant 'quel pauvre con.' Notre première pensée est confirmée par notre expérience et projetée dans l'avenir, mais à la base, c'est en grande partie notre première pensée qui a produit ce résultat. Alors le karma se répète et se renforce, en général, au fil du temps.»

«D'accord, donc qu'est-ce que tu es en train de dire? Que pour une raison quelconque j'éprouve une profonde haine inconsciente envers les fabricants de revêtements de sol, ce qu'ils sentent et me renvoient à la figure ?»

«Peut-être bien.» Je me cabrai … et Geoff sourit. «Je dis juste que c'est la deuxième fois que tu te retrouves dans une situation professionnelle où tu as affaire à un certain type d'entreprise, et que c'est la deuxième fois que ça crée des problèmes … pour toi.»

«D'accord. Mais en résumé, c'est de ma faute.»

«Le mot 'faute' est un mot très fort, Ed, plein de jugement. Mais il est certain que la cause se trouvait dans ta vie, sinon ça ne te serait pas arrivé.»

Je pris une longue et profonde inspiration, comptai jusqu'à cinq, puis exhalai lentement. Je levai le nez de ma pizza et offris à Geoff mon plus affable sourire. «Le seul problème, c'est que la cause ne colle pas avec l'effet. J'ai dit un truc totalement innocent, qu'*ils* ont mal interprété, et qui a pris des proportions surréalistes. Alors, comment tu expliques ça?»

Geoff répondit du tac au tac. «Eh bien, pour commencer, j'imagine qu'ils ont ressenti un truc chez toi qu'ils n'ont pas apprécié. Un peu de mépris, peut-être, ou d'arrogance?»

«Non.» Ce qui signifiait oui, probablement, mais je ne l'aurais jamais admis à ce stade, y compris à moi-même.

«Et deuxièmement, la loi de cause à effet n'est pas limitée à ce qu'on peut voir ou dont on peut se souvenir. Elle est éternelle.»

«Ah.» Nous voilà en terrain plus sûr. Moins personnel, plus facile à contre-attaquer. «Alors c'est tout le truc bouddhiste de la réincarnation, c'est ça? Le directeur des ventes est un ennemi d'une vie précédente et il attendu tout ce temps rien que pour se venger de moi.»

«P'têt bien …» dit Geoff gaiement en mordant dans une nouvelle tranche de pizza.

Je secouai la tête. Tout ça était tellement dingue que je ne savais pas par quel bout le démolir, ou même si ça valait la peine de le faire.

Geoff me dévisagea en mâchant bruyamment.«Tu penses que c'est des conneries, pas vrai?»

J'acquiesçai d'un air navré.

«Ouais, bon, j'ai bien dit que les gens trouvaient ça difficile, surtout en Occident. Pas en Inde, par contre, ni dans une grande partie de l'Asie. En fait, il y a probablement la moitié du monde qui croit au karma, d'une manière ou d'une autre.»

«Ça fait beaucoup d'idiots. Désolé, Geoff – sans vouloir t'offenser. Mais ça ne fait que montrer à quel point la religion est un tissu d'âneries. Je veux dire, le karma enseigne que si tu es né malade, ou pauvre, c'est parce que tu es puni pour des trucs que tu as faits dans une vie précédente … juste?»

«Pas puni. Tu souffres – ou tu bénéficies, car il y a aussi du bon karma – des conséquences de tes propres actions. Si tu chopes le cancer après avoir fumé toute ta vie, personne ne te punit. Tu reçois juste les effets des causes que tu as créées pendant des années.»

«D'accord, sauf que tous ceux qui fument n'attrapent pas le cancer. Par exemple ma grand-mère: elle en était à vingt Embassy par jour jusqu'à quatre-vingts ans passés.»

«Le karma n'est pas comme une machine à sous, Ed: tu fais A et B s'ensuit. C'est plutôt comme une toile gigantesque et complexe de causes et d'effets, dont nous ne savons rien pour la plus grande partie – dont nous ne *pouvons* rien savoir. Mais au cœur de tout ça, il y a l'idée qu'il faut prendre l'entière responsabilité de tout ce qui se trouve dans notre passé, notre présent et notre futur. Et ne pas blâmer quelque chose ou quelqu'un d'autre pour ce qui nous arrive.»

Je secouai la tête. «Je suis désolé, Geoff, mais c'est vraiment des foutaises.»

Geoff sourit et prit une gorgée de bière. «Bien, alors d'après toi, pourquoi les gens naissent-ils si inégaux? Riches, pauvres, en bonne santé, malades, certains dans les pays en développement, d'autres en Occident …»

«Facile. La partie physique dépend de la génétique. Et le

reste, comme le pays où tu es né, c'est juste une question de chance.»

«Et si les mêmes parents, avec les mêmes gènes, ont un enfant intelligent et en bonne santé, et un autre qui n'est pas aussi brillant et souffre d'une terrible maladie?»

«Toujours une question de chance. Le patrimoine génétique est le même, mais c'est le hasard qui dicte quels gènes vont à quel enfant.»

«Dieu n'y est pour rien?»

Je me contentai de rire.

«Ou les étoiles, l'astrologie?»

«Il a été prouvé que ce sont des foutaises. Tu mets dix astrologues ensemble, tu leur donnes la même info et ils vont tous en arriver à des prédictions différentes.»

«D'accord, dit Geoff, donc en gros tu acceptes la loi de cause à effet pour ce que tu peux voir et expliquer, comme la génétique. Mais c'est une question de chance, de hasard, ou de phénomène aléatoire – appelle-le comme tu veux – pour ce que tu ne peux pas expliquer?»

Était-ce ce que je pensais? Je ne l'avais jamais condensé en quelques mots auparavant. Mais ça me semblait être un résumé correct. «Oui, dis-je. En gros. Je veux dire: imagine que vous traversions tous les deux la route et que tu te fasses renverser par une voiture.»

«Merci.»

«De rien. Quoiqu'il en soit, tu peux bien sûr l'expliquer en partie par la loi de cause à effet. Tu peux remonter au moment où la voiture t'a renversé, à celui où le gars s'est mis en route, à ce qu'il a fait avant, et cetera, et cetera. Mais tu ne peux pas expliquer *pourquoi* la voiture t'a renversé toi, et pas moi. C'est juste de la malchance.»

«Ou le fait que c'est toi qui racontes l'histoire.»

Je grimaçai un sourire.

Geoff fit signe au serveur et recommanda de la bière, puis il ramena son attention sur moi. «D'accord. Alors qu'est-ce que je fais de ma malchance? En supposant que je respire toujours.»

«Quoi, tu veux dire … intellectuellement?»

«Ouais. Comment je lui donne un sens? Je hausse les épaules et je me dis juste que les coups durs, ça arrive?»

Question épineuse. «Tu pourrais, dis-je, même si évidemment, plus tu es abîmé, plus ce sera dur. Mais c'est pareil, quoi que tu croies, non? Je veux dire: les Chrétiens se demandent sans arrêt pourquoi Dieu laisse de mauvaises choses se produire s'Il est supposé être tellement miséricordieux et aimant. Alors que si un père négligeait ses gosses comme Il le fait, il finirait en taule.»

«Mais encore?»

«Réfléchis. Il est omniscient et omnipotent, pourtant Il laisse ses enfants – nous – errer dans tous les sens, se battre, mettre le souk, tomber malades, se blesser et mourir dans d'horribles conditions …» Je secouai la tête – encore une absurdité. «Dans monde réel, les services sociaux les sortiraient de Ses griffes en une seconde.»

Geoff sourit. «Peut-être bien, dit-il. Mais j'ai un problème avec ta vision des choses. Mélanger la loi de cause à effet et le hasard ne tient pas la route.»

«Pourquoi ?»

«Ce n'est pas logique. Comment la loi de cause à effet peut-elle fonctionner à certains moments et pas à d'autres? Si nous traversons la route tous les deux et que je me fais renverser et pas toi, dans mon esprit c'est parce que quelque part, d'une manière ou d'une autre, il y a une raison, une cause que j'ai créée.»

«OK, dis-je, peut-être que si je pouvais cartographier toutes les causes jamais créées depuis le début des temps, je serais capable de savoir s'il est sûr ou pas, pour toi ou pour moi, de traverser la route. Mais c'est impossible. Donc à mon avis, c'est du hasard.»

«Mais justement», dit Geoff – qui commençait lui-même à s'enflammer – «c'est parce qu'on ne peut pas tout comprendre qu'on remplit les vides avec Dieu, la chance ou – dans mon cas – avec le karma. Et je choisis de croire au karma, parce qu'à mon avis, c'est ce qui est le plus sensé; et *en plus*, ça ne m'enlève pas mon pouvoir.»

«Quoi?» Ça n'avait vraiment aucun sens.

«Si tu crois que ton destin est entre les mains de Dieu, ou du hasard, au bout du compte tu ne peux rien y faire. Tu es impuissant. Tu peux prier, supplier et espérer qu'Il écoute et vienne à ton secours … mais c'est Sa décision. Et la chance? Qu'est-ce que tu peux y faire? Te balader avec une patte de lapin? Aller voir une diseuse de bonne aventure? Jeter des petites pièces dans une fontaine?» Il était vraiment gonflé à bloc, désormais, comme s'il s'agissait pour lui d'un sujet brûlant. «A nouveau, tu t'en remets à une force extérieure et espères juste que les choses vont tourner comme tu veux. Mais si tu crois au karma, au fait que tu as créé toutes les causes menant à ta situation, alors tu peux créer de nouvelles causes pour en sortir. Si le problème est créé par toi, sa solution peut l'être aussi.»

«Même si tu ne sais pas ce que tu as fait?»

«Oui.»

«Comment?»

«Comme je l'ai dit: en acceptant toute la responsabilité et en ne blâmant pas les autres.»

Je me penchai en arrière et soufflai en gonflant mes joues. C'était trop pour moi. «Donc tu te fais toujours des reproches à toi-même, la victime?»

«Je n'arrête pas de te le répéter: il ne s'agit pas de reprocher», dit Geoff. «Il s'agit d'être convaincu que tu peux changer les choses.»

«Ça m'a plutôt l'air d'être la voie directe pour la culpabilité. 'J'ai dû faire un truc horrible dans le passé, pauvre de moi, voilà pourquoi ma vie est un tel bordel!'» Et je mimai un geste d'autoflagellation.

Geoff sourit. «Il y a une célèbre histoire bouddhiste au sujet de deux frères, Asanga et Vasubandhu. Asanga est l'aîné, Vas le plus jeune, et ils sont tous deux experts en bouddhisme. Mais ils ne sont pas d'accord. Asanga pense que les derniers enseignements du Bouddha sont supérieurs aux enseignements antérieurs, alors que Vas pense le contraire; alors il donne des conférences partout et écrit des articles dénigrant les derniers enseignements.»

«C'est comme Bob Dylan: les premiers albums sont géniaux, mais après 1980 …»

Geoff rit. «Très similaire. Quoiqu'il en soit, un beau jour, Asanga décide d'avoir une discussion sérieuse avec son jeune frère, et Vas réalise qu'il a fait une énorme erreur: les derniers enseignements sont clairement meilleurs. Et il se sent très mal. Tous ces gens qu'il a égarés, auxquels il a dit des choses fausses. En fait, il se sent si mal qu'il décide de se couper la langue et la main.»

«Un brin extrême.»

«Exactement ce que pensa son frère. Au lieu de te punir, lui dit Asanga, tu devrais utiliser ta langue et ta main pour répandre les derniers enseignements, et rectifier ton erreur. Ce que fit Vas.»

«Jolie histoire. Et l'idée, c'est que … ?»

«La culpabilité est une forme d'autopunition. Mais au lieu de te concentrer sur *l'effet* – c'est-à-dire en te retournant pour contempler ce tu as pu faire de faux dans le passé – le bouddhisme dit que tu devrais te concentrer sur *la cause*. Tu pars du moment présent, tu regardes vers l'avant, et tu décides ce que tu dois faire *maintenant* pour aller là où tu veux être dans l'avenir. Pour pouvoir réparer les erreurs, défier l'injustice, améliorer ta situation présente. Mais tu dois quand même en prendre la totale responsabilité, parce que c'est ce qui te confère le pouvoir ultime.»

Je pris le temps d'y réfléchir. Ça semblait être une jolie théorie, mais …

«C'est très bien, dis-je, si tu sais ce que tu as fait – comme Vas. Mais si tu ne sais pas, ou si ça vient d'une vie antérieure …»

Geoff secoua la tête. «Ça marche quand même», insista-t-il.
«Comment ça ?»

«Parce que si tu acceptes toute la responsabilité, c'est toi qui
mènes le jeu. Tu n'attends pas que d'autres personnes changent,
parce qu'il y a peu de chances qu'elles le fassent, et tu pourrais
attendre une éternité. La seule personne que tu peux réellement
changer, c'est toi-même. Mais le plus beau dans tout ça – il se
pencha en avant et baissa la voix – c'est que si tu changes, elles
changeront aussi.» Il se redressa, l'air triomphant.

J'étais toujours perplexe. «Pourquoi?»

«La non-dualité de la vie et de son environnement. J'en ai
déjà parlé.»

«Ah oui?»

Il hocha la tête. «En gros, ça dit que ton environnement reflète
complètement ta vie – ton karma, si tu préfères. Tout ce qui se
passe là-dedans – il tapota son front, puis sa poitrine – c'est
le moi intérieur. Et tout ce qui se passe là-dehors – il désigna
le restaurant avec sa fourchette – c'est le moi extérieur. Ils se
correspondent parfaitement. Donc si tu changes l'intérieur,
l'extérieur doit changer.»

«Pourquoi?»

«Parce qu'*il ne peut pas faire autrement.*» Il me vit froncer
les sourcils. «Tu vas devoir me croire sur parole, Ed, parce que
je crois qu'ils ferment. Et de toute façon, tu as suffisamment de
choses à digérer pour une soirée.»

Là, il avait raison: ma tête tournait. Ou c'était peut-être la
bière. «Mais je ne vois toujours pas comment ça va changer ma
situation au boulot – comme tu l'as dit toi-même.»

«Je sais. Donc ce qu'on doit faire avant d'être jetés dehors,
c'est établir un plan d'action …»

*   *   *

Ce que nous fîmes. Raison pour laquelle la première chose que
je fis le matin suivant fut d'appeler au travail pour dire que
je serais en retard. Et pour laquelle je me retrouvai dans un

taxi sur le périphérique nord pour me rendre chez les rois de la dalle de moquette, que je forçai le passage à la réception et m'invitai pour un rendez-vous impromptu avec Brian, le directeur des ventes. Qui fut très surpris de me voir – pour ne pas dire mal à l'aise et embarrassé, car il s'attendait visiblement à ce que je fasse un esclandre ou un truc du genre. Et qui resta ensuite bouche bée lorsque je me confondis en excuses sincères pour l'avoir offensé la veille … et c'était vraiment sincère, pas juste du chiqué. «Ce n'était en aucune façon mon intention de rabaisser les personnes de couleur, dis-je. Mais je comprends que mes mots aient pu être interprétés de cette manière et franchement, je réalise que j'aurais dû m'exprimer avec plus de prudence et de sensibilité.»

Il y eut un long silence, tandis que Brian digérait mon acte de contrition. «Eh bien, je vous en remercie», dit-il enfin, clairement indécis quant à la suite des événements. A ce moment, je dis que je comprendrais parfaitement s'il choisissait de ne pas faire appel à nous pour la vidéo, mais nous permettrait-il au moins de lui soumettre notre idée? Il tira brusquement la tête en arrière, comme si je lui demandais la main de sa fille unique, mais répondit seulement qu'il devait y réfléchir. Je m'en allai donc – non sans lui avoir serré la main.

En reprenant la route pour rentrer à Rédacteurs Associés, je ne savais vraiment pas si j'avais fait le bon choix. Et une fois sur place, je fus encore plus inquiet: Cathy voulait me voir dans son bureau dès mon arrivée.

«J'ai eu Brian au téléphone, dit-elle froidement lorsque je me présentai à elle.

Un nœud se serra dans mon estomac. «Ah, dis-je. Et … ?»

«Il a été très surpris de ta visite et voulait savoir si c'est moi qui t'avais envoyé.» Il était clair qu'elle n'approuvait pas.

«Je me suis dit que je pourrais peut-être rattraper la situation …» C'était visiblement de la folie. J'attendis le coup d'assommoir.

«Mmm …» Elle me jeta un regard pensif. «Eh bien, je ne sais

pas exactement ce que tu as dit, mais nous sommes de retour à bord.»

«Sérieusement?» Le nœud disparut.

«Il nous autorise à lui soumettre notre idée – en partie parce que les autres idées qu'il a vues sont totalement nulles, en partie parce qu'il a été 'impressionné par ton honnêteté' semble-t-il, et par le fait que tu es allé t'excuser en personne.»

«Ah, dis-je à nouveau. Tant mieux.»

«Oui, dit Cathy. Mais on n'a pas encore décroché le contrat. Donc … ?» Elle regarda vers la porte. Je saisis l'allusion et filai ventre à terre mettre mon idée sur le papier. On aurait dit que le soleil avait été rallumé.

*   *   *

Geoff fut aussi vraiment ravi quand je lui appris la nouvelle. Il le fut à nouveau, quelques jours plus tard, lorsque je l'appelai pour lui dire qu'on avait décroché le contrat. «Contente-toi de faire de ton mieux, dit-il, donne-toi à cent pour cent.» Ce que je fis. J'écrivis et récrivis le script huit fois durant la semaine suivante, acceptant chaque changement sans ciller, même les plus stupides, jusqu'à ce que finalement Brian soit content, que le directeur soit content et que Cathy soit contente. Le tournage se déroulerait sur trois jours la semaine d'après, et je planais un peu, honnêtement. Peut-être que l'écriture de romans n'était pas mon véritable talent. Peut-être que c'était plutôt le cinéma, les scénarios, les pièces de théâtre. J'eus une vision dans laquelle je recevais l'Appel en provenance de Hollywood et me retrouvais illico dans un jet en classe affaires. Evidemment, ils passeraient mes idées à la moulinette, et je serais mécontent des changements qu'ils exigeraient; mais au final, ils agiteraient de grosses liasses de billets sous mon nez, et après un intense examen de conscience … J'étais en train de lutter pour savoir si j'allais accepter leur argent impur quand Cathy m'appela dans son bureau.

«Salut, Ed» dit-elle avec un sourire amical lorsque j'entrai. «Assieds-toi.»

Je m'assis. C'était l'accueil le plus chaleureux qu'elle me réservait depuis l'Incident de la Dalle de Moquette. Qu'est-ce que ça pouvait signifier? Une promotion? Davantage d'argent? Quoi que ce fût, les signaux étaient encourageants.

«Ed, ton travail sur la vidéo m'a beaucoup impressionnée.» Cathy sourit à nouveau.

«Merci. J'ai eu du plaisir à le faire.»

«En fait, j'ai été assez impressionnée de manière générale – le petit couac récent mis à part.»

J'essayai de prendre l'air humble approprié.

«Alors c'est d'autant plus difficile de te dire que je vais devoir me séparer de toi.»

Paf. Comme ça. J'en restai bouche bée.

«Le problème, c'est que depuis la fin de la bulle internet … eh bien, en résumé l'argent ne coule plus à flots. Tout le monde taille dans les budgets et la première chose dans laquelle ils ont tendance à tailler, c'est le marketing. Illogique, mais c'est comme ça.»

«Mais … mais pourquoi moi, si mon travail était … ?»

«Dernier arrivé, premier parti. Je suis navrée, mais c'est ce qu'il y a de plus équitable.»

Tu parles d'un coup dur. Je sortis de son bureau en chancelant, comme si j'avais été assommé avec un marteau. Après toutes les heures supplémentaires que j'avais faites. Après tous ces pathétiques chichis que j'avais acceptés concernant le script, un sourire joyeux collé en permanence sur mon visage. Après … Mais bizarrement, je n'avais pas l'énergie d'être en colère. On avait éteint le soleil et j'étais de retour au fond du trou. Le trou noir et sans fond du désespoir. Adieu Hollywood. Adieu Le Best-Seller. Adieu mon avenir. Et des ténèbres surgit Mon Ami Diabolique, avec un sourire en coin. «J'avais raison, tu vois? chuchota-t-il. Tu n'arriveras jamais à rien. Pas même dans un million d'années. Jamais.

Chapitre Six

Ou vous êtes au top, ou vous êtes au fond du trou; et encore plus au fond le jour d'après. Et avant même de vous en apercevoir, vous vivez en permanence dans la morne et sombre grisaille qui règne sans partage sur le ciel britannique les trois quarts de l'année. J'en étais là. Au fur et à mesure que je digérais mon licenciement de chez Rédacteurs Associés, mon moral plongea de plus en plus bas – pour atteindre en gros le même niveau que l'indice boursier du Financial Times, qui descendait plus vite qu'un ascenseur de mine. Je me sentais condamné à la malchance, malgré tous les efforts de Geoff pour m'encourager.

«Imaginons que tu pilotes un avion entre Londres et Paris, dit-il, et imaginons qu'il y en ait pour une heure à vol d'oiseau.»

«Non, n'imaginons pas.»

Il m'ignora. «Tu décolles et tu mets le cap sur ta destination; au bout d'une heure, tu regardes par le hublot pour voir Paris. A combien estimes-tu les chances que tu sois vraiment à Paris?»

Je haussai les épaules. Je n'étais pas pilote et je m'en fichais.

«Elles sont minces, dit-il. Parce que tu as oublié de tenir compte du vent.»

«Suis-je bête.»

«Un vent arrière et tu l'as dépassée. Un vent de travers et tu as dérivé à l'est ou à l'ouest. Un vent de face … et tu n'es pas près d'y arriver.»

Je soupirai. «Et ce que tu veux dire par là, c'est … ?»

«Que le karma, c'est comme ça: tu ne peux pas le voir, tu n'en vois que les effets. Certaines personnes semblent obtenir ce qu'elles veulent très rapidement, presque sans effort, parce qu'elles ont un vent arrière, autrement dit de la chance. D'autres perdent le cap ou sont déviées de leur trajectoire, à cause d'un vent de travers. Et beaucoup d'autres encore se démènent vraiment et ne semblent pas progresser du tout, parce que leur karma, c'est un vent de face.»

«Super. Donc j'ai un vent de face. Et c'est quoi la solution?»

«Avion plus gros, moteurs plus puissants.»

«Ce qui veut dire, en version décryptée ?»

«Davantage d'efforts et de détermination.»

Je soupirai à nouveau. «A quoi bon? Je me suis écrasé au décollage.»

«Pas du tout, dit Geoff. Tu as juste rencontré quelques turbulences, c'est tout.»

«Les marchés sont en chute libre, Geoff, tout comme moi.»

Il secoua la tête avec obstination. «Seulement si tu te laisses tomber. Comment va ta liste à propos?»

«Quelle liste?»

«Les 'à faire' et 'à ne pas faire' quotidiens.»

«Oh. Eh bien, je ne l'ai faite qu'une fois – quand j'avais décidé de soutenir Martin. Et regarde où j'en suis.»

«La persévérance, mon lapin.»

Je souris d'un air morne. «Ça ne sert à rien si tu es voué à l'échec. Dieu sait ce que j'ai bien pu faire pour provoquer une foutue crise économique.»

Geoff secoua la tête. «Ce n'est pas personnel, Ed. C'est du karma collectif.»

«Aha.» Je me dis que le bouddhisme pourrait bien avoir trouvé une réponse.

«Ouais, tu sais, les trucs qu'on partage en tant que société: comme d'être nés à la même époque, au même endroit, de traverser des guerres et des changements climatiques ensemble, des périodes de prospérité et de crises. Les gros trucs.»

«Alors pourquoi, toi, tu ne les traverses pas?»

«Qui te dit que ce n'est pas le cas?»

«C'est le cas?»

«Oui, figure-toi. Ils affectent mes clients, donc ils m'affectent aussi.»

«Tes clients?»

«Les gens qui me paient.»

«Et pour faire quoi, déjà?» Il ne me l'avait toujours pas dit.

«Chaque chose en son temps.»

Je le regardai d'un air perplexe, mais il se contenta d'afficher un sourire impénétrable. Je n'eus pas envie d'insister. S'il voulait gagner le championnat des hommes mystère, grand bien lui fasse. «Tu n'as pas l'air d'être affecté» dis-je.

«De souffrir assez, tu veux dire?»

J'acquiesçai.

«Eh bien, les affaires ne sont pas exactement florissantes, si ça peut te rassurer.»

J'acquiesçai à nouveau.

Geoff éclata de rire. «T'es vraiment un foutu casse-couilles. J'sais pas pourquoi je me fatigue pour toi.»

«Ce doit être ta … tu sais, ta partie altruiste.»

«Ma nature de Bodhisattva.»

«C'est ça.»

«Oui … et tu la mets à rude épreuve.»

Ce fut à mon tour de sourire.

* * *

J'imagine qu'il finit par en avoir marre de m'encourager, parce qu'il m'envoya chez Dora pour une nouvelle conversation. Je voulais qu'elle me trouve un autre boulot, mais elle semblait plutôt avoir envie de me donner un autre cours sur le karma.

«C'est comme si tu t'envoyais des lettres à toi-même» dit-elle.

«Quoi?» J'étais assis en face d'elle, à son bureau. Aujourd'hui, elle était *sans*[1] perruque noire brillante, et exhibait des boucles brunes très courtes; mais elle arborait toujours les mêmes ongles vernis et les mêmes épais doubles cils.

---

[1]   En français dans le texte.

«Tes causes passées sont comme des lettres que tu t'es envoyées à toi-même, mais dont tu avais oublié l'existence. Et puis tu les reçois, l'une après l'autre: ce sont les effets qui te reviennent. Les gentilles lettres sont de belles surprises, mais les désagréables constituent de vrais chocs, parce que tu ne te souviens pas de les avoir écrites. Du coup tu t'assois et tu rédiges quelques lettres désagréables en guise de réponse ... Mais ces lettres te sont toujours adressées; donc elles te seront distribuées à un moment donné dans le futur, et ainsi de suite.»

«J'ai besoin d'un boulot, Dora» dis-je patiemment.

«Bien sûr que oui, chéri.» Elle sourit. «Mais l'idée, c'est d'écrire des lettres différentes, c'est-à-dire de créer des causes différentes. *Si tu veux savoir ce que tu as fait dans le passé, regarde les effets que tu reçois maintenant. Si tu veux savoir ce dont tu vas faire l'expérience dans le futur, regarde les causes que tu crées maintenant.* Citation bouddhiste.»

«Un boulot, Dora. B-O-U-L-O-T: boulot.»

Elle soupira. «Toi comme le monde entier, Ed.» De sa main gauche, elle donna une tape sur un dossier débordant de formulaires d'inscription. «Mais des employeurs qui engagent ... ?» Sa main droite souleva une maigre chemise en plastique, puis la laissa tomber en un doux claquement sur son bureau. «En fait, si les choses ne redémarrent pas dans les prochaines semaines, c'est *moi* qui devrai peut-être prendre une retraite anticipée.» Et elle émit un petit rire. Elle *rit*.

«Ça ne te perturbe pas?» demandai-je; parce que, clairement, son sang-froid me perturbait, moi.

«Oh, ça n'en arrivera pas là.» Elle sourit.

«Comment tu le sais?»

«Je ne le sais pas.»

«Mais si ça en arrive là?»

«Eh bien, danger-opportunité ... ?»

Et je jure que ses yeux se mirent à briller.

* * *

Ce qui était très bien, mais je n'étais pas habitué aux gens anormalement positifs face à la perspective d'un désastre. Je devais m'occuper de mon propre cas de danger – opportunité – c'est-à-dire de crise. J'avais quitté Rédacteurs Associés le vendredi précédent sans tambours ni trompettes, avec juste assez d'argent pour vivre durant quatre semaines – peut-être cinq en réduisant la picole. Mais Bon Dieu, l'alcool était la seule petite lueur brillant dans les ténèbres qui m'attendaient. Pas d'alcool, pas de sexe ... Qu'y avait-il d'autre? Je décidai de vivre au jour le jour et de ne m'octroyer que des rations d'urgence en cas ... d'urgence, justement.

La première semaine ne se passa pas trop mal. Les causes: c'était la clé, selon Geoff et Dora. Tant que je créais des Causes, je devais obligatoirement obtenir un Effet; plusieurs, si j'avais du bol – ou plutôt si j'étais 'favorisé par le destin', me corrigeaient-ils avec insistance.

Donc, durant cette première semaine, je dressai conscien- cieusement une liste de 'à faire/à ne pas faire' tous les soirs, et passai la plus grande partie possible du lendemain à créer des Causes. Je m'inscris à toutes les agences de recrutement que je pus trouver, écumai les offres d'emploi dans la presse locale et nationale, contactai les amis et connaissances ayant un vague lien avec internet, la rédaction commerciale ou encore le monde un peu dingue des vidéos d'entreprise ... car après tout, n'avais-je pas commencé à me faire un nom dans le domaine? Je créais tellement de causes que je me sentais assez fier de moi. Et de fait, j'obtins quelques effets encourageants en retour.

«Un CV très intéressant, Ed. Laissez-le nous et nous reviendrons vers vous ...»

«C'est un peu calme en ce moment, Ed, mais dès que les choses redémarrent ...»

«Dès que nous aurons des nouvelles concernant ce méga projet que nous avons soumis, Ed, nous vous recontacterons – c'est sûr ...»

Et ainsi de suite. Rien de concret, mais je commençai à me

sentir plus guilleret: peut-être que ce truc de causes et d'effets fonctionnait, finalement. Tellement guilleret, en fait, que je décidai de me lancer dans l'écriture du Best-Seller Pourquoi pas? J'avais du temps et toute cette théorie bouddhiste sous la main: *kyo chi gyo i*, création de valeur, *ichinen*, pensée positive ... Il fallait juste que je l'applique et – hop! – les choses s'arrangeraient.

Mais qu'écrire? Écris sur ce que tu connais, qu'ils disent. Donc je décidai de raconter l'histoire d'un mec qui perd son boulot, sa copine et se bat vraiment vraiment dur pour s'en sortir, mais n'y arrive pas trop ... donc il coule de plus en plus ... et encore plus ... jusqu'à ce que – la vache! – il se suicide. Non, on rembobine. Jusqu'à ce que, alors qu'il est sur le point de tout perdre, il ... il ... quoi?

«Je sais, me dis-je. Contente-toi de démarrer et laisse venir l'histoire. Laisse-la se déplier au fur et à mesure que les personnages prennent vie et *te* racontent l'histoire. Après tout, tu n'es pas Dieu. Tu n'es que le scribe qui retranscrit la réalité vécue par tes personnages.» J'allumai donc l'ordinateur et me mis à taper. Si ça, ce n'était pas une énorme putain de cause, je ne savais pas ce que c'était. A moi la Russie. Tout ce que j'avais à faire, c'était de tenir bon. Mais c'est là que ça se corse, en général.

A la fin de la première semaine, j'avais écrit presque *cinq mille* mots. A la fin de la deuxième, j'arrivais tout juste à m'extraire de mon lit.

Que s'était-il passé? En gros, on aurait dit qu'il y avait un trou dans mon réservoir et que toute l'essence s'en était échappée. Une minute j'étais à fond, celle d'après j'étais échoué définitivement sur la bande d'arrêt d'urgence.

«C'est l'état d'Enfer» dit Geoff d'un ton catégorique. Il se tenait sur le pas de ma porte, l'air inquiet. «Je l'ai compris hier soir au son de ta voix quand je t'ai appelé; et je me suis dit qu'il n'y a qu'un seul remède: un boulot.»

«Tu m'as réveillé pour me dire ça?» J'arborais seulement ma

robe de chambre kimono en coton et une barbe de trois jours, et je commençais à frissonner.

«Non, je veux dire *n'importe quel* boulot», continua-t-il. «Traîne encore un peu dans cet appartement et les voisins ne vont pas tarder à se poser des questions sur l'odeur. Ils défonceront ta porte et te retrouveront couvert de mouches sur le sol de la cuisine.».

«C'est moi qui suis supposé avoir de l'imagination, je te rappelle» dis-je. Sauf que je n'en avais pas, et c'était le problème. Mes personnages refusaient obstinément de prendre vie, comme des adolescents boudeurs, rivés à leur canapé. C'est ce qui m'avait fait sombrer dans la déprime: Le Best-Seller était en rade.

«Laisse-moi te payer un verre et voir si on peut te trouver un truc», proposa Geoff.

«C'est un peu tôt, non? Les pubs n'ouvrent pas avant des heures.»

Geoff me lança un regard apitoyé. «Ed, il est l'heure du déjeuner.» Il désigna sa montre: 12h45.

Je n'y comprenais rien. J'avais regardé mon réveil quand la sonnette avait retenti et il affichait 9h20. Puis je me souvins: il s'était arrêté plusieurs jours auparavant et je n'avais pas racheté de pile.

«Pas été foutu de bouger tes fesses pour les changer, hein?» dit Geoff.

«Non, c'est pas ça. C'est juste que … tu sais.» Mais c'était ça. Je n'étais pas foutu de bouger mes fesses pour quoi que ce soit. Mon œuvre était en rade et ma vie aussi. Toutes mes causes n'avaient rien produit, et la liste de résolutions quotidiennes me décourageait chaque jour un peu plus … car au fond de moi, je ne croyais pas être capable d'en réaliser une seule. Ma réalité, c'était: pas de boulot, pas de petite amie, pas d'argent. Et pas de réelles perspectives non plus.

«Tu dors beaucoup, pas vrai?» demanda Geoff.

J'acquiesçai.

«Tu as de la peine à te lever?»

J'acquiesçai à nouveau.

«Pas d'appétit?»

Je secouai la tête tristement. «Pour rien» soupirai-je.

Geoff sourit. «Allez. Enlève ta tenue de Madame Butterfly et essayons de raviver un peu de force vitale en toi.»

A nouveau ces mots: force vitale. J'avais eu l'intention de l'interroger là-dessus, mais ça ne s'était pas fait. Comme tout le reste.

*   *   *

Le bistrot du coin est un de ces pubs irlandais sans prétention, où l'on se consacre intensivement et efficacement à boire, surtout de la Guinness. Ça résonne, la déco est fade, la moquette défraîchie est criblée de brûlures de cigarettes et de chewing gums durcis; de grands miroirs dominent le tout et reflètent l'ambiance, faite d'ébriété morose. Au bar, deux alcolos aux yeux bouffis étaient déjà à l'œuvre, en train de descendre leur troisième – ou quatrième? – pinte de liquide brun. Un environnement idéal pour causer dépression.

«A la force vitale» dis-je en levant mon verre. «Quoi que ce puisse bien être.»

«C'est de l'énergie» dit Geoff en attaquant sa tourte à la viande et ses haricots blancs sauce tomate. «Sauf que c'est plus profond que ça, c'est …» Il finit sa bouchée, s'efforçant de trouver les mots justes. «Le mieux est probablement de l'expliquer en passant par ce qu'on appelle le principe des Trois Vérités.»

«Encore un principe?» demandai-je. «Parce que je commence à m'y perdre, honnêtement.»

«Oh, celui-là est facile à retenir» dit Geoff, et il se mit à tracer des lignes sur la mousse de sa Guinness.

Geoff contempla son œuvre. Trois lignes se rejoignaient au centre, comme le symbole pacifiste, divisant la surface en trois sections égales. Geoff semblait satisfait. «Alors, dit-il, le principe des Trois Vérités explique que la vie possède trois dimensions fondamentales: la dimension physique …» Il désigna la section supérieure gauche. «La dimension mentale et/ou spirituelle …» Il pointa la section supérieure droite. «Mais pas spirituelle au sens religieux du terme, ni en rapport avec les fantômes ou ce genre de trucs, mais au sens de ton état d'esprit, de comment tu te sens.»

«D'accord.»

«Et puis il y a la troisième dimension, la dimension dite essentielle, qui est un peu difficile à cerner.» Il montra la troisième section, celle du bas. «On peut aussi l'appeler force vitale: c'est l'essence de ta vie à chaque moment, qui se révèle dans les deux autres aspects, le physique et le mental.»

Quelque chose me sembla familier. «Je croyais que la vie à chaque moment, c'était l'*ichinen*.»

«C'est juste.» Geoff eut l'air surpris.

«J'ai écouté, tu sais.»

«Content de le savoir. Tu peux l'envisager comme différentes manières de décrire la même chose. Quoiqu'il en soit, l'idée c'est que ta force vitale change en fonction de ton état de vie. Je t'en ai parlé, tu te souviens? Quand je t'ai expliqué le truc d'être un Bodhisattva.»

«Vaguement.»

«Eh bien, en ce moment, comme je l'ai dit, tu es dans un état de vie qu'on appelle Enfer. Pour certaines religions, il s'agit d'un endroit horrible où tu vas lorsque tu meurs, pour être puni de toutes tes mauvaises actions; et certains anciens courants bouddhistes le disent aussi. Mais selon le bouddhisme plus récent, l'Enfer est en toi. C'est un état de souffrance. Et toi, mon garçon, tu en présentes les symptômes classiques.» Il enfourna une autre bouchée de haricots.

«Merci, docteur.»

«Alors si tu es en Enfer ici …» marmonna-t-il la bouche pleine en désignant la section inférieure dessinée sur la mousse, «… dans la partie essentielle, ça se traduit forcément dans les parties physique et mentale.» Il avala. «Donc, sur le plan physique, tu manques d'énergie, d'appétit, tu dors beaucoup, tu te sens léthargique, tout te semble demander un gros effort.»

«Ouais.»

«Et sur le plan mental, tu es démotivé, rien ne t'enthousiasme, tu n'as plus ni espoir ni ambition, tu te dis qu'il est inutile de faire quoi que ce soit, parce que de toute façon, tu vas te planter. Le temps s'écoule au ralenti et tu en passes une bonne partie avec ton Ami Diabolique, qui te répète que tu n'es bon à rien et que rien ne va. Il n'est pas de très bonne compagnie, mais tu n'as pas mieux pour le moment, parce qu'en gros, ta vie s'est réduite à ça.» Il écarta le pouce et l'index d'environ deux centimètres.

«Autant que ça?»

Il acquiesça. «J'en ai peur. Tout est négatif, rien n'est positif et tu te sens merdeux. Tu es piégé, étouffé. En Enfer.»

«Un seul remède, alors …» dis-je. «… A la tienne!» Je soulevai mon verre et le siphonnai. «Un autre?»

Geoff me fixa pensivement. «Tu bois beaucoup?»

Je fis une grimace. «Comme ci comme ça.»

«Ça aide?»

«Immensément.» Je souris et me levai pour aller au bar.

«Vraiment?» Sa voix était anxieuse.

«T'inquiète pas, dis-je. Je ne suis pas en train de devenir alcoolique.» Ce dont j'étais persuadé … même si ma difficulté à me lever le matin n'était pas tout à fait sans lien avec les grands whisky-cocas que je m'enfilais tous les soirs.

Geoff n'eut pas l'air rassuré. «Le problème, c'est d'essayer de sortir de l'Enfer grâce à la picole, la drogue ou n'importe quoi d'autre qui te procure un genre de soulagement rapide …» Il secoua la tête. «Parce que dès que les effets se dissipent, tu te retrouves où? A la case départ. Voire pire.»

Je suivis son regard en direction du bar. Les deux alcolos commençaient à osciller doucement, leurs bouches collées à leurs pintes de Guinness fraîchement servie, comme s'ils étaient en train de les manger. Je me renfrognai et me rassis.

«Nom de Dieu, Geoff. C'est toi qui m'as traîné ici.»

«Je sais. Je voulais que tu sortes de chez toi.»

«Pourquoi?»

«Quand j'ai appelé, hier soir, tu n'avais pas juste l'air déprimé, tu avais l'air bourré.»

«Et alors? Je suis majeur.»

«Ne te mets pas sur la défensive. Je m'inquiète pour toi, c'est tout.»

«Ben il faut pas. Je me sens bien.»

«Tu te sens bien en Enfer?»

Je restai silencieux; là, il m'avait eu.

«Je suis passé par là, dit Geoff. La pente glissante. Ça m'a pris longtemps avant de voir que l'Enfer et le Paradis ne sont que les deux faces d'une même pièce.»

«Le Paradis? Qu'est-ce qu'il vient faire là-dedans?»

«Le Paradis n'est pas là-haut, tu sais» dit-il en pointant son doigt en direction du plafond, «pas plus que l'Enfer n'est là en bas.» Il pointa son doigt vers le sol. «Ce sont juste des noms pour des états de vie différents. Le Paradis, c'est l'extase, le pied que tu prends avec quelque chose … comme le sexe, la drogue et le rock'n'roll. Et la picole. Mais le Paradis est le nid du diable. Ce qui signifie qu'il existe une voie directe qui mène du Paradis à l'Enfer.

«Hein? Je croyais qu'ils étaient supposés être le contraire l'un de l'autre.»

«Pour le christianisme, oui, mais le bouddhisme se préoccupe de comment les choses sont reliées entre elles, de comment la vie fonctionne vraiment. Donc d'un côté, le Paradis semble différent de l'Enfer. C'est sympa, le soleil brille, tu as de l'énergie – de la force vitale – et en gros tout est rose. Jusqu'à ce que tu essaies de t'y cramponner, parce que rien ne dure … comme les bulles dans le champagne. Tu bois, c'est sympa. Tu continues à boire … et tu te retrouves avec une gueule de bois. Le Paradis …» – il leva sa main, la paume tournée vers le ciel – « … l'Enfer.» Il retourna sa main.

«D'accord» ai-je concédé. «Mais je souffre surtout parce que j'ai perdu mon boulot.»

Geoff grimaça, comme s'il venait de sucer un morceau de citron. «Eh bien là aussi, strictement parlant, c'est la même chose.»

«Comment ça?» Je ne comprenais vraiment pas.

«Parce que le Paradis – ou le Bonheur temporaire, pour le nommer autrement – c'est ce qu'on ressent quand on obtient quelque chose qu'on veut, comme ton boulot à Rédacteurs Associés. Mais comme le sentiment est lié à cette chose, il disparaît dès qu'elle disparaît.»

«Hein?» Je ne voyais toujours pas le rapport.

«Tu te sentais au fond du trou avant d'avoir le boulot, puis bien quand tu l'as décroché, puis mal quand l'incident de la dalle de moquette s'est produit, puis bien quand tu as retourné la situation, puis mal quand tu t'es fait virer … et ainsi de suite.»

Une fois de plus, je le regardai comme s'il était un parfait imbécile. «Mais c'est la vie, Geoff, dis-je. Tu sais: content, triste, bien, mal. C'est normal, c'est ce que vivent les gens normaux.»

«Je sais, dit-il. Et le bouddhisme est là pour t'apprendre comment fonctionne la vie, pour que tu puisses faire des choix qui ne causent pas autant de peine … à toi ou aux autres.»

«Je ne cause pas de peine aux autres» dis-je, sur la défensive.

«Non, dit-il, mais tu as besoin de développer une certaine force intérieure, histoire de ne pas te laisser affecter autant par les hauts et les bas.'Un homme véritablement sage …' – je cite – 'Un homme véritablement sage ne se laissera emporter par aucun des Huit Vents: la prospérité, les revers, la disgrâce, les honneurs, les louanges, la critique, la souffrance et le plaisir. Il n'est ni transporté de joie par la prospérité, ni peiné par les revers.'»

«Mais c'est impossible, dis-je. Il faudrait être un robot pour ça.»

«Il n'est pas dit que tu ne devrais pas être affecté par les Huit Vents: c'est effectivement impossible. Il est dit que tu ne devrais pas être *emporté* par eux; tu sais, partir dans les extrêmes.»

«Mmm …», grognai-je. Tout cela semblait formidable – en théorie – mais totalement impraticable. «D'accord, très bien, dis-je, mais le problème, c'est que je ne peux pas contrôler comment je me sens. Ce n'est pas entre mes mains. Je veux dire que la semaine dernière, je me sentais … bien. Je faisais plein de trucs, je créais plein de causes …»

«Super.»

«J'écrivais. Mais je me suis juste essoufflé. J'ai eu un blocage et je n'ai pas réussi à le surmonter. Et puis qui tu sais a débarqué …»

«MAD?»

J'acquiesçai. «Et d'un seul coup je me retrouve face au même blocage, mais je me sens encore dix fois moins bien.»

«C'est pour ça que je pratique, dit Geoff en toute simplicité. Je peux recharger ma force vitale à volonté.»

Nous nous regardâmes, sachant tous les deux qu'on butait contre la pierre d'achoppement. Je ne sais pas pourquoi, mais chaque fois que Geoff – ou Dora – parlait de la pratique, je débranchais. C'était comme si j'arrivais à le suivre pas à pas sur ce chemin, parce que tant de choses qu'il disait ressemblaient à du simple bon sens, semblaient empreintes d'une sorte de logique. Et puis tout à coup ça devenait farfelu, religieux, et je ne voulais plus rien savoir. Mais je ne souhaitais pas l'offenser à nouveau … j'avais déjà assez peu d'amis comme ça. Alors je dis juste «Et comment ça se fait?»

«Parce que, crois-le ou non, pratiquer renforce cet état de vie qu'on appelle la Bouddhéité.»

Je n'y croyais pas, mais bon … laissons-le finir.

«C'est l'état de vie basé sur la sagesse, le courage et la compassion. Et à mesure qu'il se renforce, petit à petit, tous tes autres états de vie se stabilisent, en somme, et tu trouves un peu d'équilibre. Ton moral est moins en dents de scie. Et tu peux t'appuyer sur ce supplément de force pour surmonter les difficultés, les obstacles … tout ça.»

«Ça paraît génial … pour toi.»

«Eh bien, c'est aussi à ta disposition, si tu le veux.»

Je secouai la tête avec un sourire poli.

Geoff soupira tristement. «Très frustrant», dit-il.

«Quoi donc?»

«Savoir que tu possèdes quelque chose qui peut vraiment aider quelqu'un, et qu'il n'est simplement pas intéressé.»

«Je te l'ai dit, Geoff: je ne cherche pas une religion. Si c'était le cas, je suis sûr que ce serait le bouddhisme, mais ce n'est pas le cas. D'accord?»

«Très bien.»

«La théorie et les principes me plaisent – mais prier, pratiquer, ou quoi que ce soit de ce genre …» Je secouai la tête fermement.

«D'accord, message reçu.»

J'étais néanmoins vraiment curieux de la philosophie. Elle expliquait beaucoup de choses– dans la mesure où je pouvais l'accepter. «Donc, ces fameux états de vie, dis-je. Il y a l'Enfer, le Bonheur temporaire, la Bouddhéité … et tu as mentionné la colère, non?»

Geoff reprit du poil de la bête. «Oui, dit-il. Il y en a dix en tout: les dix mondes, ou états. On les appelle ainsi parce que le bouddhisme ancien disait qu'il y a littéralement dix mondes dans lesquels on naît quand on est réincarné, selon les causes créées dans chaque vie. Mais plus tard, le bouddhisme enseigna que ce sont des états que chacun traverse, individuellement, dans sa vie.»

«Alors il y a quoi? L'Enfer …»

«Oui, qui est synonyme de souffrance; l'Avidité, où tu es motivé par tes désirs mais jamais satisfait, même quand tu obtiens ce que tu veux … ce qui t'oblige à rechercher la nouveauté; l'Animalité, où tu es dominé par ton instinct animal … en quête de nourriture, de sommeil, de sexe, de survie.»

«C'est familier.»

«On est tous concernés, parce qu'on est des animaux. Et la stupidité fait aussi partie de l'Animalité, parce qu'on vit dans l'ici et maintenant, et qu'on ne pense pas aux conséquences de nos actions. C'est la loi de la jungle ... tu sais: la loi du plus fort, les grades, la hiérarchie, ce genre de choses.»

«Martin. Toujours à rechercher la solution facile. En plus, il nous harcelait.»

«Ouais, il y a beaucoup d'Animalité dans les affaires. C'est un monde où les chiens dévorent les chiens.»

«Et les chats. Et les membres du personnel. Ensuite?»

«La Colère, qui n'est pas tant de perdre son sang-froid que de toujours penser qu'on est le meilleur ou qu'on a raison, et de le prouver en rabaissant les autres ou en les jugeant. On se sent toujours en compétition avec eux, ou on se retrouve sans cesse dans des conflits, des disputes.»

«En quoi ça diffère du précédent, de la loi de la jungle?

«Les animaux n'ont pas d'ego, juste des besoins.» Il fit un signe de tête vers les alcolos au bar, qui avaient attaqué une nouvelle pinte et étaient bien partis pour finir sérieusement bourrés.

«C'est de l'Animalité, ça?»

«Selon moi, oui. N'voient pas plus loin que leur prochain verre.»

Mmm ... intéressant.

«En plus, une personne qui a une Colère forte est toujours sensible à la critique, parce qu'au fond, elle manque de confiance. Alors elle a tendance à attaquer la première ... tu sais: comme quoi l'attaque serait la meilleure forme de défense.»

On se rapprochait un peu trop d'un point sensible. Enchaînons.

«Donc ça fait quatre. Le cinquième?»

«L'Humanité, ou la Tranquillité, qui signifie en gros être calme, décent, raisonnable: humain. Ou peut-être que bienveillant serait un meilleur terme.»

«Comme toi.»

«C'est gentil à toi de dire ça, Ed. Mais ça peut aussi signifier être flemmard – ce que je peux être. Ou ne pas vouloir faire de vagues. Et c'est un état facile à perturber, comme le Bonheur temporaire. Tu as besoin de paix et de calme tout le temps, sinon tu as tendance à te mettre en rogne.»

«OK. Et le sixième, c'est … ?»

«Le Paradis, ou Bonheur temporaire, dont nous avons parlé.»

«Mmm … Le septième?»

«Le septième, c'est la Guinness.» Je fus largué l'espace d'une seconde, avant de voir son verre vide. «Juste une demie.» Il sourit.

«Ça va si j'en prends une aussi?»

«Comme tu l'as dit: tu es majeur.»

Je ramassai nos verres et allai au bar, où l'un des alcolos me jeta un regard trouble pendant que je passais commande. Nom de Dieu, pensai-je, c'est vrai qu'il avait l'air vaguement animal, même si je ne pouvais imaginer qu'un véritable animal se mette dans cet état: trop de respect pour lui-même. Apparemment, je l'avais fixé trop longtemps, parce qu'il se renfrogna soudain.

«Qu'est-ce tu r'gardes?» bredouilla-t-il.

«Rien» dis-je.

«Alors dégage!» Il fit un pas vers moi, les poings serrés.

Je reculai, alarmé, mais il continua à avancer. Je fis un autre pas en arrière, mon talon se prit dans quelque chose, je vacillai, me sentis tomber, m'agrippai au vide, me heurtai violemment la tête contre le coin du bar et …

Chapitre Sept

Hôpital. Quand je me réveillai, j'étais allongé sur un lit roulant dans une salle des urgences. Une infirmière était en train de demander à quelqu'un quelle quantité d'alcool j'avais bu. «Seulement une pinte.» C'était la voix de Geoff. Je clignai des yeux, les ouvris, juste à temps pour voir l'expression du visage de l'infirmière qui signifiait «on ne me la fait pas.»

«J'ai trébuché» dis-je faiblement.

Ils regardèrent vers moi.

«Ah, de retour parmi nous, hein?» dit l'infirmière. «Comment vous sentez-vous?»

«J'ai mal.»

«Eh bien, vous vous êtes pris un sacré coup sur la tête. Je vais vous recoudre, mais il faut d'abord que je vous administre un anesthésiant local.» Elle fit apparaître une seringue de la taille d'une aiguille à coudre … et je m'évanouis.

D'accord, je suis une mauviette. Je n'y peux rien. Les hôpitaux sont les endroits que je déteste le plus au monde – ils sont pleins de maladies, de souffrances et de fluides corporels. Une simple visite suffit à me donner la nausée: les relents de l'infirmité, les couleurs de vomis, les malades tristes qui se baladent en traînant des pieds dans leurs peignoirs, avec des tubes reliés à Dieu sait quoi et produisant Dieu sait quoi d'autre.

Quand je revins à moi pour la deuxième fois, l'infirmière m'avait déjà raccommodé et j'étais en route pour la radiologie – la procédure normale, apparemment, pour une blessure à la tête. Geoff poussait le lit. «Tu vas bien?» demanda-t-il.

«J'espère», dis-je en gémissant, tandis que le lit heurta en les ouvrant les battants d'une porte en plastique. «Tu as vu ce qui s'est passé?»

«Tu t'es évanoui.»

«Au pub.»

«Tu es tombé comme un tronc de sapin. La vache, tu t'es mis une telle prune sur le ciboulot …»

«C'est cet alcolo qui s'en est pris à moi …»

«Quoi?»

«Tu sais … qui m'a menacé.»

Geoff eut l'air très surpris. «Celui qui était le plus près de toi?»

Je grognai. «C'est pour ça que j'ai trébuché, en essayant de m'éloigner.»

«Ben c'est lui qui en a fait le plus pour ton confort. Il nous a fait te mettre dans la position de sécurité, vérifier tes voies respiratoires et nous assurer que tu n'avais pas avalé ta langue.»

J'étais ébahi. «Il était complètement bourré.»

Geoff haussa les épaules. «C'est bien la preuve.»

«De quoi?»

«Que tu peux pas juger un livre d'après sa couverture.»

«Il allait me cogner!»

«Pourquoi?»

«J'en sais rien. L'a pas aimé la manière dont je le regardais, j'imagine.»

«Tu le regardais comment?»

«Merde, Geoff, j'en sais rien. Qu'est-ce que ça peut faire?» Je sentais arriver une nouvelle tranche de sagesse bouddhiste et je n'étais pas d'humeur.

Geoff reçut le message cinq sur cinq et n'ouvrit pas la bouche. Le lit avança en grinçant le long du corridor, jusqu'au service de radiologie. Geoff tendit une carte rose au technicien, qui disparut dans un petit bureau. Dieu merci, il y avait seulement deux autres patients avant nous. Une pensée me vint. «Quoiqu'il en soit, ce ne serait pas à un aide-soignant de faire ça?»

«Tous occupés ailleurs, dit Geoff. Mais si tu ne veux pas de moi ici, je peux m'en aller.»

«Je n'ai pas dit ça.» Nous retombâmes dans le silence. Puis, comme surgie de nulle part, une vague de colère me submergea. «Le truc, Geoff, dis-je en bouillonnant, c'est que depuis que je t'ai rencontré, tout va plus mal, pas mieux. J'ai perdu deux boulots, je suis presque ruiné, j'ai commencé à picoler et maintenant ça. C'est … c'est …» Je voulais dire «injuste», mais je savais que ça ne ferait qu'amener une réponse bouddhiste. Je laissai ma voix s'éteindre, suintant de frustration.

Geoff était calme. «Tu penses qu'il y a un lien entre le fait de me rencontrer et ta malchance?»

«Ben c'est toi qui dis que les coïncidences n'existent pas.» Ha! Je l'avais eu, là.

Il réfléchit un moment. «Tu remues les choses», dit-il.

«Quoi?»

«Ton karma. Tu essaies de changer ta vie, donc il remonte à la surface. C'est comme …»

«Oh, dégage!» dis-je. Il me regarda un instant … puis il dégagea.

* * *

Plus tard, j'éprouvai du remords. J'étais assis dans mon appartement, avec la tête qui cognait malgré les antidouleurs surpuissants que l'hôpital m'avait prescrits, me sentant seul, misérable et m'apitoyant sur mon sort. Je ne pouvais même pas prendre un verre; pas à cause des interactions possibles avec les pilules, mais parce que j'entendais sans cesse la voix de Geoff expliquant que «l'escalier qui mène au Paradis mène aussi en Enfer.» Ou plus précisément, parce que je savais que je ne m'arrêterais pas à *un* verre. Il y en aurait un, puis deux, puis plusieurs; et je me réveillerais le lendemain matin avec un double mal de crâne. Ce qui lui donnerait raison; maudit soit-il.

En réalité, en y réfléchissant, c'était en gros le mec le plus intéressant que j'aie rencontré. De toute ma vie. Il parlait des choses d'une manière à laquelle je n'avais jamais songé, avec laquelle je n'étais la plupart du temps pas d'accord, mais qui me faisait les voir différemment. Et une fois que vous voyez une chose différemment, vous ne pouvez plus revenir en arrière, pas vrai?

J'avais été trop dur avec lui, décidai-je. Je m'étais montré irritable, parce que ma tête me faisait mal et que je me sentais idiot d'être tombé; et il était venu à l'hôpital pour m'aider et … eh bien, en résumé, j'étais une mauvaise personne. Égoïste, nombriliste, égocentrique – toutes les choses que j'avais listées en tant que raisons pour lesquelles Angie était partie. Mais ça ne servait à rien de rester là à m'autoflageller. Utilise la langue qui lui a dit de dégager pour refaire ami-ami. J'appelai sur son portable.

«C'est quoi le septième?»

«Hein? Qui c'est?»

«Ed. Tu ne m'as jamais dit quel était le septième. Ni le huitième, neuvième et dixième.»

«Attends» dit-il. Je pouvais entendre un bourdonnement étrange derrière lui, qui disparut ensuite. «Voilà qui est mieux, dit Geoff. Je n'arrivais pas bien à t'entendre là-dedans.»

«C'était quoi, ce bruit?» demandai-je.

«C'est la récitation, on pratique, dit-il. Je suis à une réunion.»

«Tu veux dire que vous pratiquez tous ensemble?»

«Parfois. Alors, comment tu te sens?»

«Embarrassé … de t'avoir envoyé sur les roses.»

«Eh bien, je le méritais probablement. J'aurais dû me montrer un peu plus sensible à ta situation. Quoiqu'il en soit, c'est quoi cette histoire de septième?»

«Les dix états. Tu es arrivé jusqu'au sixième.»

Il rit. «Je croyais que tu avais eu ta dose de bouddhisme.»

«C'était le cas. Mais tu ne peux pas me laisser sur les charbons ardents.»

«Le septième état est l'état d'étude, dans lequel tu apprends des autres. Le huitième est celui de l'éveil personnel, où tu apprends de tes propres expériences et observations. Le neuvième est l'état de Bodhisattva …»

«L'altruisme.»

«Se soucier des autres.»

«Ce n'est pas pareil?»

«Non, parce que ça bénéficie aussi à *ta* vie: cause et effet. Le fait que tu aides les autres est une cause bonne pour eux *et* pour toi. Donc, strictement parlant, l'altruisme n'existe pas dans le bouddhisme.»

«Ah. Donc venir à l'hôpital, ce n'était pas pour moi alors?»

«Si, parce que je ne pensais pas à mon propre bénéfice. Mais j'en aurai quand même, donc tu n'as pas à t'en faire pour ça.»

Je n'arrivais pas à décider s'il me charriait ou non, mais je décidai de laisser couler. «Bien, donc j'ai encore appris quelque chose aujourd'hui: l'altruisme n'existe pas. Le dixième?»

«L'état de Bouddha: sagesse, courage et compassion.»

«Bien.» On avait déjà vu ça.

«Et le truc important, c'est que chaque état contient tous les autres; donc quel que soit l'état de vie dans lequel tu es, tu peux te trouver dans un autre l'instant d'après, en fonction de différentes causes intérieures et extérieures.»

«Je vois.» Je ne voyais pas tout à fait, mais je ne voulais pas l'empêcher plus longtemps de retourner à sa réunion. «Donc laisse-moi juste vérifier que je les ai tous. Enfer, Colère, Animal … euh …»

«Enfer, Avidité, Animalité, Colère, Humanité, Bonheur temporaire, Étude, Éveil personnel, Bodhisattva et Bouddha. E-A-A-C-H-B-E-E-B-B: eaach-beebb … OK?»

«Ce n'est pas le moyen mnémotechnique le plus simple que j'aie jamais vu, mais je pense que je vais m'en souvenir. Merci.»

«Oh, et j'ai peut-être un boulot pour toi. Un ami à moi. Si tu penses que tu es d'attaque et si tu n'as pas peur de te salir les mains.»

C'était une bonne nouvelle. «De quoi s'agit-il?»

«Paysagisme. Écoute, je te rappelle plus tard. Tout est dans mon téléphone et je suis dans le couloir avec une très mauvaise lumière ... D'accord?»

«Bien sûr. Merci.»

«De rien. On se reparle plus tard ... et continue à prendre tes cachets.»

«Promis. Merci.» Je raccrochai. Je me sentais déjà mieux. L'action: c'était la clé. Agir, créer des causes – et ne pas lâcher. Je décidai d'appeler l'ami de Geoff dès que j'aurais son numéro. Quoiqu'il ait à proposer, j'accepterais.

*   *   *

Tôt le matin, deux jours plus tard, me voilà en train de marcher en direction de cette HLM (Hautement Luxueuse Maison) du Hertfordshire. Je m'étais levé au premier pet de moineau et trimballé en train jusque-là parce que Piers arrivait d'Oxford et ne pouvait pas passer me prendre. Désolé de le dire, mais j'avais eu une dent contre lui dès l'instant où j'avais entendu sa voix au téléphone: elle était tellement pincée qu'il aurait pu s'étouffer. Je ne sais pas quel est le problème entre la haute société et la langue anglaise. J'imagine que naître avec une cuillère en argent dans la bouche rend la prononciation difficile. Quoiqu'il en soit, la première image que j'eus de lui n'améliora pas mon opinion. Sa camionnette blanche était garée sur la grande allée de gravier de la HLM, et il était en train de décharger du matériel, vêtu d'un pantalon en velours côtelé brun, de bottes en caoutchouc vertes, d'un gilet matelassé sans manches vert et d'une casquette. La panoplie complète du snobinard. Malgré tout, je me dirigeai vers lui et tendis la main.

«Bonjour, dis-je. Je suis Ed.»

«Ah, Dieu merci vous êtes venu!» Il aboya un rire et secoua vigoureusement ma main. Au téléphone, il avait expliqué que son habituel ouvrier – parce que c'est ce que j'allais être – s'était détruit le dos et que ce travail impliquait de beaucoup creuser.

«Euh …» Il regarda mes pieds. «Ce sont les seules chaussures que vous avez?»

Des tennis. Je fis oui de la tête.

«Bien. Eh bien demain, en supposant que vous reveniez» – il aboya un autre rire – «portez des bottes ou des bottes en caoutchouc, parce que vous pourriez avoir quelques difficultés avec celles-ci. Entendu?»

«Entendu» l'imitai-je.

«Bien. Hum … hier soir, j'ai oublié de vous demander si vous connaissiez quoi que ce soit au jardinage.»

«Ça a à voir avec les plantes.»

«Oui … Bien, eh bien … c'est un début.» Il me fit un bref sourire, pas très sûr de ce qu'il allait faire de moi, et je me mis à l'aider à décharger ses affaires.

Je savais que je n'aurais pas dû me moquer, mais il y avait un truc avec les Piers, les Johnny et les Oliver de ce monde qui faisait ressortir le bolchévique en moi – vous voyez le genre, les aligner contre un mur, un petit coup de Uzi … Non mais franchement: nous avions contourné la maison pour amener les outils et tout le reste dans le jardin – ou plutôt le parc – et cette espèce de douairière à perles, en cardigan et pull-over assortis, se jeta sur Piers, l'embrassa sur les deux joues, prit des nouvelles de sa mère et de ses sœurs en lui demandant si elles avaient «réussi à voyager un peu cette année» et je me dis Bien, nous y voilà. Du boulot pour nos garçons, restons en famille, surtout ne pas laisser la populace s'immiscer. Parce que je ne pouvais pas vraiment imaginer qu'on invite les gars aux mains calleuses de la région à postuler pour ce boulot. Toujours est-il que j'avais besoin de l'argent, alors la révolution devrait attendre.

Notre tâche était de prendre un rectangle de terrain de cinq mètres sur vingt et d'en faire une grande plate-bande. Ce qui signifiait déterrer le gazon, retourner le sol et déverser une tonne de compost et de purin, dont la totalité devait être amenée en brouette à travers le parc, depuis l'endroit où elle avait été déversée, le plus près possible des accès. Ensuite nous ferions les plantations – des buissons, quelques petits arbres, des plantes herbacées – et terminerions en enterrant cinq cents bulbes de narcisses dans une longue bordure au fond du jardin. «Ça devrait rendre magnifiquement le printemps prochain» s'extasia Piers.

«Formidable», dis-je sèchement. Ça m'avait tout l'air d'un putain de dur travail.

«Alors … d'attaque?» Il frappa dans ses mains et les frotta l'une contre l'autre.

«Comme un soldat» mentis-je.

«Excellent, dit-il. Alors on y va.»

C'était un putain de dur travail. Il fallut plus de la moitié de la matinée, rien que pour enlever le gazon. Mais c'était une journée magnifique et, pour être juste, Piers était un vrai bosseur. D'abord, je coupai puis il souleva, puis on échangea. On prit un bon rythme et bien sûr, on discuta; et petit à petit, l'idée que je me faisais de lui commença à changer. Ce ne fut pas vraiment une surprise de découvrir qu'il était bouddhiste – je l'avais à moitié deviné quand Geoff m'avait donné son numéro – mais il semblait fasciné par la manière dont j'avais rencontré Geoff et ce que j'avais traversé depuis.

«Donc vous essayez de le faire sans pratiquer, c'est ça?»

«Je ne suis pas sûr que j'essaie de faire quoi que ce soit …», grognai-je en soulevant une motte de gazon avant de la déposer dans la brouette, «… à part m'en sortir. Certaines idées ont du sens, et d'autres semblent juste dingues, franchement. Je suis curieux, c'est tout.»

«Mais c'est dur …»

«Et comment.» Je désignai le grand pansement à l'arrière de ma tête. La douleur avait diminué mais était toujours là.

«Mmm … Toujours est-il que *de la maladie naît l'esprit qui recherche la voie,* pas vrai ?» Il mit tout son poids sur l'outil de coupe et trancha un autre carré de gazon.

«Comment ça ?» dis-je.

«Oh, pardon. Citation bouddhiste. Ça veut dire que parfois il faut vraiment y passer – vous savez, à la moulinette – pour vous réveiller, vous mettre sur les rails, à la manière bouddhiste.»

«Vous y passez, vous?»

«Eh bien, j'y suis passé, c'est certain.»

«Comment?»

«Oh, mon père» dit-il en soulevant le gazon. «Un parfait salopard. Il buvait, baisait à la ronde, était abject avec ma mère et a perdu la fortune familiale au jeu. Je l'ai haï … pendant des années.»

«Vous voulez dire que vous n'avez pas d'argent?»

«Ha!» Le rire était amer. «Vous pensez que je creuserais des parterres de fleurs si j'en avais? Non, je suis un membre très officiel de la noblesse pauvre, j'en ai peur. Une élocution précieuse, mais pas de pierres précieuses – ni rien d'autre d'ailleurs. Même si nous possédions une demeure plus grosse que celle-ci, croyez-le ou non.» Il agita une main en direction de la maison.

«Que s'est-il passé?» demandai-je en m'employant à dégager une autre motte.

«Papa a découvert les courses de canassons. Il a tout grillé. Et puis un après-midi, il a fait une crise cardiaque à l'hippodrome de Kempton, pendant une course, je crois, et c'était fini. On a trouvé un énorme trou dans les finances, et avec l'impôt sur les successions … adieu le domaine familial. Adieu à tout, en fait. C'est à ce moment que je suis tombé sur le bouddhisme.»

«Et vous avez commencé à pratiquer?»

«En quelque sorte.»

«Je ne vous suis pas.»

«Eh bien le gars qui m'en a parlé m'a dit qu'on pouvait pratiquer pour tout ce qu'on voulait – que ce soit matériel, spirituel, mental, émotionnel ou autre – et en ce temps-là j'étais un peu un Don Juan, pour être honnête …»

«Tel père, tel fils.»

«Exactement … Même si, bien sûr, je le niais farouchement à

l'époque. Vous savez, on déteste chez les autres ce qu'on refuse de voir en soi-même.»

Ah bon? Idée intéressante.

Piers poursuivit. «Quoi qu'il en soit, étant un gars profond, j'ai décidé de pratiquer pour mettre une fille du genre de celles qui font la page trois du *Sun*[1] dans mon lit; un truc totalement hors de ma portée. C'était plutôt une blague, sincèrement. Mais – et c'est l'absolue vérité – après dix jours de pratique, deux fois par jour, matin et soir, j'ai rencontré cette fille à une fête et, incroyable mais vrai, elle travaillait pour le Sun. On s'est tout de suite entendu comme larrons en foire, une chose en a mené à une autre et … Je n'arrivais pas à y croire. C'était comme de la magie. Extraordinaire. Le sexe aussi …» Il glissa un bref instant dans une rêverie, puis revint sur terre. «Mais, dit-il avec emphase, ça s'est révélé être la pire relation de ma vie. Bon Dieu, comme j'ai souffert. On a souffert tous les deux. C'était intolérable. Et c'est seulement quand ça s'est terminé, heureusement, que j'ai commencé à prendre le bouddhisme au sérieux, parce que j'ai réalisé que j'étais un crétin superficiel, et combien je manquais de respect aux femmes. Et, par-dessus tout …» – il baissa la voix et se pencha vers moi comme s'il allait partager un secret – à quel point je ressemblais au cher paternel!»

«Et ce n'est plus le cas?»

«Si, bien sûr. Mais j'ai réussi à mettre les côtés les plus destructeurs sous contrôle. En plus, j'ai cessé de le haïr, ce qui est une grosse cerise sur le gâteau. Ça libère de l'énergie pour quelque chose de plus positif.»

Je soulevai un morceau de gazon et le déposai dans la brouette, puis plantai ma bêche dans le sol. «Vous ou moi?» dis-je en désignant la brouette d'un signe de tête.

«Je m'occupe de celle-ci, dit Piers. Vous, faites une pause.»

---

[1] *Le Sun* est un tabloïd anglais, dont la page 3 est traditionnellement occupée (depuis 1970) par la photo d'une jeune femme.

Il agrippa les poignées et roula lentement en direction du tas de compost caché derrière un massif, dans un coin éloigné du jardin.

Alors que je le regardais, je fus à nouveau frappé par ma rapidité à tirer des conclusions sur les gens, à les disqualifier sur la base de leur apparence ou de leur façon de parler. Y compris l'alcolo du pub. Peut-être que je l'avais effectivement regardé de travers. Peut-être que je n'avais pas effacé de mon visage le mépris et le dégoût que j'éprouvais, qu'il l'avait perçu, et que c'est pour ça qu'il s'en était pris à moi. Je saisis la cisaille pour préparer d'autres mottes de gazon, et pendant que je m'activais, je me mis à repenser à tout ce qui m'était arrivé ces dernières semaines: le départ d'Angie, l'effondrement de ItsTheBusiness, décrocher puis perdre le boulot à Rédacteurs Associés, les incidents de l'Homme Lino de Birmingham et de la Dalle de Moquette. Et je commençai à me demander s'il n'y aurait pas quelque chose qui reliait tout ça; quelque chose en moi.

J'étais toujours en train de méditer et de découper lorsque Piers revint avec la brouette vide – sauf qu'elle ne l'était pas tout à fait. «J'ai trouvé ça dans le tas de compost», dit-il en se penchant pour en sortir une petite plante. C'était un gland qui avait germé. Une fine pousse jaillissait sur le dessus, couronnée par deux petites feuilles de chêne, et un entrelacs de racines blanches sur le dessous. «Ça m'a rappelé la citation de tout à l'heure: *de la maladie naît l'esprit qui recherche la voie.*»

«Comment ça?»

«Eh bien, quand je me suis lancé dans le jardinage, j'ai appris comment les plantes poussaient et se reproduisaient, tout ça, et l'une des choses que j'ai apprises, c'est que certaines graines, surtout des graines d'arbres, ne germent que lorsqu'elles ont eu très froid ou très chaud. Les glands, comme ce p'tit gars …» – il me le donna – «… ont besoin d'un bon coup de gel pour enclencher le processus, alors que d'autres arbres ont besoin d'un incendie de forêt, vous y croyez? J'étais dans le parc national de Yellowstone, il y a quelques années … vous y avez déjà été?»

«Non.»

«Vous devriez. Époustouflant. Quoi qu'il en soit, l'endroit était recouvert de ce qui ressemblait à des arbres de Noël de poche. En réalité, c'étaient de jeunes pins tordus latifoliés. Ils ne peuvent pas les avoir tous plantés, me suis-je dit. Au sommet des montagnes, dans les vallées. Il y en avait des millions. Alors j'ai posé la question à un garde forestier, et il m'a dit qu'il y avait eu de terribles incendies quelques années auparavant, et que la décision avait été prise d'en laisser beaucoup s'éteindre naturellement, parce que ça élimine les vieux arbres et – c'est le point crucial – ça fait germer toutes les pommes de pins reposant sur le sol. Ces nouvelles pousses jaillissent des cendres et ont la lumière et l'espace nécessaires pour grandir.»

«La nature n'est-elle pas fantastique?»

«Absolument.» Soit il n'entendit pas l'ironie dans ma voix, soit il choisit de l'ignorer. «Mais ce que je veux dire – et c'est ce que ce petit gland m'a rappelé – c'est qu'à mon avis certaines personnes sont comme ça. Leur carapace est très dure – qu'on l'appelle ego ou illusion – et il faut qu'elles souffrent vraiment pour que la carapace craque et que quelque chose de frais, de nouveau puisse émerger. C'est ce qui m'est arrivé à moi, en tout cas.»

* * *

Je m'attachai beaucoup à Piers durant les trois jours suivants et fus vraiment triste que le boulot se termine. En ce moment même, le gland qu'il a replanté pour moi dans un peu de compost trône sur le bord de ma fenêtre; mais il va falloir que je le transplante rapidement, parce qu'il devient plutôt grand, là. C'est l'une des autres choses qu'il avait dites: pratiquer le bouddhisme, pour lui, c'était comme devenir un chêne, petit à petit, jour après jour. Il ne pouvait pas le voir sur le moment, mais en regardant en arrière, il se rendait compte du chemin parcouru – d'un petit plant chétif devenu un jeune arbre, puis un arbre robuste. C'étaient le vent, la pluie et les tempêtes traversées qui l'avaient aidé à grandir et à se fortifier. Il était vraiment très poétique sur le sujet. Et il voyait du bouddhisme partout dans le jardin.

Un exemple: nous étions en train de planter des narcisses – trois cents Dutch Masters et deux cents Lothario – et je trouvais ça foutrement astreignant. Mais pas Piers. Nous étions à quatre pattes, à jouer du plantoir, jetant un ou deux bulbes dans chaque trou, quand soudain il clama: «Vous savez, je pense que les gens ressemblent aux plantes.»

«Allons donc!»

Il sourit. «Je l'ai peut-être déjà mentionné?»

«Seulement une fois ou deux.»

«Eh bien, c'est vrai. Je pense que les gens peuvent grandir, tout comme les plantes. Mais il faut leur fournir les conditions adéquates. Je veux dire que certaines aiment l'ombre, d'autres le soleil, certaines un sol argileux, d'autres toléreront toutes sortes de conditions. Mais on met souvent la mauvaise plante au mauvais endroit, alors elle peinera vraiment, voire elle mourra. Mais placée au bon endroit, chaque plante a le potentiel de grandir complètement, de donner sa pleine mesure.»

«C'est une belle idée» approuvai-je. «Mais le problème, c'est de savoir quelles sont les conditions adéquates. Je sens bien que j'ai le potentiel pour grandir, mais je n'ai aucune idée du meilleur endroit pour ça.»

Piers leva la tête et me regarda avec un sourire. «Oh, j'imagine que c'est exactement là où vous êtes, Ed.»

«Comment en arrivez-vous à cette conclusion?»

«Eh bien, le truc avec le karma …» dit-il, « … et Geoff vous a expliqué ce qu'était le karma, j'espère?»

«Il a essayé. Je suis pas sûr d'avoir tout saisi.»

Piers émit un grognement. «Eh bien, le truc avec le karma, c'est qu'il vous va comme un gant. Il est taillé sur mesure pour vous. Ce qui veut dire que vous êtes toujours exactement au bon endroit au bon moment pour commencer à changer les choses, à grandir. Vous ne devez aller nulle part ailleurs. Tout vient de l'intérieur de vous. Le problème, c'est que la vaste majorité de gens est incapable de le voir.»

Je ne comprenais pas et je le dis.

«Prenez ce bulbe» dit Piers, en tenant devant moi un Dutch Master particulièrement dodu. «Là-dedans, il y a tout ce qui est nécessaire pour devenir un narcisse. Dans le bouddhisme, c'est ce qu'on appelle la cause inhérente. Mais il ne produira pas de fleur, à moins de rencontrer la cause extérieure: notre bonne vieille Terre Mère.» Il plongea son plantoir dans le sol et creusa un petit trou, puis y lâcha le bulbe et le recouvrit, tassant la terre avec une légère pression de sa main. «Donc c'est la relation entre la cause inhérente et la cause extérieure qui produit l'effet: une magnifique fleur. D'accord?»

«D'accord …» J'avais désormais appris la patience avec les enseignements bouddhistes portant sur des choses totalement évidentes; le rebondissement venait souvent à la fin.

«Eh bien, poursuivit Piers, c'est pareil avec les gens. Notre potentiel est enfermé à l'intérieur de nous, et c'est le bon vieux souk de notre vie quotidienne qui le fait sortir. C'est le sol, le terroir, dans lequel nous grandissons. C'est comme le Sûtra du Lotus … Vous en avez entendu parler?»

«Non.»

«Beaucoup pensent que c'est la fine fleur du bouddhisme – vous savez: *le* grand enseignement. Quoiqu'il en soit, il utilise la fleur de lotus en tant que symbole de notre plein potentiel – ce qu'on appelle la Bouddhéité – parce que le lotus pousse dans un étang boueux. Pas d'étang boueux, pas de fleur. Donc l'étang boueux, ce sont nos problèmes, nos souffrances, et nous en avons besoin pour révéler notre plein potentiel.»

«C'est bien joli, Piers, dis-je. Sauf que la plupart des gens ne le font pas, non?»

«Ne font pas quoi?»

«Révéler leur plein potentiel. Ils vivent dans un étang boueux et s'y noient. Pas de fleur.»

«Mmm … Tout à fait juste. Ce qui est terriblement dommage, n'est-ce pas votre avis?»

«Si.»

«Eh bien alors … quelque chose doit arriver pour transformer le marécage en un lieu plus propice à la croissance, pas vrai?»

«A vous de me le dire.»

«D'accord, prenez le crottin de cheval. Et ne faites pas cette tête, c'est le meilleur ami du jardinier.»

«Bon pour les roses.»

«Merveilleux. Mais pas quand il est frais: beaucoup trop corrosif. Il faut le laisser poser, venir à maturation. Ensuite ça fait un bigrement bon engrais. En tant que crottin, il n'est bon à rien, c'est juste de la merde. Mais cette même chose devient fantastique pour aider à la croissance.»

«Et donc …»

«Eh bien c'est pareil avec le marécage … nos problèmes. En tant que tels, c'est de la merde.»

«C'est vous qui l'avez dit.»

«Mais ils peuvent aussi être transformés en moyen idéal pour grandir.»

«Oui … mais comment?» Je commençais à m'énerver.

«En changeant ça.» Il tapota sa tête.

«Oui, je sais, dis-je. Mais *comment* vous changez ça?» Frustré, je donnai un grand coup dans le sol avec mon plantoir.

«Il vous faut rencontrer le bon enseignement» dit Piers, calmement.

Nous retombâmes dans le silence. Une brise légère fit bruisser les feuilles des arbres tout autour et au-dessus de nous, tandis que nos déplantoirs grattaient et creusaient le sol. A chaque fois que je lâchais un bulbe dans le trou que j'avais fait et le recouvrais de terre, je ne pouvais pas m'empêcher de le voir comme une cause; cause inhérente, cause extérieure, effet. Il manquait quelque chose, malgré tout, quelque chose que je ne comprenais toujours pas. Mais je n'arrivais pas à mettre le doigt dessus. Je me sentais juste vaguement troublé. Piers dut le sentir aussi, car au bout d'un moment il se redressa et me regarda. «C'est nébuleux, c'est ça?» demanda-t-il.

«Non, c'est clair. C'est juste que ... je ne sais pas ... il y a quelque chose qui me tracasse.»

«Quoi?»

«Je ne sais pas.»

«La simultanéité?»

Hein? Drôle d'enchaînement.

«J'aurais dû expliquer que quand je plante un bulbe, selon le bouddhisme, l'effet est là dans l'instant même.»

«Je ne comprends pas.»

«Sous une forme latente.»

Je pris un air perplexe.

Piers saisit un autre bulbe pour sa démonstration. «La cause inhérente et la cause extérieure ...» – il enterra le bulbe dans la terre – « ... ne produiront pas ce qu'on appelle l'effet manifeste – la fleur – tout de suite. Il y a un décalage dans le temps. Mais l'effet est ... comment puis-je le décrire?» Il chercha le bon terme. «... Implicite – c'est ça. Il est implicite dès le moment où la cause est créée. Donc, dans le bouddhisme, on parle d'effet latent et d'effet manifeste. Vous créez une cause, et l'effet latent est instantanément dans votre vie, mais il n'apparaîtra – ne deviendra manifeste – qu'à un moment donné dans le futur, quand les conditions sont adéquates. Quand ils parlent de cause et d'effet, la plupart des gens ne se concentrent que sur ce qu'ils peuvent voir: la cause extérieure et l'effet manifeste. Mais le bouddhisme est tout aussi intéressé par ce qu'on ne peut pas voir: la cause inhérente et l'effet latent.»

Ah! J'eus soudain un déclic. «C'est ça!» dis-je en agitant mon plantoir dans sa direction. «Je comprends quand vous parlez de bulbes de narcisses, parce qu'il y a un truc physique dans le sol; et quand je vois une fleur, je sais qu'il faut qu'il y ait un bulbe là-dessous aussi. Mais ce que je ne saisis pas, c'est l'histoire de l'effet qui est instantanément dans notre vie ... Où ça?» Je me palpai de haut en bas, comme si je cherchais sur ma propre personne.

«C'est une sacrément bonne question, dit Piers. J'ai posé exactement la même la première fois que j'en ai entendu parler. Et vous savez quelle était la réponse?»

«Quoi?»

«Kou.»

«Kou.»

«L'abréviation pour Koutaille: K-U-T-A-I. La vérité de la non-substantialité.»

«Et c'est quoi, ça?» demandai-je avec circonspection. J'avais le mauvais pressentiment qu'on allait à nouveau pénétrer dans le monde à l'envers.

«Eh bien, j'imagine que vous pensez probablement que soit une chose existe, soit elle n'existe pas ... juste?»

«Oui ... comme la plupart des gens.»

«En fait, il existe pourtant un troisième état– *ku* – où une chose existe mais n'existe pas, en même temps.»

J'avais raison: en route pour la quatrième dimension. Je souris faiblement tout en rassemblant mes esprits. «Bon, et comment on détermine ça?»

«Eh bien, c'est lorsque quelque chose est réel, mais qu'il n'y a rien de substantiel qui le prouve, pour ainsi dire.»

«Par exemple?»

«Vos pensées, vos souvenirs. Si je vous demandais de vous rappeler ... je ne sais pas ... disons le jour où vous avez perdu votre virginité, j'imagine que toutes sortes de choses vont se ruer dans votre esprit, non?»

Elles le firent. Anne Rix ... Rixie la Coquine. Je fis un petit sourire.

«Vous voyez?» dit Piers en souriant. «Ces images sont totalement réelles pour vous, mais moi je ne peux pas les voir. Et où étaient-elles avant que je vous pose la question? Quelque part dans votre vie, mais où?»

«Dans une partie de mon cerveau, je suppose.»

«Probablement. Mais malgré tout, ce ne sont pas des *choses*, n'est-ce pas? Elles sont non-substantielles: dénuées de substance. Mais avec la bonne cause ou dans les bonnes conditions, elles apparaissent aussi sûrement que les fleurs le feront à partir de ces bulbes, le printemps prochain. Donc elles existent et n'existent pas en même temps.»

C'était simplement dingue. J'avais signé pour quatre jours en tant qu'ouvrier jardinier, et me voilà en train de recevoir une leçon sur le sens de l'existence. Mais j'étais incapable d'en débattre, parce que plus j'y pensais, plus les choses que je tenais pour acquises semblaient se dissoudre dans … le néant. Où était mon passé? Parti. Certaines choses restaient: des bâtiments, des gens et ainsi de suite; mais les expériences, tout ce qui était si réel et important à l'époque, quand je les vivais, où étaient-elles maintenant? Mes expériences étaient enfermées en moi – sous une forme ou une autre, quelque part – et mon futur aussi. Mais la seule chose dont j'étais sûr, c'était de *maintenant*, du moment présent, à creuser le sol du jardin d'une femme riche, à planter des bulbes de narcisses. Et instant après instant, ces expériences passaient aussi pour s'en aller rejoindre le flux du temps, retournant continuellement se déverser dans l'océan sombre et distant de l'éternité … La tête me tourna. Je dus m'allonger.

«Vous allez bien?»

Je revins à moi. Piers me regardait, inquiet.

«Ça va, dis-je. Je crois que je viens d'avoir une révélation.»

*   *   *

C'était le dernier jour; le dernier après-midi, en fait. Piers m'emmena jusqu'à la gare, pressa une liasse de billets contre moi et me secoua à nouveau la main vigoureusement; il me dit à quel point il avait eu du plaisir à travailler avec moi, qu'il espérait qu'on le referait un jour mais son partenaire serait de retour la semaine prochaine, donc il ne savait pas quand ce pourrait être et bonne chance avec mon écriture, et qu'il surveillerait la sortie du livre, et serait le premier à l'acheter … En gros, il semblait aussi triste de me voir partir que je l'étais de lui dire au revoir.

J'étais assis dans le train qui bringuebalait sur le chemin du retour pour Londres, essayant de digérer l'expérience … et d'empêcher le nuage noir de descendre sur moi. Parce que j'étais à nouveau là, au chômage, et sans la moindre idée de quoi faire ensuite. Mais au moins, ma tête ne me faisait plus mal – ou pratiquement plus. Et je réalisai que si mon existence était devenue bien moins stable, elle était aussi bien plus intéressante. J'apprenais des trucs et je commençais à voir les choses sous un angle différent; c'était un peu comme se réveiller. En arrivant à la gare de Euston, je me sentais plutôt joyeux. Peut-être que ma vie allait bien tourner, après tout.

Et là, je suis tombé sur Angie.

Chapitre Huit

On ne tue pas les anciennes flammes, elles continuent simplement à brûler, lentement; en rajoutant un peu de combustible, un peu d'oxygène, en remuant doucement les braises … qui sait ce qui pourrait se passer?

Angie était en train de traverser le hall de la gare, alors que je me dirigeais vers le métro. Mon estomac se retourna à l'instant où je la vis; elle, elle ne m'avait pas vu et j'hésitai à l'interpeller. Mais tous les sentiments que j'avais essayé d'éliminer durant les semaines écoulées depuis notre séparation remontèrent à la surface, et je m'entendis crier son nom. Elle se retourna, scruta autour d'elle, fut surprise de me voir et eut un sourire gêné.

«Salut. Comment tu vas ?Comment va la vie?»

«Bien. Et toi?»

Rien. Conversation banale. Embarras. Jusqu'à ce qu'elle voie le pansement sur ma tête et semble inquiète. Je plaisantai sur le sujet, la fis rire … et c'était parti.

«Écoute, dis-je, est-ce que tu es pressée, ou est-ce que ça te dirait de prendre un verre rapide?»

Là, ce fut à son tour d'hésiter, mais avec un hochement de tête elle accepta. On se mit en route. Il y eut un verre, puis deux, puis trois, puis une «croque rapide» qui devint un long dîner, et bientôt il fut dix heures passées; le moment crucial approchait. Le truc, c'était qu'on avait passé une vraiment bonne soirée, même si elle avait avoué une brève liaison avec un gars qu'elle avait rencontré par le travail – encore un moment qui me serra les tripes. Mais je lui pardonnai, parce qu'elle était là, en face de moi, si mince et si jolie, et puis bon, c'était fini, non?

De son côté, elle fut surprise par ce que j'avais vécu depuis son départ; elle n'avait pas su que ItsTheBusiness avait fait faillite, et je fis de mon mieux pour narrer mes aventures subséquentes d'un ton léger. Elle trouva mes histoires drôles et fascinantes, et fut intriguée par le bouddhisme. Puis ce fut l'heure de rentrer. L'heure de la décision.

«Alors, dis-je, est-ce que je peux, euh, te raccompagner à la gare?»

Elle ne semblait pas y tenir.

«Tu vis toujours à Walthamstow?» Tout au bout d'un long voyage solitaire en métro.

Elle me fixa droit dans les yeux, sachant exactement ce que je sous-entendais, et hocha lentement la tête.

«Ou alors, dis-je en essayant de prendre un ton aussi détendu que possible, tu peux toujours venir chez moi. Aucune pression. Je pourrais dormir sur le sofa et je crois qu'il y a encore certaines de tes affaires là-bas – tu sais, des sous-vêtements, tout ça.» Je sais comme il est important pour les femmes de porter des sous-vêtements propres chaque jour, mais ce n'était pas pour ça que je les avais gardés. Je les avais gardés parce que j'espérais qu'un jour elle reviendrait les chercher. Ou qu'elle reviendrait tout court.

«Eh bien, dit-elle, c'est *vrai* que ça fait loin.»

«Et il est tard, ajoutai-je pour faire bonne mesure, sachant qu'elle ne se sentait pas en sécurité dans les transports publics à cette heure de la soirée.

Elle me regarda à nouveau. «Tu es sûr que ça ne te dérange pas?» demanda-t-elle.

Me déranger? Elle plaisantait? «Aucun problème» dis-je, le visage impassible … alors qu'en moi c'était le feu d'artifice. Nom de Dieu, elle revient! Youpie! Sortez les banderoles! Et puis … du calme. Ne t'excite pas trop, Ed. Il faut y aller en douceur. La laisser prendre les rênes. Parce que c'est toujours la femme qui décide, pas vrai?

Et comment.

Les ennuis ont commencé dans le taxi. J'avais décidé de faire une folie et d'en prendre un, en partie parce que j'avais beaucoup d'argent liquide sur moi, grâce à Piers; en partie pour épargner les transports publics à Angie; en partie pour démontrer à quel point j'étais généreux et attentionné; mais surtout pour la ramener le plus vite possible, avant qu'elle ne change d'avis. Hélas, vingt minutes c'est beaucoup dans une relation instable, et il peut se passer plein de choses. Angie est juive, voyez-vous, et sans que je sache trop comment, on en est venu à parler de karma durant le trajet jusqu'à mon appartement, et tandis que j'expliquais, son humeur a commencé à changer.

«Donc c'est la faute de la victime, c'est ça?»

J'entendis le signal de danger dans sa voix, mais il était trop tard.

«Pas faute, responsabilité. La notion de faute est très critique, tu vois.»

«D'accord, dit-elle, mais ça veut quand même dire que les juifs sont responsables pour Auschwitz, donc.»

«Euh …»

«Ce doit être ça, si tu as bien compris. Tu as dit que le bouddhisme enseigne que tout est cause et effet, c'est ça?»

Je fis oui de la tête, sentant s'ouvrir un grand trou noir.

Angie poursuivit, tête baissée. «D'accord, donc si l'effet c'est d'être mis comme du bétail dans une chambre à gaz, c'est que les juifs ont dû en créer la cause quelque part … non?»

«Eh bien, je … euh …» Je ne savais pas quoi dire. Le Moyen-Orient avait été un sujet sensible entre nous depuis le début, quand j'avais innocemment exprimé une certaine sympathie pour la cause palestinienne.

Angie l'avait mal pris. «Oh, donc tu considères que c'est OK de faire exploser des femmes et des enfants à des arrêts de bus et dans des pizzerias, c'est ça?»

«Non, je ne considère pas que c'est OK», avais-je protesté. «Je dis juste que je peux comprendre que les gens en arrivent à faire quelque chose du genre, c'est tout.» Grave erreur … très grave erreur. Depuis lors, le sujet s'était insinué dans notre relation, tel un fleuve souterrain maléfique. Il surgissait brusquement dans les moments de tension, nous emportait dans ses rapides l'espace d'un instant, puis nous rejetait sur la rive, à bout de souffle, tandis qu'il replongeait sous terre; pour mieux refaire surface plus tard, à un moment inopportun. Comme maintenant.

«Alors?» Angie persistait. «Est-ce que les juifs ont créé la cause de l'Holocauste ou pas?»

«Je n'en sais rien, dis-je, et je n'ai vraiment pas envie d'en parler maintenant.» Notre nuit de douce passion s'évaporait sous mes yeux.

«Pourquoi pas? Tu as voulu parler de bouddhisme toute la soirée.» Son ton était vraiment hostile.

«Seulement parce que tu n'arrêtais pas de poser des questions sur le sujet.»

«J'essayais de montrer de l'intérêt.»

«Oh, donc c'était pour me faire plaisir?»

Et ainsi de suite – la dégringolade. Lorsque nous arrivâmes chez moi, nous ne parlions même plus. Je vis l'expression familière sur son visage, qui disait «ceci est vraiment une très mauvaise idée» tandis que je payais le taxi … et ça l'était. Je dormis effectivement sur le sofa, et elle dans mon lit; avant qu'elle ne ferme la porte de la chambre, je reçus de telles vibrations de sa part – qui signifiaient «si tu essaies seulement de t'approcher de moi …» – qu'elle n'avait même pas besoin de fermer à clé; elle le fit malgré tout.

Le lendemain matin fut poli et tendu; j'avais horriblement mal dormi, je me sentais complètement vidé et ma tête avait recommencé à cogner. Franchement, ce fut un soulagement pour tous les deux quand elle partit travailler. Je rampai jusque dans mon lit, encore vaguement chaud et imprégné de son odeur, et m'endormis tout de suite.

*   *   *

Geoff écouta sans dire un mot, tandis que je l'informais du dernier épisode du feuilleton qu'était devenue ma vie. Nous étions dans un petit pub douillet qu'il connaissait, dans le quartier de Paddington. C'était la fin d'une dure semaine, et nous ne nous étions pas revus depuis que je l'avais viré de l'hôpital. Je commençais à réaliser à quel point j'en étais arrivé à compter sur lui. Pas seulement pour des conseils, mais pour me prêter une oreille attentive, être quelqu'un à qui parler vraiment. Mes amis étaient les amis d'Angie, donc lorsque nous nous étions séparés, elle avait eu leur garde après le divorce. Les seules autres personnes avec lesquelles j'avais socialisé régulièrement, c'étaient Steve de ItsTheBusiness, qui avait disparu en même temps que la compagnie, et Derek, un pote de fac, musicien et toujours en tournée quelque part.

«Est-ce que tu l'aimes?» demanda Geoff. Il avait cette habitude d'aller droit au cœur des choses.

Je fus déconcerté par sa question directe, mais y répondis aussi honnêtement que possible. «J'aime l'idée d'elle, dis-je. C'est la réalité qui est dure. C'est juste qu'on … je ne sais pas … qu'on finit toujours par se disputer.»

«Mmm …», murmura Geoff. Mon premier mariage était comme ça. On se battait comme chien et chat, on se séparait, on se remettait ensemble, et ça recommençait. J'ai mis longtemps à voir qu'on avait créé le karma de souffrir l'un avec l'autre … et que de bonnes intentions ne suffiraient pas à changer les choses.»

Je n'aimais pas trop ça. «Qu'est-ce que tu veux dire?»

«Eh bien le truc, avec le karma, c'est qu'il fonctionne en-dessous du niveau de l'esprit conscient, et le dirige. C'est lui le patron. Je veux dire … tu prévoyais une petite partie de jambes en l'air, pas vrai?»

Je hochai tristement la tête.

«Mais que se passe-t-il alors ? Appuie sur le bon bouton, et voilà que resurgissent le foutu Moyen-Orient, toutes les disputes passées sur le sujet, toute la colère, tout le ressentiment, et Dieu sait quoi d'autre.»

«De l'épuisement. C'est vraiment très fatigant.»

«Exact. Mais tu ne peux pas l'arrêter. Ou tu le peux, mais seulement après que le dommage a été fait.»

Je poussai un profond soupir.

«Tu comprends, vous avez créé un schéma: une habitude, un karma qui est plus fort que ça.» Il tapota sa tête. «Et essayer de le changer avec ça» – il tapota à nouveau sa tête – «c'est comme essayer de soulever une table alors que tu es debout dessus. C'est impossible.»

«Tu es en train de dire qu'on ne peut pas changer le karma?»

«Non, tu peux le changer. Mais pas la tête la première. Tu dois l'approcher depuis un autre angle. Par exemple, quand je pratique, je pense que je vais à un niveau plus profond que celui de mon karma, pour toucher la force vitale pure. C'est comme se glisser sous la table et la soulever, parce que tu peux t'appuyer sur le sol.»

«Et si tu ne pratiques pas ?»

«Bonne chance à toi. Mais quelle que soit la manière dont tu le fais, en gros tu dois changer la partie de toi qui crée ce schéma, ce karma. Alors la situation changera forcément.»

Je n'y croyais pas tout à fait, mais je me souvins de Piers et de ses narcisses. «Le déclencheur ... c'est comme la cause externe?»

«Voilà.»

«Alors quelle est la cause interne au fait qu'on ne s'entend pas?»

«On dirait que vous êtes tous les deux dans l'état de vie de la Colère. L'ego, le conflit.»

Mmm ... C'est elle qui avait un problème d'ego, mais je laissai couler ... pour l'instant. «Et l'effet latent?»

«L'effet latent de vos disputes passées, c'était cette dispute; et l'effet latent de cette dispute, ce sera la suivante.»

«Super. Piégé.»

«Pas nécessairement.»

«Mais ce sujet provoque toujours une dispute.»

Geoff secoua la tête. «Ce n'est pas le sujet qui provoque une dispute, Ed; c'est ta manière d'être, ton état de vie, la cause interne. C'est le point crucial avec le karma et la loi de cause à effet. Les causes que tu crées dans l'un ou l'autre des dix états produisent des effets dans le même monde. Le thème du Moyen-Orient et d'Israël s'est mélangé avec la cause interne de vos vies – la Colère – pour devenir un sujet de disputes féroces. L'effet latent est qu'il y aura une autre dispute féroce dans le futur, à moins que vous ne fassiez quelque chose.»

«Quoi?»

«Soit changer la cause externe: ne jamais évoquer le sujet, éteindre la télé quand il apparaît dans les nouvelles, et ainsi de suite.»

«Difficile.»

«Oui. Soit changer la cause interne.»

«En moi?»

Geoff acquiesça.

«Mais c'est toujours Angie qui commence la dispute.»

«Et toi qui la continues.»

«Pas toujours.»

«Peut-être pas verbalement, mais je parie que tu bouillonnes à l'intérieur quand tu gardes tes lèvres serrées.»

Vrai. Impossible d'échapper à ce type.

«C'est comme un dépôt au fond d'un verre d'eau. Si tu le remues avec un bâtonnet, l'eau devient opaque. Mais s'il n'y a pas de dépôt, elle ne peut pas devenir opaque, même si tu remues de toutes tes forces. Le bâtonnet est la cause externe, le dépôt est la cause interne, ton état de vie.»

«Et l'eau?»

«Ce peut être n'importe quoi, n'importe quels sujet, situation ou relation. Dans ce cas précis, c'est Israël. Donc dans ce domaine, dans cette «eau», le déclencheur remue votre Colère … et vous vous disputez. Mais si le dépôt était l'état d'Humanité, vous pourriez en parler calmement. Si c'était l'état d'étude, le déclencheur pourrait vous inciter à faire des recherches plus approfondies sur le thème. Et si c'était l'état de Bodhisattva, vous pourriez même avoir envie de vous bouger pour essayer d'aider à résoudre le problème.»

«Ha!»

«Certains le font.»

«Et regarde le résultat!»

«Ça ne change rien au principe. Tu dois t'occuper de la cause interne: l'état de vie.»

«En fait si, ça change le principe.» Je n'allais pas le laisser avoir gain de cause là-dessus. «Parce qu'Israël, c'est le même problème qu'entre Angie et moi, mais à une plus grande échelle. J'essaie de comprendre son point de vue, d'être calme, raisonnable … ce qui est de l'Humanité, juste?»

Geoff hocha la tête.

«Mais elle refuse absolument de bouger.»

«Et que se passe-t-il?»

«Soit je laisse juste tomber, soit …» Je vis soudain le piège.

«Tu te mets en colère.»

«Je suis irrité.»

«Donc l'état de vie le plus fort l'emporte, dit simplement Geoff. Soit la personne en Colère fait ressortir la Colère de la personne en Humanité, et elles se prennent le bec. Soit c'est l'inverse: la personne qui se trouve dans l'état d'Humanité calme Monsieur ou Mademoiselle Colère. En somme, la vie est une bataille entre des états de vie différents. A la fois là-dedans …» – il tapota sa poitrine – «… et là-dehors». Il désigna la pièce de son pouce.

«Nom de Dieu, tout ça est si foutrement compliqué» gémis-je en enfouissant mon visage dans mes mains.

Geoff rit. «Pas compliqué, Ed, difficile.»

Je le regardai à travers mes doigts. «Pédant, *moi*[1]?»

«Il y a une grosse différence», insista Geoff.

---

[1] En français dans le texte.

«Ouais, je sais, on en a déjà parlé, dis-je. Escalader l'Everest.»

«Courage, mon gars!» dit-il en me donnant une claque sur l'épaule. «Si tu changes, elle changera. C'est obligé.»

«Je doute qu'on se revoie jamais.»

Geoff sourit. «OK, dit-il. Je te propose un petit jeu. Tu es écrivain, pas vrai?»

«Aspirant écrivain.»

«D'accord. Pendant que je vais nous rechercher un verre, je veux que tu imagines que tu écris une histoire sur Angie et toi. Comment tu le ferais?»

«Pourquoi?»

«Fais-moi plaisir, c'est tout.»

J'y réfléchis … pendant à peu près une seconde. «Je la ferais revenir vers moi, en pleurs, s'excusant …»

«Elle serait non-juive?»

«Non.»

«Donc le problème serait toujours là? Israël, les Palestiniens …»

«Peut-être. Mais elle ne serait pas aussi réactive sur le sujet.»

«Bien. Donc dans ton histoire, tu réviserais le caractère d'Angie; en gros, tu la rendrais plus obéissante?»

«Euh …» Ça ne semblait pas bien joli, dit comme ça.

«C'est bon, c'est normal. La plupart des gens veulent régler un problème dans leur relation en changeant l'autre. Mais si tu le faisais dans une histoire, ça paraîtrait totalement irréaliste, non? Et ça gâcherait le récit. Parce que ce qui fait une bonne histoire – du moins pour la plupart des gens – c'est que le héros doive livrer toutes sortes de batailles avant de gagner à la fin. Le garçon rencontre la fille, le garçon perd la fille, le garçon galère un max pour récupérer la fille et y parvient: histoire d'amour classique. Le garçon rencontre la fille, le garçon reste avec la fille, et ils vivent heureux à jamais … mais là, il y a zéro histoire.»

«Non, mais une chouette vie par contre.»

Geoff rit. «Ou un conte de fée. Mais de toute manière, tu n'es pas dans cette situation, pas vrai?»

Il se leva et emporta nos verres au bar pour faire le plein. Une fois encore, je me retrouvai à penser à la façon dont je pensais. Peut-être qu'au fond de moi, j'avais envie d'un conte de fée; sauf que certains étaient sacrément noirs: plein d'abus sur des enfants, de violence et de trahison. Et est-ce que j'avais réellement envie de récupérer Angie à la fin? Je n'en savais rien. Tout ce que je savais, c'est que tout ça semblait exiger beaucoup d'*effort*.

«J'en ai peur», dit Geoff tandis que nous entamions nos nouvelles pintes. «Mais c'est ce qui sépare les six états inférieurs des quatre états supérieurs.»

Je gémis. «Pas encore un nouveau principe, par pitié!»

«Détends-toi, on parle toujours des dix états. Les états inférieurs les six qui vont de l'Enfer au Bonheur temporaire – surviennent en réaction à ce qui se passe autour de nous. Angie s'en va: tu es en Enfer. Tu veux une nouvelle relation: Avidité. Tu rencontres une femme et tu la désires: Animalité.»

«Quelle femme?»

«C'est juste un exemple.»

«Oh.»

«Quoiqu'il en soit, elle se fiche de toi …»

«Merci …»

«… et ça te gonfle: Colère. Elle s'en va et tu te calmes: Humanité. Et puis Angie revient: Bonheur temporaire. Tes états de vie, dictés par ton environnement, partent dans tous les sens. C'est pour ça qu'on les appelle les états inférieurs: parce que tu ne contrôles rien.»

«Alors que … ?»

«Alors que les quatre autres demandent tous des efforts.»

J'essayai d'avoir l'air enthousiasmé.

«Prends l'état d'étude. Voir un livre ne te fait pas automatiquement le lire. Tu dois faire un choix conscient, puis celui de lire. Pareil avec l'éveil personnel: tu dois faire l'effort de regarder, écouter, observer, puis de réfléchir vraiment et essayer d'en tirer quelque chose. Quant à l'état de Bodhisattva, il demande souvent des tonnes d'efforts pour aider ne serait-ce qu'une personne ...»

«Comme tu peux le constater.»

Geoff fit un sourire. «Sans parler d'aider une communauté, un pays, un continent ... ou le monde entier.»

«Et la Bouddhéité?»

«C'est pratiquer, étudier, enseigner aux autres ... sans répit.»

«Ça a l'air super sympa.»

Encore un sourire. «Ça l'est, en fait. Et ça génère beaucoup de force vitale.»

«Je te crois sur parole.»

«Tu n'y es pas obligé. Mais c'est comme ça, avec les quatre états supérieurs: tu t'investis, tu obtiens des résultats. Tu deviens plus fort, plus capable. Et tu réalises que tu n'es pas obligé de réagir aux événements: tu peux faire se produire les choses, être aux commandes, guider ta vie dans la direction que tu souhaites.»

Je parcourus le pub du regard. Deux gars jouaient au billard. Un gros type enfournait des pièces dans la machine à sous. Une sirène en jeans moulants hésitait en fixant le juke-box. Et tout autour, les gens bavardaient en buvant, fumant, flirtant. En s'amusant. Je me tournai à nouveau vers Geoff.

«Je suppose que le problème de fond, c'est que ... j'aime bien les états inférieurs. J'aime bien désirer les femmes, j'aime bien m'amuser. J'apprécie même une bonne engueulade de temps à autre. Alors que les états supérieurs ... Ils sont un peu trop sages, non? Un peu ennuyeux.»

Geoff frappa la table de sa main. «Tu me trouves ennuyeux?» Il me lança un regard noir.

«Non, pas toi personnellement» bégayai-je, craignant de l'avoir offensé. «C'est juste que, tu vois, la manière dont tu les décris ...» Ma voix s'éteignit.

Soudain, il sourit. «Détends-toi, dit-il. Les dix états sont tous présents tout le temps, parce chacun contient tous les autres. Même un Bouddha peut souffrir. Donc tu peux continuer à boire, à reluquer les filles … tout ce qui t'éclate. Mais avec modération. Ça ne te domine pas, et comme tu ne crées pas de causes à ces niveaux inférieurs, tu fabriques graduellement du karma basé sur les états supérieurs; donc petit à petit ta vie s'améliore, devient plus stable, plus cohérente. Plus heureuse.» Il me lança un regard qui signifiait «CQFD» et reprit une gorgée de bière.

Je le contemplai pensivement. «Ce doit être la vente», dis-je.

«Quoi?» Il avait l'air perplexe.

«Ton domaine d'activité.»

«Pourquoi?»

«Parce que tu as failli réussir à me vendre tes salades.»

Geoff se mit à rire et sortit son tabac.

«OK, dis-je. Maintenant explique-moi le point de vue bouddhiste sur l'Holocauste.»

Son visage se décomposa.

*   *   *

Angie prit un ton soupçonneux. «Une rencontre? Pourquoi?»

Ça m'avait demandé pas mal de courage de lui téléphoner, et la réaction glaciale que je reçus lorsqu'elle entendit le son de ma voix m'indiqua que la conversation serait ardue. Mais «Jamais couard n'aura belle amie[2]» et tout ça … Je devais persévérer.

«Je pense que tu l'apprécierais vraiment. Je lui ai posé ta question sur l'Holocauste.»

«Mmm … Qu'est-ce qu'il a dit?» Elle semblait un peu plus intéressée.

«Je pense qu'il vaudrait mieux que ça vienne de lui. C'est l'une des raisons pour lesquelles je veux que vous vous rencontriez.»

«Donne-moi un avant-goût.»

«Je ne peux pas. Mais ce qu'il disait semblait, tu sais … vraiment équilibré.»

---

[2] NdT: Référence à l'ancien adage anglais «Faint heart never won fair lady».

«Tu veux dire quoi par équilibré? Equilibré entre massacre et quoi, exactement?»

«Eh bien, c'est pour ça que tu devrais l'entendre de lui. Quoi que je dise, je vais mal m'y prendre.»

Le silence se fit à l'autre bout de la ligne, puis il y eut un long soupir. «Tu sais, je ne crois pas que ça m'intéresse vraiment, Ed. Désolée.»

C'est ce que j'avais redouté. En toute honnêteté, j'utilisais cette idée de «rencontrer Geoff et parler de l'Holocauste» comme prétexte pour essayer de rétablir le contact; mais Angie était trop maline pour ne pas deviner ma motivation. Il n'y avait qu'un seul remède.

«Je ne suis pas obligé d'être là, si c'est ça le problème.»

«Écoute, je ne vais pas rencontrer un parfait étranger, seule, pour discuter de l'Holocauste. Je n'ai rien envie d'entendre de ce qu'il a à dire.»

Sa voix aurait pu trancher de l'acier. «Au revoir, Ed.» Puis la ligne fut morte. Comme mon cœur et mes espoirs.

*   *   *

«Tu sais quel est ton problème?» dit Dora d'un ton ferme. «Tu as fait de cette femme ton *honzon*.»

J'étais passé à Personnel Personnel au cas improbable où un boulot pour un aspirant écrivain à succès serait apparu depuis notre dernière conversation; mais Dora m'avait demandé ce qui n'allait pas – je devais avoir l'air encore plus morose que d'habitude – et avant de m'en rendre compte, j'étais en train de parler d'Angie. Qu'est-ce que me faisaient ces bouddhistes pour que j'aie tout le temps envie de me confesser? «Mon quoi?» dis-je.

«*Honzon*», dit Dora. «C'est le mot japonais pour objet de culte ou de dévotion.» Aujourd'hui, c'était pull en cachemire et pantalons fuseaux près du corps. Elle était vraiment pleine de courbes.

«Je ne la vénère pas», dis-je. «Je la déteste.»

Dora haussa ses sourcils finement épilés.

«Je suis sérieux», insistai-je.

Elle ne se laissa pas distraire. «*Honzon* ne veut pas dire que tu la traites comme une déesse, dit-elle, ou que tu la vénères au sens religieux du terme. C'est ce qui est au centre de ta vie, ce sur quoi tu la bases.»

«Mais je ne l'ai pas basée sur elle, donc …»

«Alors pourquoi es-tu aussi perturbé par son départ?»

Étrange question. «Je ne devrais pas l'être? On a vécu deux ans ensemble. Je pensais qu'on allait se marier, tout ça, tu vois.»

«Donc elle était bien le centre de ta vie?»

«Non.» Son insistance commençait à m'agacer. «Mais de toute façon, quelle importance? C'est fini.»

«Le truc avec un *honzon*, Ed …», continua-t-elle en ignorant mon inconfort, «… c'est que c'est ce qui donne du sens à ta vie, un but, un axe.»

«Écoute, Dora, dis-je, je ne suis pas venu ici pour parler encore de bouddhisme. Je suis venu pour du boulot.»

Elle me fixa droit dans les yeux. «Si ce n'est que ça, chéri, tu aurais pu téléphoner et t'économiser le déplacement. Non, je pense que tu voulais parler de ta femme … à une femme.»

Nom de Dieu … elle avait raison. Elle me connaissait mieux que moi-même.

«Pas de problème, dit-elle. J'ai le temps. Les affaires sont calmes.» Elle ouvrit sa boîte d'annonces, puis me regarda à nouveau. Son expression devint inquiète. «Tu vas bien?»

Je rougissais, devenais écarlate, tellement j'étais embarrassé qu'elle ait vu clair en moi; lorsqu'elle me fixa, je sentis que ça tournait en l'une de ces bouffées brûlantes qui me donnait l'air d'être sorti d'une douche tout habillé. «J'ai un peu chaud», dis-je en souriant faiblement. «Euh, je vais juste aller prendre l'air, et …» Je repoussai ma chaise, me dirigeai droit sur la porte et sortis.

La journée était chaude, mais j'étais tellement en surchauffe que la brise qui soufflait dans Baker Street me fit l'effet d'une compresse froide. «C'est quoi, ça?» hurlai-je silencieusement. Je repensai à la dernière fois que ça s'était produit, à ItsTheBusiness, avant ma deuxième rencontre avec Geoff, mais je ne voyais aucun lien. Je secouai la tête face à ce mystère, attendis que la bouffée passe, puis retournai à l'intérieur voir Dora.

«Ça va?» demanda-t-elle alors que je reprenais ma place en face d'elle.

«Bien. J'ai juste un problème de thermostat. Il se détraque un peu parfois.»

«Tu devrais peut-être le faire contrôler.»

«J'aimerais bien, mais il n'est plus sous garantie.» Je ne crois pas qu'elle comprit la blague. «Quoiqu'il en soit, pendant que j'étais dehors, je me disais que tu me connais mieux que je ne me connais moi-même, Dora, parce que je réalise que je suis effectivement venu pour parler d'Angie et ... eh bien, je suis scotché que tu l'aies compris.»

Dora eut un petit haussement d'épaule.

«Comment tu fais?»

«Je m'occupe de beaucoup de bouddhistes – surtout des femmes. Tu finis par lire les pensées des gens.»

«Tu t'occupes d'elles? C'est-à-dire?»

«Je les encourage dans leur pratique, elles viennent me voir avec leurs problèmes et je les guide. Je suis là-dedans depuis pas mal d'années, tu vois.»

«Est-ce que ça veut dire que tu as eu l'illumination?»

Elle rit plus fort que jamais. «Le bouddhisme est une philosophie du cœur humain. Donc je suppose que mon parcours, ça a été de le comprendre, si possible un peu plus chaque jour; puis de partager ce que j'ai appris – comme pour toi et ta petite amie.»

«Ex petite amie.

«Ah oui, tu l'as mentionné, en effet.» A nouveau cet éclat dans les yeux.

Je souris; nous nous comprenions.

«Tu me parlais du *honzon*», dis-je.

«Eh bien, ça peut être n'importe quoi, dit Dora. Ton amante, ta femme, ton mari, ta famille, tes enfants, ton boulot, ta carrière, ton statut, ton argent; ou encore ta philosophie de vie, ta religion, tes opinions politiques. Ton intellect. Même ta voiture.»

J'eus l'air surpris.

«Tu n'as jamais vu la manière dont certains hommes traitent la leur? Tout le temps à la laver, la polir, la tripoter. Puis à reculer pour l'admirer.»

Je hochai la tête; c'était vrai.

«Mais le truc, continua Dora, c'est que les gens ne savent souvent pas quel est leur *honzon*, parce que c'est inconscient; jusqu'à ce que, peut-être, il disparaisse pour une raison ou l'autre. Ils le découvrent à ce moment-là, parce qu'ils se sentent totalement perdus.»

«Comment ça?»

«Tu n'as jamais rencontré de couple marié depuis quarante ou cinquante ans, et puis l'un des deux meure et l'autre le suit dans la tombe peu après? Ou la personne qui se suicide parce qu'elle a perdu tout son argent, la star qui tombe dans l'oubli et plonge dans la dépression; ou le prêtre qui perd la foi et se tourne vers la bouteille? Ils perdent leur *honzon* et c'est comme si on avait abattu le principal pilier qui les tenait debout.»

Cela résonna douloureusement en moi. Je n'avais jamais réalisé le nombre de scénarios que j'avais bâtis autour de ma relation avec Angie – jusqu'à ce qu'elle s'en aille. Mais tandis que Dora parlait, je réalisai soudain que lorsque nous étions ensemble, tout ce que j'imaginais de mon avenir était lié à Angie, d'une manière ou d'une autre. Elle *était* ma base, mes fondations. Même le fait de travailler à ItsTheBusiness avait été supportable, parce que je pouvais rentrer à la maison auprès d'elle et m'en plaindre; quoi que, désormais, je pouvais voir que, de son point de vue, vivre avec moi devait avoir été comme vivre avec une interminable complainte. Mais j'avais quand même besoin d'en débattre avec Dora.

«D'accord, mais c'est normal, non? Il faut bien avoir une chose qui te motive, pour laquelle vivre.»

«Tu as raison: c'est normal. Raison pour laquelle la société est si déglinguée, selon moi. Parce que la plupart de ces *honzons* ne sont pas stables. Ils changent ou ne sont pas fiables. Les amants vont et viennent, les enfants grandissent et partent, la gloire et la fortune sont une loterie. Alors essayer de baser sa vie et son bonheur sur ces choses, c'est chercher les ennuis. C'est comme vouloir construire une maison ou un bateau en pleine mer.» Elle fit un mouvement de vague, de haut en bas, avec sa main.

«Et alors toi, quel est ton *honzon*?» demandai-je.

«Le bouddhisme», dit-elle.

«Et ça ne change pas, ça?»

«Si et non. Son cœur – la Loi – reste la même; mais la façon dont elle opère change selon le moment et la situation.

«Qu'entends-tu par la Loi?»

«La loi fondamentale de la vie, comment les choses fonctionnent. C'est ce que je récite chaque jour, deux fois par jour. C'est ma boussole. En me basant dessus, je peux naviguer dans la vie; c'est constant, mais changeant.»

Nous y revoilà. La religion, la pratique, se consacrer à un charabia mystique: toujours la même pierre d'achoppement. Et une fois de plus, je sentis que je me braquais.

Dora dut voir mon visage se figer. «Je sais que tu ne veux pas l'entendre, Ed, mais c'est grâce à ça que je peux regarder mon affaire, voir qu'elle rame et même savoir qu'elle pourrait échouer en dépit de tout ce que je pourrais faire, et ne pas en perdre pour autant le sens de la perspective. Mon bonheur, ma vie, ne sont pas basés dessus. Je sais que je m'en sortirai, quoi qu'il arrive, et que je ferai quelque chose d'encore mieux dans le futur.»

«C'est super, Dora, dis-je, super état d'esprit, vraiment. Mais comment peux-tu le *savoir*? Tu peux l'espérer, travailler pour, mais tu ne peux pas le *savoir*.»

«Tu penses comme ça, mon chéri, parce que tu ne l'as jamais fait. Moi si. Je pratique le bouddhisme depuis quinze ans et chaque fois qu'un problème, ou un supposé désastre, s'est produit, je l'ai transformé et j'ai construit quelque chose de mieux par-dessus. Y compris cet endroit. J'étais dans les ressources humaines – on appelait ça le service du personnel – pour une grande compagnie. Il y a six ans, elle a été rachetée, et tout notre département a été licencié. Certaines des personnes touchées pensaient que c'était la fin du monde, mais moi j'ai pratiqué pour savoir quoi faire et – en résumé – voilà le résultat. Alors ma foi, ma croyance, est basée sur mon expérience. Personne ne peut me l'enlever. Et à te voir là, si beau et si triste, j'ai juste envie de te secouer.»

Beau? Ça faisait longtemps que personne ne m'avait qualifié de beau. J'étais ébahi. Je sortis rapidement une blague pour masquer ma confusion. «Ne te gêne pas.» Je souris.

Elle aussi. «Je croyais que tu étais fixé sur cette Angie. Ce n'est pas ça, le problème?»

«Je suppose que si», soupirai-je.

«Alors, dit-elle brusquement, j'ai dit ce que j'avais à dire, donc voyons si je peux t'aider sur le plan pratique.» Elle feuilleta ses cartes et en sortit une. «OK, c'est temporaire, et ça n'a rien à voir avec l'écriture, mais c'est un boulot et tu as besoin d'un peu d'argent, hein? De gain.»

J'acquiesçai. «C'est quoi?»

«T'asseoir au téléphone et essayer de louer un espace de bureau dans la City.» Elle me tendit la carte.

Je la regardai, puis regardai Dora. «Je prends.»

*   *   *

Je rentrai chez moi et trouvai un message sur le répondeur: Angie.

«Salut, c'est moi. Écoute, je suis désolée d'avoir été si … abrupte avec toi, au téléphone et l'autre soir. C'est juste qu'à chaque fois qu'Israël, tu sais … Bref, je voudrais rencontrer ton ami pour entendre ce qu'il a à dire sur le sujet, alors appelle-moi et trouvons une date, OK? Salut.»

Je l'ai déjà dit: les gens n'en finissent pas de m'étonner. Peut-être que c'était reparti entre nous. Plus ou moins. Je me sentis soudain très heureux. Puis je me ressaisis. Le piège du *honzon*. Elle est gentille avec moi – je plane; elle n'est pas gentille avec moi – je m'effondre. Je ne devais pas baser mon bonheur sur ses humeurs ... N'était-ce pas la leçon que Dora venait de me donner? Mais je ne pouvais pas m'en empêcher. C'était bon signe, je veux dire un *vraiment* bon signe. Je souris, hululai de joie, sautai partout en boxant l'air, me mis à chanter «Cecilia[3]» Peut-être, *peut-être* que nous avions pris un nouveau tournant. Ou étions sur le point de le faire. Ou étions en train de ralentir, de changer de vitesse et de nous préparer à prendre un tournant. Peut-être. Si Geoff lui parlait comme il m'avait parlé, s'il la convainquait, la charmait, la rassurait sur le fait que ce truc bouddhiste auquel je m'intéressais n'était pas un ramassis de vieilles inepties, peut-être que ça irait bien pour nous, finalement. Elle ne serait pas qu'une figurante dans le premier acte de mon histoire; elle serait la fille que le garçon rencontre, perd et récupère à la fin. Peut-être.

---

[3] Chanson du duo américain Simon et Garfunkel, figurant sur l'album «Bridge Over Troubled Water» sorti en 1970 (source: Wikipédia).

Chapitre Neuf

Regence House était un bloc peu élevé de verre et de béton au cœur de la City, près de la Banque d'Angleterre. J'essayais de refourguer l'ensemble du quatrième étage, espace qui avait été – comble de l'ironie – loué à des sociétés internet de la finance ayant fait faillite durant le crash et étaient criblées de dettes. Tout avait été vidé, à l'exception d'une table et d'un téléphone/fax dans un petit bureau sans fenêtre. C'était mon QG. Un gars de vingt ans dans un costume rayé me donna le script et une longue liste de numéros – des cadres, des secrétaires, des agents immobiliers – et me dit de tous les contacter. Que je ne connaisse rien à l'immobilier commercial ni à la location, ou le fait que je parlerais à des gens qui eux, s'y connaissaient, n'avait aucune importance. Tant que je m'en tiendrais au script, tout irait bien.

«Mais s'ils posent des questions?»

«Toute l'information dont vous avez besoin est dans le script», dit Costume Rayé. «Il faut juste que vous fassiez les numéros, que vous en tiriez une liste des intéressés et que vous la faxiez en fin de journée. Après, nous prenons le relais.» Et sur ces paroles, il s'en alla.

Il y a quelque chose d'assez étrange dans le fait d'être seul dans un grand bureau vide quand, tout autour, ça déborde d'activité.

L'étage du dessus était occupé par une compagnie d'assurance, celui du dessous par la crème des avocats de la City, mais à mon étage, personne ne sortait de l'ascenseur bondé à part moi – sous les regards curieux et interrogateurs. «Qui c'est?

Qu'est-ce qu'il fait là?» J'étais clairement un intrus, un outsider qui ne portait pas l'uniforme de la City et disparaissait chaque jour dans le trou noir anciennement connu sous le nom de MoneyMoneyMoney.com. Je poussais la porte principale, passais à côté du comptoir nu et brillant de la réception, et entrais dans l'univers parallèle du quatrième étage. Pas de visites, le téléphone ne sonnait jamais, et à l'extérieur le monde s'agitait. Quand je n'appelais personne, la seule chose que j'entendais était le son de ma propre respiration. C'était comme être dans le coma.

A intervalles réguliers, pour éviter de devenir dingue, je me levais, sortais de mon placard aveugle et traversais la pièce pour rejoindre les épais doubles-vitrages qui couraient le long du bureau.

L'immeuble d'en face était aussi un bâtiment trapu et laid, mais plein de gens et de lumière ... Le seul endroit éclairé de mon étage, c'était mon petit cagibi; le reste demeurant sombre et lugubre. En-dessous, dans la rue étroite, les taxis noirs, les motos de coursiers et les camionnettes de livraison accéléraient et freinaient, klaxonnaient et s'invectivaient; mais le son était lointain, étouffé par le verre. En tendant le cou à droite, j'arrivais tout juste à apercevoir le coin de la Banque d'Angleterre; à gauche, au bout de la rue, une tour d'acier et de béton s'élevait vers le ciel, hors de portée de mon regard. Je me sentais comme un gamin avec le nez collé à la vitrine du magasin qu'on appelle La Vie.

Ce fut durant l'une de ces promenades de santé mentale que les événements prirent une tournure inattendue. Je venais d'essuyer une longue série de refus - les espaces de bureau n'étaient pas exactement rares, vu le nombre de sociétés internet qui avaient mordu la poussière ces derniers mois - et j'avais besoin d'une pause. Mon oreille était douloureuse à force d'être écrasée si longtemps, j'avais mal au dos et faim. Je me dirigeai vers ma fenêtre habituelle, juste en face de mon placard, et regardai vers le bas. Trafic, coursier à vélo, jolie fille et sa grosse amie. Je regardai à droite. Banque d'Angleterre, pouvoir, embouteillage au carrefour. Je regardai à gauche. Tour d'acier et de verre. Une nacelle contenant un homme en bleu de travail – un laveur de carreau – descendait en direction du premier étage, et je me demandai vaguement à quelle fréquence les vitres étaient nettoyées; ou si c'était un processus continu, comme de peindre le pont de Forth[1].

Puis je me figeai. Il y avait quelque chose de familier dans la silhouette de l'homme qui se trouvait dans la nacelle. Il était à une soixantaine de mètres de moi, me tournait le dos et mon angle de vue était limité, mais tout de même. Je l'examinai à nouveau, plissai les yeux, puis me précipitai hors du bureau, dépassai la réception vide et dévalai les escaliers menant à la rue. Je ne sais pas pourquoi je courais, puisque le gars ne pouvait pas aller bien loin. Mais je me dépêchais, esquivant les piétons et les voitures tandis que je montais et descendais du trottoir, sans perdre la nacelle et son occupant de vue. Je parvins au carrefour juste en face de l'endroit où il était en train de laver les vitres et levai la tête. Il me tournait toujours le dos. Je criai son nom, mais le trafic était trop bruyant et il était trop loin. Je traversai la route et escaladai les marches en direction de l'entrée. La nacelle était toujours dix bons mètres au-dessus de moi, mais je l'interpellai à nouveau. L'homme s'arrêta, puis regarda vers le bas, par-dessus le bord de la nacelle, cherchant d'où venait la voix. Il sembla surpris de me voir. C'était Geoff.

* * *

Quelques minutes plus tard, la nacelle heurtait doucement le sol et Geoff en sortit. «Salut», dit-il simplement.

«Alors c'est ça que tu fais?» demandai-je.

Il acquiesça.

---

[1]   NdT: Allusion à l'expression «Painting the Forth Bridge» (peindre le Pont de Forth), qui signifie s'atteler à une tâche sans fin.

«Aider les gens à y voir plus clair à tous les niveaux?»

«C'est ça.»

«En tant que laveur de carreaux.»

Il acquiesça à nouveau. Nous nous regardâmes fixement. Il attendait de voir comment j'allais réagir, et moi j'essayais de décider. D'abord je fus sonné; puis blessé et vexé. Pas seulement parce qu'il me l'avait caché, mais parce qu'il savait où je travaillais; je le lui avais dit quand j'avais décroché le job. Alors pourquoi n'avait-il pas été franc?

«Tu espérais que je n'allais pas le découvrir?» demandai-je.

Geoff eut un léger haussement d'épaule.

«Je travaille là, juste en face!» Je désignai Regence House.

Il eut l'air mal à l'aise. «Je ne te l'ai pas dit parce que … eh bien, je ne savais pas comment tu réagirais.»

«C'est-à-dire?»

«Je ne pensais pas que tu saurais encaisser ce que je faisais.»

«Pourquoi?» Je faisais de gros efforts pour ne pas laisser poindre l'hostilité dans ma voix, mais n'y parvenais pas.

«Tu veux vraiment le savoir?»

«Oui.»

«Parce que, depuis le début, tu me sembles très dédaigneux. Fermé. Je t'ai peut-être mal jaugé, mais je pensais qu'une fois que tu m'aurais catalogué, mis dans une petite boîte, tu mépriserais tout ce que je te dirais si ça ne te plaisait pas.»

Tu parles d'un coup dans le ventre. Je restai là, à le fixer, incapable de dire un mot. Je me sentais pris de vertige, comme si mon monde s'était mis à tourner.

Geoff dut voir ma peine. «Désolé», dit-il.

Je secouai la tête, autant pour la vider que pour montrer ma confusion. «Je croyais que nous étions amis.»

«Nous le sommes … je l'espère.»

«Alors pourquoi ne m'as-tu pas fait confiance? Pourquoi me laisser penser que tu étais un genre de coach de vie ou un truc comme ça?»

«Tu as cru ce que tu voulais croire, Ed.»

«Aider les gens à y voir plus clair à tous les niveaux? Qu'est-ce que j'étais supposé penser?»

Geoff soupira. «Écoute, désolé si je t'ai offensé. J'ai juste fait ce qui me semblait le mieux ... d'accord?»

Je le regardai, stupéfait. Ma première impulsion fut de m'éloigner et de ne plus rien avoir à faire avec lui, mais je me souvins ensuite que j'avais besoin de lui pour la rencontre avec Angie. Sauf que c'était encore plus risqué, désormais, pas vrai? Que se passerait-il si elle n'aimait pas ce qu'il avait à dire *et* qu'elle découvrait qu'il était laveur de carreaux? C'était simple: je ne le lui dirais pas, c'est tout.

Puis je réalisai. Le fait que je décide de dissimuler le boulot qu'il faisait à Angie n'était pas seulement dû à son snobisme concernant le statut social; c'était aussi dû au mien. Geoff avait raison: je n'aurais pas réagi envers de lui de la même manière si j'avais su ce qu'il faisait. Mais c'était trop dur de l'admettre à ce moment précis, y compris à moi-même, debout dans une rue bondée de la City.

«Et donc, y'a-t-il d'autres secrets que je devrais connaître?» demandai-je d'un ton amer.

«Non», dit-il calmement. «Mais c'est gentil à toi de poser la question.»

«Que veux-tu dire?»

«Depuis que je te connais, Ed, dit-il, ce n'est que la deuxième question que tu poses à mon sujet, à part celle sur mon boulot.»

Bam. Et un autre dans le plexus. Je ressentis le besoin de me défendre. «Je sais plein de choses sur toi.»

«Des bribes, par-ci par-là ... et seulement parce que je t'en ai parlé. Tu n'as jamais rien demandé, jamais montré d'intérêt envers moi. Tout a tourné autour de toi.»

Un bon crochet dans la mâchoire. J'étais sous le choc. «Eh bien, c'est parce que tu parais tellement clair dans ta tête.»

«Écoute, mon pote, comprends-moi bien. Je veux juste dire que peut-être, l'une des raisons pour lesquelles tu es dans ta situation, c'est que tu te concentres uniquement sur toi-même.

Commence à élargir ta vision, à penser davantage au monde, aux autres, à la société, à ce que tu peux faire pour améliorer les choses … et là, tu pourrais bien te sentir beaucoup plus satisfait, épanoui et, si j'ose le dire, heureux que maintenant. Soi *et* les autres, c'est ça la voie. Maintenant si tu veux bien m'excuser …» Il pointa son doigt vers la tour au-dessus de nos têtes, puis regrimpa dans la nacelle, enfonça un bouton sur une petite console et s'éleva lentement dans les airs. Il enfonça un autre bouton et commença à se déplacer sur le côté, comme un crabe; il s'apprêtait de toute évidence à longer une nouvelle colonne de fenêtres en direction du sommet de l'immeuble, puis de redescendre; en haut, en bas, en haut, en bas, jusqu'à ce qu'elles brillent toutes. Et que chacun y voie plus clair, à tous les niveaux.

* * *

Tenter de vendre un espace de bureau hors de prix à des cadres supérieurs indifférents, durant le reste de la journée, ne fut pas simple. Je me sentais merdeux. C'était Geoff qui débloquait, qui n'avait pas été franc, pourtant c'est moi qui me sentais coupable. Malgré tout, il avait mis le doigt où ça fait mal. Je ne m'étais pas du tout intéressé à lui. C'était exactement comme cette fameuse nuit durant laquelle j'avais réalisé que les seules choses qui m'importaient, c'était Angie et moi, puis moi tout seul. Mais tout le monde n'est-il pas comme ça? Je réfléchis. Au fond, tout bien considéré, est-ce que nous ne nous soucions pas de nous-mêmes, par-dessus tout? On fait un virement automatique à un quelconque organisme de bienfaisance pour préserver sa conscience, se convaincre soi-même qu'on aide les pauvres et les malades de la planète, mais en fait, est-ce qu'en faisant ça on n'achète pas simplement davantage de consommation personnelle, d'hédonisme, de moi-moi-moi?

Je pensai à ma maman, qui faisait toujours le bien, surtout depuis qu'elle avait pris sa retraite. Elle faisait partie de comités, levait des fonds pour l'hospice du quartier et pour

Oxfam[2], rendait visite aux vieux et aux solitaires. Mais elle était chrétienne, membre de l'église, que je ne supportais pas à cause de toute cette moralisation, cette piété et de la désapprobation d'à peu près tout ce que j'appréciais, c'est-à-dire le sexe et la boisson. Je suppose que j'associais les deux – la religion et les actes bien pensants – et que d'une certaine manière, au fond de moi, je rejetais les deux. Mais m'en portais-je mieux pour autant? A considérer sa vie à elle, je me souviens avoir pensé qu'elle semblait terriblement ennuyeuse: des réunions et des procès-verbaux interminables, des coups de fil pour amadouer tel membre contrarié de tel comité. Tout ça semblait si dérisoire. Mais ma vie était-elle plus excitante, gratifiante ou estimable? A faire la navette entre mon appartement, le pub et les limbes du quatrième étage de Regence House, je ne pouvais honnêtement pas dire que oui.

Le visage d'un gars de la Fac me vint à l'esprit. Pete le Rouge, on l'appelait, parce qu'il était toujours à s'insurger contre quelque chose: la pauvreté dans le tiers monde, l'impérialisme des États-Unis, la Palestine. A chaque fois que vous tombiez sur lui – et croyez-moi, vous n'en aviez pas envie – il portait toujours des brassées de tracts au sujet d'une quelconque manif, réunion ou injustice quelque part dans le monde. Et c'était toujours de la faute de l'Occident capitaliste, bouffi et riche, avec le Président américain et ses sbires du Pentagone, et/ou la caste du gros business dans le rôle du Mal incarné. J'avais de la sympathie pour certaines de ses causes; ce fut la lecture rapide d'un de ses pamphlets qui avait en gros formé mon point de vue sur le problème israélo-palestinien (une base insuffisante, comme je le découvris plus tard, pour en «débattre» avec Angie). Mais Pete était toujours si révolté, en colère, il voyait tellement le monde en noir ou en blanc – ou devrais-je dire en rouge ou en blanc? – qu'à sa façon, il était aussi ennuyeux que ma maman. Il ne parlait que de changer le monde, elle ne parlait que d'aider

---

[2] Organisation non gouvernementale de lutte contre la pauvreté.

son prochain, et aucun des deux ne faisait envie. Moi, je voulais juste m'envoyer en l'air, boire et … oh, devenir un écrivain célèbre. Et ça, ce n'est pas ennuyeux? … A part pour moi.

Donc, c'était vrai. Ma vie était étriquée, égocentrique et foutrement superficielle. Je commençais à avoir le sentiment désagréable que ce n'était peut-être pas un hasard si j'étais tout seul dans ce bureau sinistre, sans fenêtre, dans un espace sombre et vide. Comment Geoff avait-il appelé ça? La non-dualité de la vie et de son environnement. Ce qui est à l'extérieur ne fait que refléter ce qui est à l'intérieur; le moi intérieur et le moi extérieur se correspondent parfaitement. Si c'était vrai … aïe! Mais comment faire pour changer … comment faire pour changer?

* * *

Angie était splendide – comme toujours. Elle était venue directement du travail et portait une étroite jupe droite et une petite veste qui mettaient ses courbes en valeur; le tout couronné par le plus joli des visages et une masse de boucles brunes. Je regardai Geoff pour voir sa réaction, mais il ne montra rien. Il se contenta de se lever, de sourire et de tendre la main.

Nous étions dans un bar à tapas dont je savais qu'Angie l'appréciait; un pub enfumé et bruyant ne semblait pas être le meilleur endroit pour discuter de l'Holocauste, et surtout pas avec elle. Elle était classe. J'avais appelé Geoff pour confirmer le rendez-vous quelques jours après notre confrontation dans la rue, et m'étais contenté de balayer ses excuses pour son manque de franchise autour de son boulot. Ça n'avait pas d'importance, dis-je – même si c'était faux. Tout ce qu'il avait dit pouvait être vrai, et son analyse de moi pile dans la cible, mais un truc en moi se sentait toujours trompé, presque manipulé. Peut-être que j'exagérais, mais on ne peut pas s'empêcher de ressentir ce que l'on ressent, pas vrai? Geoff disait que si, mais ça aussi, c'était une grosse interrogation pour moi. Toujours est-il que nous étions là, tous les trois, en pleine conversation préliminaire et sur le point de plonger dans des eaux très profondes. Danger-opportunité …

«Alors, dit Angie au bout d'un moment, Ed me dit que vous avez une explication bouddhiste à l'Holocauste?»

Geoff sourit. «C'est mon explication, dit-il. Ce n'est pas la ligne officielle, ni rien. C'est ce qui m'a permis de lui donner un sens, au travers du bouddhisme.»

«Vous arrivez à lui donner un sens?»

«J'ai essayé.»

«D'accord. Allez-y.» Angie sirota son vin et sourit avec douceur, mais je connaissais cet air. A l'intérieur, elle était à l'affût, prête à bondir au moindre argument qui pourrait ne serait-ce que suggérer que la victime était coupable.

Geoff prit une profonde inspiration et se lança. «Bien. Alors tout d'abord, je veux qu'il soit bien clair que rien de ce que je dis ne devrait être pris comme une justification à ce qu'ont fait les Nazis. C'était dégoûtant, une atrocité, et les gens qui l'ont fait et soutenu sont totalement responsables de leurs actes. D'accord?»

Angie acquiesça en sirotant son vin, l'observant attentivement.

«Et d'un point de vue bouddhiste, en faisant ce qu'ils ont fait, ils se sont créés un terrible karma.»

«Le karma … c'est la punition qu'ils subiront dans le futur?»

«Pas exactement une punition. Ce sont les effets dont vous faites l'expérience, en conséquence des causes que vous créez, bonnes ou mauvaises. Donc si vous causez de la souffrance à un moment donné, vous souffrirez à votre tour.»

«Ce qui signifie que les Juifs qui ont été assassinés durant l'Holocauste ont dû, quelque part, créer la cause d'une telle mort – ce que je refuse totalement d'accepter.»

C'est ça, vas-y, vise la jugulaire. Elle regardait fixement Geoff. Moi aussi. Qu'allait-il faire de ça?

«Ça vous paraît inconcevable ?»

«Tout à fait.»

Geoff émit un grognement. «Ed dit que des membres de votre famille ont été tués.» Il me lança un regard.

«Du côté de ma mère, oui. Les parents de sa mère, deux frères, des cousins, des oncles et des tantes. Ma grand-mère est la seule à s'en être sortie, durant le transport des enfants. Sinon, je ne serais pas là.»

Geoff secoua la tête. «C'est terrible. Donc tout ce qui peut insinuer que la victime est de près ou de loin responsable est ressenti comme une véritable insulte.»

«Oui.»

Il soupira. «Je sais. C'est très dur, même si vous croyez en l'éternité de la vie, comme moi. Mais pour moi, la question n'est pas tant de savoir quelles causes ces gens ont créé pour souffrir ainsi, parce que je pense qu'il est impossible de répondre …»

«C'est bien pratique …» dit Angie avec aigreur.

«Pour moi, dit Geoff en ignorant le ton de sa voix, l'important n'est pas de savoir ce que les gens ont fait dans leurs vies passées, mais ce qu'ils font dans *cette* vie. Pourquoi des gens se comportent-ils comme les Nazis envers les Juifs? Pourquoi d'autres ont-ils laissé faire … ou non? Au Danemark, par exemple, la vaste majorité des Juifs a été cachée par la population non-juive, ou aidée dans sa fuite, mais pas en Pologne. Pour moi, par-dessus tout, la question cruciale est: que peut-on faire pour s'assurer que ça ne se reproduise pas?»

«Sauf que ça s'est reproduit, non? dis-je. Au Rwanda.»

«Exactement» dit Geoff.

«Exactement quoi?» dit Angie, toujours en ébullition. Au moins elle n'était pas partie, ce que je soupçonne qu'elle aurait déjà fait si nous n'avions été que tous les deux.

«Eh bien, dit Geoff, je pense que tout se résume à ce que le bouddhisme appelle le monde de la Colère. Il ne s'agit pas simplement de perte de sang-froid. Il s'agit de l'ego, de l'identité, de comment vous vous définissez comme séparé des autres; voire du reste de l'Univers.»

Angie croisa bras et jambes et le regarda, l'agressivité suintant par tous les pores de sa peau.

Geoff n'en tint pas compte. «On le fait par exemple en se plaçant en opposition par rapport à d'autres gens, ou groupes de gens, souvent en les rabaissant pour que «nous» – notre groupe – nous sentions mieux ou supérieurs.

On le voit parmi les supporters de foot, les nations, les religions, les groupes politiques ... partout.»

«Et ... ?» Le ton d'Angie était rude et impatient.

«Et portée à l'extrême, dit Geoff, cette attitude peut être utilisée pour justifier tout ce que «notre groupe» estime être bon pour nous, et pour ignorer tout ce que «l'autre groupe» dit ou veut. «Ils» ne comptent pas; nos besoins passent d'abord. Alors de manière récurrente, dans l'histoire, on voit des groupes de gens en décimer d'autres, parce qu'ils les ont qualifiés d'ennemis, de menace, ou d'inférieurs pour une raison ou l'autre. Les Mongols l'ont fait dans toute l'Asie. Nous, Européens, l'avons fait à des millions de «nègres» durant la période colonialiste. Les blancs ont décimé ou ethniquement épuré des millions d'indigènes quand ils se sont installés dans les Amériques. Et nous continuons.»

«Comment ça?» Angie semblait incrédule, et je fus moi-même pris de court.

Geoff poursuivit. «Chaque année, dit-il, des millions de gens meurent de pauvreté, de maladie, de faim et de malnutrition dans les pays en développement; ça représente plus de gens, chaque année, que pendant les six ans qu'a duré la seconde guerre mondiale, Holocauste y compris. En fait, certains appellent ça l'Holocauste silencieux. On le sait, mais on laisse faire ... parce que ça nous arrange, nous et nos styles de vie.»

Angie sembla momentanément désarçonnée. «Comment ça, on laisse faire?»

«Beaucoup de ces morts découlent de la dette internationale et de politiques commerciales inéquitables favorisant l'Occident.

On en bénéficie, donc on ne fait rien, ou presque rien, pour que ça change.»

Angie plissa les yeux. «Si vous êtes en train de dire que le fait que j'achète un café chez Starbucks ou autre, c'est pareil que ce qu'ont fait les Nazis en enfournant des hommes, des femmes et des enfants à coups de pelle dans les chambres à gaz, eh bien … c'est vraiment une connerie absolue. Et d'essayer de faire le lien, d'en faire deux choses équivalentes … je trouve ça répugnant.»

Geoff ne sourcilla pas. «Je ne dis pas que c'est équivalent. Je dis que ce que les Nazis ont fait n'est ni unique, ni inhabituel. C'est un cas extrême de ce que les humains font depuis la nuit des temps: dénigrer, rabaisser et ne pas tenir compte d'autres humains quand ça les arrange.»

Angie le fixa avec une franche hostilité, et je frémis intérieurement. Si j'avais su qu'il allait se mettre à parler comme Pete le Rouge, je ne l'aurais jamais laissé s'approcher d'elle, parce qu'elle était en gros comme un éditorial du *Daily Mail* sur pattes. A moi, il n'avait rien dit de tout ça. Il avait parlé d'histoire, de comment les Chrétiens s'étaient sentis insultés par le judaïsme parce qu'il niait que Jésus soit le fils de Dieu; de comment les Juifs étaient souvent aussi craints que des aliens parce qu'ils formaient une communauté très soudée et autonome, obligée de se développer à part, en raison des persécutions. Ou du fait que la plupart du temps, les gens étaient simplement jaloux d'eux, parce qu'ils avaient du succès dans le commerce et les affaires. «Regarde la manière dont les entreprises juives ont été détruites ou volées par les Nazis, avait-il dit. Ça montre d'où vient une bonne partie de l'antisémitisme: la cupidité et l'envie.»

Mais – et c'était la partie qui m'avait scotché – il s'était aussi demandé comment le fait que les Juifs se qualifient eux-mêmes de Peuple Élu pouvait avoir affecté les non-Juifs. «Toute personne qui se proclame spéciale, pour une raison ou l'autre – même si elle l'est– sera la cible des autres», avait-il dit. «Ce n'est pas joli, mais c'est un fait. Comme ce gosse de riche que nous avions, à l'école, qui pensait vraiment qu'il valait mieux que nous; on le détestait tous et on voulait lui rabattre son caquet. Alors on le persécutait – moi inclus, j'ai honte de le dire. Et quant aux Nazis ... eh bien, c'était eux le Peuple Élu, non? Les Aryens, la Race Supérieure ... Et comme il ne peut y avoir deux Peuples Élus, ils ont essayé d'éliminer les Juifs. Horrible.»

J'avais dû longuement réfléchir à tout ça. On dépassait les étiquettes de «bon» et de «mauvais» pour s'intéresser aux attitudes humaines basiques comme le ressentiment, la peur et la jalousie. Ça me semblait plutôt sensé, mais bien sûr, je n'étais pas juif. Je ne savais pas comment quelqu'un de plus concerné, comme Angie, le prendrait. J'espérais qu'elle pourrait *au moins* l'envisager, sans se mettre dans tous ses états. Mais la conversation avait pris une mauvaise tournure et déraillé. Il était temps de sauver la situation. J'ouvris la bouche ... mais trop tard.

«Il est impensable, contre-attaqua Angie, que vous puissiez mettre la faim dans le tiers monde et l'Holocauste au même niveau. Là on parle d'un génocide, d'un groupe de personnes qui cible délibérément un autre peuple et essaie de l'exterminer. Ne serait-ce que parler d'eux dans la même phrase est une insulte aux six millions de Juifs qui ont été délibérément, sciemment et systématiquement assassinés.»

«Bon point!», dis-je en essayant désespérément de l'apaiser. Geoff ne bougea pas d'un iota.

«Si les gouvernements suivent des politiques économiques et commerciales dont ils savent qu'elles provoquent des morts en masse, dit-il, quelle importance, le nom qu'on donne à ça? En quoi sommes-nous différents des gens qui vivaient en Allemagne durant l'Holocauste si nous savons que nos gouvernements font une telle chose, mais que nous regardons ailleurs?»

Je grimaçai à nouveau et attendis l'explosion.

Angie regarda Geoff comme s'il venait d'une autre planète.

«Alors maintenant, je suis aussi mauvaise que les gens qui soutenaient Hitler?»

«Écoutez, je ne veux pas vous contrarier, Angie», dit Geoff.

Elle éclata d'un rire moqueur.

«Tout ce que je dis, c'est que les Nazis ont mis leurs problèmes sur le dos des Juifs et ont décidé sciemment de s'en débarrasser. Nous, nous sacrifions d'autres gens indirectement, en bâtissant notre richesse sur des structures et des systèmes qui causent des souffrances incroyables dans des parties plus pauvres du monde. Et en gros, nous pensons que ce n'est pas un problème; ou du moins, peu d'entre nous s'en préoccupent suffisamment pour y mettre fin.»

Angie soupira et fixa son verre de vin vide.

Je sautai sur l'occasion. «Un autre?»

«Non merci.» Une réponse sèche, lapidaire. Elle reprit contenance et leva la tête vers Geoff. «C'est du bouddhisme … ou du communisme? Parce que ça ressemble au genre de conneries qu'on entend de la part de ces gens qui manifestent contre les 'dérives de la globalisation' et le capitalisme. En dépit du fait que chaque société, dès qu'elle obtient la liberté, choisit librement l'économie de marché.»

«En fait, il fut un temps où j'étais effectivement très gaucho, dit Geoff joyeusement, jusqu'à ce que je réalise que ni le communisme, ni le capitalisme ne détenaient toute la vérité. Et si on base une société sur des idées incomplètes, tôt ou tard, on va dans le mur.»

«Qu'entendez-vous par incomplètes?» demanda Angie, dont les antennes critiques s'agitaient toujours furieusement.

«Des idées qui ne comprennent pas correctement la loi de cause à effet, ou ne reflètent pas la vie avec précision. Ou encore excluent des groupes entiers de personnes: comme les femmes, les sauvages, les juifs, les non-Aryens, les non-Chrétiens, les non-croyants, les riches, les pauvres, la classe ouvrière ou la bourgeoisie. Faites votre choix.»

«Ce qui signifie, je suppose, toutes les idées sauf le

bouddhisme.» Le mépris dans sa voix était si lourd que je pressentis la fin probable de la conversation.

Mais à nouveau, Geoff surfa sur la vague. «En fait, même la plupart des enseignements bouddhistes sont incomplets», dit-il. «Certains affirment que les femmes ne peuvent pas connaître l'illumination, par exemple.» Il lui adressa un sourire chaleureux, mais il était trop tard pour ça.

«Un point de vue lumineux», répondit Angie – sa seule et unique blague de la soirée.

«Tout à fait. Mais ce n'est pas le cas dans celui que je pratique, par contre.» Il sourit à nouveau.

«Donc il y a de l'espoir pour moi», dit-elle sèchement. «Tant que je suis votre exemple, n'est-ce pas?»

«En ce qui me concerne, dit Geoff, l'important n'est pas ce que les gens pratiquent, ni même ce qu'ils croient; c'est la manière dont ils se comportent les uns envers les autres.»

Angie le contempla un moment. «C'est ça», dit-elle. Elle soutint son regard encore un instant, puis poussa un petit soupir, empoigna son sac et le jeta sur son épaule. «Bien, dit-elle en se levant, ce fut très informatif. Merci pour le verre.» Elle se dirigea vers la porte.

Je bondis sur mes pieds et lui courus après. «Angie!»

Elle se retourna et me regarda.

«Allez, reste pour un autre verre.»

«Non merci», dit-elle en fusillant Geoff du regard par-dessus mon épaule. «J'ai eu une longue journée et j'ai envie de rentrer chez moi.»

«Angie …» suppliai-je.

«Compris?»

Les deux syllabes étaient lourdes d'une menace qui me gela sur place. Impuissant, je la regardai pousser la porte et quitter mon champ de vision au coin de la rue. Hors de de ma vue et hors de ma vie … pour toujours?

Chapitre Dix

Épisodiquement, une personne est amenée à faire un choix; à prendre une décision réfléchie sur une chose vraiment importante. Où vivre, qui épouser, quelle direction prendre dans la vie. Qui sont ses vrais amis. C'est la décision que je devais prendre concernant Geoff, parce que je commençais à douter sérieusement du fait que le fréquenter me soit bénéfique.

Après le départ d'Angie, je revins en me traînant à ma place, mais Geoff ne semblait pas trop perturbé par le fait qu'elle soit partie furieuse. Il dit juste: «Chatouilleuse, hein?» Et il dédramatisa lorsque je lui dis qu'il n'avait rien répété de son discours sur le Peuple Élu, sur les jaloux qui démolissent les gens spéciaux, et cetera, et cetera. Elle ne lui en avait pas laissé l'occasion, expliqua-t-il. Elle était «fermée», n'avait pas voulu écouter. «Désolé si ça te brise le cœur, Ed, mais je vois bien pourquoi vous avez rompu.» Bien sûr, je ne lui dis pas ce que j'avais espéré tirer de la réunion. Après notre rencontre dans la City, je n'avais pas voulu me confier à lui, parce que si quelqu'un n'est pas franc avec vous, vous n'allez pas l'être avec lui … non? Alors je décidai de passer le reste de cette soirée à compenser le manque d'intérêt dont j'avais fait preuve envers sa vie privée … en le soumettant à un interrogatoire. S'il réussissait le test, peut-être que nous resterions en contact. Sinon: sayonara!

Je savais qu'il était divorcé et avait été maçon. Ce soir-là, je découvris qu'il avait été marié durant quatorze ans et avait deux filles âgées d'une vingtaine d'années. Il en voyait une, mais pas l'autre. «C'est difficile, dit-il, mais j'y travaille. Elle pense toujours que ce qui est arrivé avec sa mère est de ma faute.»

«Et qu'est-ce qui est arrivé?»

«Une autre femme» dit-il tristement.

«Ah. T'es toujours avec?»

«Non, ça n'a pas marché non plus.»

Je le poussai à me donner des détails et il me dit qu'il avait eu une aventure après une dizaine d'années de mariage.

«On se bagarrait tout le temps, dit-il. Incapables de s'entendre sur rien. C'était un peu comme revenir tous les soirs dans une zone de guerre. Soit une guerre ouverte – une dispute; soit une guerre froide – ambiance glaciale, pas de communication, rien. Ça me dépasse qu'on ait réussi à partager un lit si longtemps. Toujours est-il que j'ai rencontré cette autre femme avec laquelle je m'entendais bien, avec laquelle je pouvais parler, rigoler …» Il haussa les épaules.

«C'était avant ou après que tu ne deviennes bouddhiste?»

«Après.»

Je levai un sourcil. «Je croyais qu'on est supposé devenir plus sage en pratiquant.»

«Ça ne faisait que quelques années», dit-il. Mais il vit que je n'étais pas convaincu. «Gagner en sagesse est un processus. Tu fais ce qui te semble, juste sur le moment. Et si ça s'avère une erreur , la question c'est de savoir si tu apprends de cette erreur, si tu grandis, ou si tu continues à la faire, encore et encore …»

«A toi de me le dire.»

«Eh bien, le mal que j'ai fait à toutes les personnes impliquées – ma femme, mes gosses, l'autre femme, moi …» Il soupira en gonflant ses joues en y repensant. «Tu parles de cause et d'effet. Alors cette leçon-là n'est pas seulement ici …» Il tapota sa tête. «Elle est aussi ici …» Il tapota sa poitrine.

«On n'a rien sans rien.»

«Tu l'as dit. Les douleurs de la croissance. La révolution humaine. Est-ce que je t'en ai déjà parlé?»

«Un peu.»

«C'est quand tu transformes un mauvais côté de ton caractère et qu'une meilleure version de toi-même émerge graduellement.

Mais certains spécimens parmi les plus bornés, comme moi, doivent vraiment souffrir des conséquences de leur stupidité avant de comprendre le message et de changer.»

J'eus une vision de la pousse de gland que Piers m'avait donnée, grandissant sur le bord de ma fenêtre. «Et qu'en est-il de ton boulot de maçon? Qu'est-ce qui s'est passé avec ça?»

Geoff sourit. «Ça fait partie du même gâchis. J'avais ma propre boîte, mais elle était installée à la maison et quand ma femme m'a flanqué dehors, ça a été impossible de rester à flot avec l'administration, les paiements, le salaire des gars. Petit à petit, tout est parti en vrille, et moi avec.»

«Et l'autre femme?»

«Elle m'a hébergé un moment, mais ça s'est gâté assez vite. Alors après, il y a eu une période où je squattais le canapé des amis, jusqu'à ce que je commence à être à court d'amis. Parce que je descendais ce truc …» – il souleva sa bouteille – «… comme si demain n'existait pas. En gros, j'étais à deux doigts de me retrouver à la rue.»

«Quoi? … et tu étais toujours bouddhiste?»

«Eh bien, c'est le plus drôle. Réciter deux fois par jour était le seul truc stable que j'avais. Je le faisais religieusement, si tu me pardonnes l'expression. Si je me réveillais avec une vilaine gueule de bois et n'arrivait pas à faire ma pratique du matin, je m'en voulais vraiment, parce que je savais quelle différence ça faisait dans ma journée. A la fin je me suis dit: mon gars, soit tu te reprends, et tu retournes la situation, soit tu vas finir en vieil alcolo pathétique qui survit en faisant les poubelles.»

«Et alors?»

«Et alors j'ai persuadé un pote de me prêter un peu d'argent, j'ai acheté un seau et une échelle, et j'ai commencé à laver les vitres. Petit à petit, je suis sorti de la dèche, j'ai remis ma vie d'aplomb et … CQFD.» Il fixa un point à mi-distance, revivant l'espace d'un instant le souvenir de cette époque.

«C'était il y a combien de temps?» demandai-je.

«Treize ans.»

«Et depuis, tu as toujours fait les vitres?»

«Ça me plaît vraiment, dit-il en riant. J'aime être dehors, je rencontre du monde, je vais à plein d'endroits différents. Genre, quand tu m'as vu, c'est mon plus gros contrat. Ça me prend une semaine, une fois par mois. Le reste du temps, je suis un peu partout dans la City et le West End; je fais de tout, des hôtels aux maisons de particuliers, en passant par des boutiques et des restaurants ... de tout.»

«Mais ce n'est que du lavage de vitres, pourtant ... non? dis-je. Je veux dire: après avoir eu ta propre entreprise ...»

«Bon Dieu, ce que c'était pesant, contra-t-il. Les clients qui chipotent, les architectes, les cahiers des charges qui changeaient sans arrêt, les gars qui ne venaient jamais au boulot, tiraient au flanc ou essayaient toujours de bâcler. Non merci. Ce que je fais est simple, carré, j'en tire assez pour vivre et quand un boulot est fini, il est fini. Je rentre chez moi, pas de soucis, pas de paperasse le soir et je dors sacrément bien.» Il sourit et leva sa bière vers moi, comme pour porter un toast. Un homme comblé.

Et pourtant.

Tandis que j'étais là, à écouter l'histoire de Geoff et de comment le bouddhisme l'avait sauvé de la déchéance, je continuais à penser: «Soit, mais tu n'es quand même qu'un laveur de carreaux, pas vrai?» Je ne pouvais pas m'en empêcher. Et Piers n'était qu'un jardinier. Et Dora gérait une petite agence de placement de personnel ... C'était quoi, cette «révolution humaine», cette «illumination», cette «Bouddhéité»? Était-ce juste une manière élaborée de finir par accepter le ronron ordinaire du quotidien? D'explorer tous azimuts à la recherche de sens, juste pour «arriver à l'endroit que nous avons quitté et le percevoir tel qu'il est» (pour citer la seule phrase de T.S. Eliot dont je me souviens du lycée)? Mais je ne voulais pas «accepter» ma vie, nom de Dieu, je voulais la changer!

«Donc, dis-je, avant de devenir bouddhiste, tu avais une femme, une famille, une affaire qui marchait. Et maintenant, tu es laveur de carreaux, célibataire et brouillé avec l'une de tes filles … c'est bien ça?»

Geoff se mit à rire. «Ça a l'air formidable, non? J'avais toutes ces choses, mais je n'étais pas heureux. C'était joli en surface, mais en-dessous …» Il secoua la tête.

«Peut-être que tu aurais dû te montrer un peu plus reconnaissant …», suggérai-je, remuant doucement le couteau dans la plaie. «Beaucoup de gens donneraient la prunelle de leurs yeux pour avoir ce que tu avais.»

«Sans aucun doute, approuva Geoff. Et je suis reconnaissant désormais. Je m'entends bien avec mon ex et ma fille aînée. Et je crois que ma cadette change d'avis, petit à petit. D'accord, je n'ai pas beaucoup d'argent et je cherche toujours la Femme De Ma Vie. Mais tu ne peux partir que de là où tu te trouves, pas vrai? Le bouddhisme est arrivé dans ma vie à un moment donné, j'ai fait ces expériences; maintenant je suis plus vieux, plus sage et, au fond de moi, heureux.»

Soupir. Encore ce grand mot: heureux. Je ne savais vraiment pas ce qu'il signifiait. Pas au sens où Geoff et Dora l'utilisaient. Ma seule définition de «heureux» était ce qu'ils qualifiaient de «Paradis» ou de «Bonheur temporaire»: ce qu'on ressent quand on obtient ce qu'on veut. Ou le plaisir, comme être au lit avec Angie. Heureux. Heureux, heureux, heureux. Répétez-le suffisamment et le mot sonne presque enfantin. Le clown heureux, l'imbécile heureux. Heureux ouailles, perdez la raison dans la religion. C'était ça que je voulais? C'était ça que Geoff avait à offrir? Si oui, ça ne me faisait simplement pas envie.

Inutile de dire qu'au moment où nous nous sommes séparés, je n'avais toujours pris aucune décision à son sujet.

*   *   *

J'arrivai chez moi et vis la lumière clignoter sur mon répondeur. Mon estomac se serra. Angie? J'appuyai sur le bouton.

«Salut, Ed, c'est Martin.» Je grognai. «J'appelais juste pour voir si tu étais partant pour qu'on se voie, un de ces quatre.»

Foutrement hors de question. «C'est juste que j'ai vraiment apprécié notre discussion de la semaine dernière, et que je voudrais en savoir plus sur le bouddhisme dans lequel tu te lances.» Hein? Pas du tout! «Sauf que ça ne ressemble à rien de ce que j'ai lu là-dessus depuis notre conversation. C'est bien du bouddhisme, Jim, mais pas tel qu'on le connaît.» Imitation lamentable de Monsieur Spock[1] «Bref, donne-moi un coup de fil quand tu as un moment.» Dans tes rêves, mon pote. «Oh … et quand est-ce que tu t'achètes un portable? Saluuuut!»

Je fis le numéro de ma messagerie. Son appel était le dernier enregistré, à 18h37. Rien d'Angie. Donc tout s'arrêtait là. J'étais mis dans le même sac que Geoff, et elle l'avait jeté à la poubelle. Un seul remède à ça. J'allai dans la cuisine, sortis le whisky du placard, le coca du frigo, et me préparai un moitié-moitié … un sacré remontant, je peux vous le dire. Je retournai dans le salon, allumai la télévision et m'assis en zappant de chaîne en chaîne comme un crétin. Mais je ne regardais rien. Je ruminais la soirée avec Angie.

D'accord, elle était mon *honzon*, mon ancre: elle partie, je dérivais. Je pouvais le voir, désormais, même dans le brouillard alcoolisé qui tombait rapidement sur moi. Dès l'instant de son départ, mon attitude avait entièrement changé. En gros, plus rien ne comptait vraiment en-dehors de mon agonie. C'est pour ça que je m'étais disputé avec Martin, cette semaine-là. Ses problèmes, ItsTheBusiness, l'Homme Lino: tout semblait si dérisoire, si insignifiant à côté de ma souffrance. A l'époque, la voix de la raison m'aurait soufflé que je perdais le sens de la mesure; mais si je comprenais bien, c'était justement à ça que servait votre *honzon*, non? A vous donner le sens de la mesure, et quand il disparaît …

Soudain, une pensée désagréable s'insinua dans mon cerveau:

---

[1] NdT: Référence à une citation (déformée) d'une réplique du Docteur Spock, dans la série Star Trek «No life as we know it!» (Rien à voir avec la vie, telle que nous la connaissons) (source: Wikipédia).

depuis qu'Angie était partie, je luttais contre une pulsion profonde et inconsciente, qui me poussait à l'autodestruction. Traiter Martin de connard avare, c'était lui lancer le défi de me virer. L'alcool – cette quantité ridicule de whisky dans ma main à l'instant même – c'était quoi, sinon la route qui mène au néant? Et que voulaient faire mes personnages quand j'écrivais? Se suicider. C'était ça, leur porte de sortie, leur choix naturel, inévitable.

Mais il y avait aussi une autre pulsion. La survie. Raison pour laquelle j'avais jeté mon dévolu sur Geoff. Il offrait l'espoir, la vie, la croissance à travers le bouddhisme. C'était à la fois ce qui m'attirait *et* ce contre quoi je luttais. Ou plutôt ce contre quoi luttait Mon Ami Diabolique. Parce qu'il rôdait – au coin de la rue, sous mon verre de bière, dans la bouteille – toujours prêt à huer, se moquer, critiquer et narguer. Il ne voulait pas que je sois heureux, parce qu'alors, que ferait-il? Avec qui jouerait-il? Il serait seul et ne pouvait pas supporter cette idée.

Je souris en imaginant son inconfort. Mais sous ces pensées alcoolisées, quelque chose me gênait … comme le petit pois sous les matelas qu'essayait la princesse[2], dans le conte. Je me levai brusquement et chancelai jusqu'au répondeur. J'enfonçai le bouton et réécoutai le message de Martin, la partie qui disait: «Je voudrais en savoir plus sur le bouddhisme dans lequel tu te lances. Sauf que ça ne ressemble à rien de ce que j'ai lu là-dessus depuis notre conversation. C'est bien du bouddhisme, Jim, mais pas tel qu'on le connaît.»

C'était ça. Même si j'étais saoul – ou peut-être parce que je l'étais – je réalisai en un éclair ce qui clochait. J'étais en train de faire de Geoff mon nouvel *honzon*. J'avais commencé à m'en remettre à lui pour donner du sens à ma vie, à devenir son apprenti ou presque. Voilà pourquoi j'avais été tellement secoué en découvrant qu'il ne m'avait pas tout dit. Et maintenant ça: «C'est du bouddhisme, Jim, mais pas tel qu'on le connaît.»

---

[2] Référence au conte d'Andersen «La princesse au petit pois».

Qu'est-ce que ça voulait dire? Que ce que Geoff m'avait raconté n'était pas du bouddhisme ? J'avais tout accepté sur une base de confiance, pas vrai? Je n'avais fait aucune recherche indépendante, ni recoupé les choses avec d'autres bouddhistes. Bien sûr, elles concordaient, pour l'essentiel, avec ce qu'avaient dit Dora et Piers, mais ils faisaient tous partie du même truc, non? Peut-être que tout était inventé, comme tant de ces «religions» orientales; un méli-mélo d'enseignements puisés partout, puis mélangés à la va-vite dans le mixeur spirituel d'un gourou quelconque, et colporté aux Occidentaux crédules comme antidote à leurs névroses de petits bourgeois.

Tous mes doutes sur Geoff affluèrent une fois de plus à la surface. Oh, Bon Dieu, pensai-je. Oh, Bon Dieu …

* * *

Nouveau matin, nouvelle gueule de bois … et nouvelle excuse pour ne pas aller au travail. Je m'en sentais incapable. J'appelai le costume rayé de vingt ans pour dire que je pensais souffrir d'une intoxication alimentaire. Son «C'est ça …» était si clairvoyant qu'on aurait dit qu'il voyait la bouteille de whisky vide dans la poubelle de la cuisine. Mais je m'en fichais. Au moins, je pouvais passer le reste de la matinée au lit. A midi, j'étais assez requinqué pour m'enfiler quatre tranches de pain grillé et deux tasses de thé. Puis je me rendis directement à la bibliothèque municipale. Je dus vérifier l'adresse dans l'annuaire, étant donné que ce n'est pas l'un de mes points de chute habituels. Ça n'était pas trop loin et la balade m'éclaircit les idées.

Pour un temps. Patauger dans des pages d'encyclopédie sur le bouddhisme embrouilla à nouveau tout. Difficile, tu parles! Obscur, abscons, plein de mots étranges en italique, de consonnes imprononçables et de points sur des caractères bizarres.

Même les bouts que j'arrivais à lire, je n'arrivais pas à les comprendre; comme celui-ci:

La chaîne causale comporte douze liens et enseigne la relation causale entre l'ignorance et la souffrance. (1) l'ignorance donne lieu à (2) l'action, qui cause (3) la conscience, qui cause (4) le nom-forme, qui cause (5) les six domaines sensoriels, qui causent (6) le contact, qui cause (7) la sensation, qui cause (8) le désir, qui cause (9) l'attachement, qui cause (10) l'existence, qui cause (11) la naissance, qui cause (12) la vieillesse et la mort.

Ce qui voulait dire quoi, exactement? J'arrivais plus ou moins à comprendre certaines parties; mais comment diable l'action cause-t-elle la conscience, l'attachement ou l'existence? Nébuleux à souhait. Je laissai tomber l'encyclopédie et me tournai vers quelque chose de plus léger, un genre de guide du bouddhiste débutant, où je tombai là-dessus:

La doctrine des Quatre Nobles Vérités est une doctrine fondamentale du bouddhisme, qui clarifie la cause de la souffrance et le chemin à suivre pour y mettre fin. Ce sont (1) la vérité de la souffrance: toute existence est souffrance; (2) la vérité de l'origine de la souffrance: la souffrance est causée par le désir égoïste; (3) la vérité de la fin de la souffrance: l'élimination du désir égoïste mène à la fin de la souffrance et permet d'atteindre le nirvana; et (4) la vérité du chemin mettant fin à la souffrance: l'élimination du désir égoïste peut être obtenu en suivant le Sentier Octuple. Celui-ci comprend: la vision juste, la pensée juste, la parole juste, l'action juste, le moyen d'existence juste, l'effort juste, la concentration juste et la méditation juste.

Une doctrine fondamentale, hein? Pourtant, Geoff ne l'avait même pas mentionnée. En plus, dans ce que je lisais, il n'y avait rien au sujet des dix états, d'*ichinen*, de *kyo chi gyo i*, ni de *ku*, de la révolution humaine, de la non-dualité de la vie et de son environnement, ni *rien* de ce qu'il m'avait dit. C'était peut-être intéressant, c'était peut-être même sensé, mais ce n'était pas du bouddhisme … du moins pas selon ces livres. Il allait falloir que je lui en parle … dès demain, avant que ma foi en lui ne parte complètement en fumée. Selon mon estimation, il serait toujours en train de nettoyer sa tour, donc je prévoyais de l'attraper au déjeuner et de mettre illico les choses à plat.

* * *

Les choses ne se passèrent pas tout à fait comme prévu.

J'arrive à Regence House à l'heure normale, juste avant neuf heures, je fais la montée dans l'ascenseur bondé et joue des coudes pour en sortir au quatrième étage. Je passe la porte et le bureau de réception brillant, pénètre dans la zone sinistrée … et m'arrête. Le néon est allumé dans mon cagibi. J'entends une voix: féminine. Je m'approche. Elle parle au téléphone, souriante, animée. Elle raccroche, me voit, est surprise – on l'est tous les deux – et m'apprend qu'elle travaille ici. «Mais c'est moi qui travaille ici», protesté-je. Elle est confuse, je suis confus, j'appelle Costume Rayé … et on me dit que j'ai été remplacé. Elle n'était supposée rester que pour la journée, mais elle avait décroché tellement de clients potentiels – presque deux fois plus que ma moyenne – qu'ils avaient décidé de la garder. Donc au revoir, Ed. J'objecte, me fâche, menace, mais en vain. Je ne suis qu'un temporaire, que je voie ça avec l'agence. Ce que j'essaie de faire, mais bizarrement, Dora ne répond pas au téléphone. Vaincu, je cède la place à Mademoiselle-Deux-Fois-Meilleure-Que-Moi avec autant de bonne grâce que possible – c'est-à-dire aucune – et cinq minutes après être arrivé, je me retrouve devant Regence House, sur le trottoir. Et maintenant?

Une seule chose à faire. Je tournai à gauche et me dirigeai vers la tour. A bout de la rue, je levai la tête. La nacelle était loin au-dessus de moi, hors de portée de voix. Je comptai: trois étages à partir du sommet. Je gravis les marches en courant, poussai les portes vitrées et pénétrai dans un grand atrium. Deux gardes à la mine renfrognée étaient assis derrière un bureau, en face de moi. Derrière eux s'élevaient deux escaliers menant au premier étage, avec des rangées d'ascenseurs à gauche et à droite.

«Oui Monsieur?» L'un des gardes avait repéré que je n'étais pas du coin.

«Euh, Yellowhammer …», dis-je en jetant un coup d'œil rapide à la longue liste des noms de sociétés sur le mur.

«Dix-neuvième étage», dit-il. Tu parles de sécurité.

J'entrai dans l'un des ascenseurs et regardai les boutons. Il y a avait trente étages, donc j'appuyai sur le vingt-sept. Quelques instants plus tard, je pénétrais dans une zone tapissée de moquette qui surplombait Londres. A ma gauche et à ma droite se trouvaient de grandes baies vitrées offrant une vue panoramique de la ville. A l'extérieur, derrière celle de gauche, deux câbles en acier s'étiraient verticalement. Je me dirigeai vers elle et regardai vers le bas. Geoff était dans la nacelle, en train d'essuyer la fenêtre de l'étage inférieur. Je cognai contre la vitre, mais il ne réagit pas. Je jetai un œil autour de moi, repérai le panneau indiquant l'escalier de secours, me ruai sur la porte et dévalai les marches. Geoff allait appuyer sur le bouton de descente quand je me retrouvai face à lui, de l'autre côté de la vitre. Il sembla sous le choc et donna une petite tape sur la console. La nacelle s'immobilisa avec un sursaut.

«Qu'est-ce qui se passe?» hurla-t-il. Je ne l'entendais pas, mais lus sur ses lèvres.

«J'ai besoin de parler!» hurlai-je à mon tour.

Il fronça les sourcils sans comprendre.

«Parler!» hurlai-je à nouveau en ouvrant et fermant ma main comme si c'était une marionnette.

Son visage s'éclaira – il avait saisi. Il agita son doigt en direction du sol, enfonça un bouton sur la console et se laissa couler lentement hors de ma vue. Je tournai le dos à la fenêtre et vis une demi-douzaine de personnes, fraîchement débarquées d'un des ascenseurs, qui me fixaient avec curiosité.

* * *

«Quel est le problème?» demanda Geoff. La nacelle avait atterri au pied de la tour, à l'endroit où j'attendais, me sentant désormais un peu idiot.

Que pouvais-je dire? «Pourquoi ne m'as-tu pas parlé des Quatre Nobles Vérités?» Ce n'était pas urgent au point d'avoir besoin de son attention immédiate … si?

«J'ai euh … j'ai de nouveau perdu mon boulot», dis-je sans conviction.

«Ah.»

«Dora ne répond pas au téléphone et euh … j'ai besoin de parler à quelqu'un.» Bon Dieu, qu'est-ce qu'il devait penser de moi? Je commençais à ressembler à l'un de ses cinglés qui perdent tout sens de la mesure. Mais en même temps … c'était bien le cas, non? Pas de *honzon*, pas d'ancrage. C'était peut-être à ça que ressemblait une dépression nerveuse.

Geoff ne sourcilla pas; il se contenta de me regarder. «Il faut que je bosse, Ed,» dit-il, en pointant un pouce vers la tour.

«Oui, évidemment», dis-je, embarrassé. «Je ne sais pas ce qui m'a pris. Désolé.» J'amorçai un demi-tour.

«Mais si tu n'as pas peur de l'altitude …»

Je réalisai qu'il me proposait une place auprès de lui dans la nacelle.

«C'est très sûr, dit-il. Tant que tu es attaché.»

Je vis qu'il y avait deux harnais de réserve suspendus à l'une des rampes. Je regardai la tour. C'était sacrément haut.

«A toi de voir, dit-il. Mais si c'est une urgence …»

«C'est autorisé?», demandai-je.

«Eh bien, il va falloir que tu travailles, dit-il. Comme ça tu seras couvert par mon assurance … en tant qu'apprenti, si tu veux.»

J'hésitai puis me décidai. «OK.» Je grimpai à côté de lui, il ajusta le harnais autour de ma taille et le fixa; puis, avec un sursaut, la nacelle commença à monter doucement le long du bâtiment. Ma nervosité aussi montait; pas à cause de l'altitude, mais parce que je réalisai que j'allais dire à Geoff que, en gros, je ne lui faisais pas confiance.

En bégayant, je passai maladroitement en revue ce que Dora m'avait expliqué sur le *honzon*; comment j'avais eu le sentiment de perdre le mien – Angie – ce qui expliquait que je sois aussi déboussolé et que je trouve le bouddhisme aussi intéressant, mais que je ne voulais pas refaire la même erreur en mettant tous mes œufs dans le mauvais panier pour ainsi dire, raison pour laquelle je n'arrêtais pas de m'en prendre à lui, mais qu'hier, j'avais lu tous ces trucs qui ne ressemblaient pas du tout à ce dont il m'avait parlé et qui disaient que les Quatre Nobles Vérités étaient un principe fondamental, ce qui était nouveau pour moi et …

«En fait il ne s'agit pas du tout de la perte de ton boulot.»

«Eh bien si, en quelque sorte. C'est juste que … tu sais … ça a tout fait remonter.»

«Tout, c'est-à-dire tout ce que je t'ai dit. Et tu veux savoir si c'est vrai.» Droit au but … une fois de plus.

«Non. Si. C'est-à-dire … en fait, je n'en sais rien.» Je grimaçai un sourire gêné et attendis sa réaction.

Geoff renifla. Nous étions désormais à cinquante mètres au-dessus du sol, surplombant les toits d'un des plus grands centres financiers au monde et nous balançant doucement dans le vent. Geoff regarda vers le bâtiment et appuya sur la console. On s'arrêta. «Vingt-cinquième étage», dit-il en attrapant une éponge munie d'une petite poignée dans un coin. «Tu laves ou tu sèches?»

Sans savoir pourquoi, je ne répondis pas mais jetai un œil par-dessus le bord de la nacelle. Je n'aurais pas dû. Loin en-dessous de moi, la rue commença à vaciller et à devenir floue.

«Ne regarde pas en bas!» aboya Geoff.

Je ramenai rapidement mes yeux sur son visage. Il tenait toujours l'éponge en l'air.

«Tu laves ou tu sèches?»

J'hésitai, tout en rétablissant mon équilibre.

«Laver est plus facile», suggéra-t-il.

«Alors je lave.»

Il me tendit l'éponge et désigna un petit bac rond dans lequel elle avait été posée. Il était rempli d'eau savonneuse.

«Toute la nacelle est raccordée», expliqua-t-il. «L'eau propre arrive là en bas, et l'eau sale est aspirée de l'autre côté.»

Je vis pour la première fois le tuyau fixé à intervalles réguliers par des anneaux métalliques, le long de chaque câble.

«Comme ça, je n'ai pas besoin de monter et descendre sans arrêt pour remplir le seau. Et le détergent, je le mélange comme ça.» Il tripota un petit robinet au-dessus du bac; un liquide épais et blanchâtre s'en écoula lentement.

«Astucieux.»

«Très.» Il se frotta les mains. «Bien, alors: une brève histoire du bouddhisme en vingt-cinq étages.»

*　*　*

Nous progressions vers le bas du bâtiment, tandis que Geoff parlait. A chaque niveau, je trempais l'éponge dans le bac, puis mouillais la vitre en partant du coin supérieur gauche pour finir au coin inférieur droit. Geoff était juste derrière moi avec la raclette, essuyant les fenêtres avec de grands gestes habiles, tandis qu'il parcourait au galop deux mille cinq cents ans de bouddhisme.

«Le Bouddha historique était un type appelé Siddhartha Gautama. C'était le prince de la tribu des Shakyas, donc quand il est devenu célèbre, les gens ont commencé à l'appeler Shakyamuni, ce qui veut dire *sage des Shakyas*. Quoiqu'il en soit, en tant que tête royale, il menait une vie de pacha, jusqu'à ce qu'il réalise que la vie, pour les gens à l'extérieur de son palais, était pleine de souffrance. Donc un jour, il décide de ne plus être prince et il entame un voyage pour découvrir comment surmonter ce qu'il pense désormais être les quatre souffrances inévitables de la vie: la naissance, la maladie, la vieillesse et la mort.» Il appuya sur le bouton de la console et nous descendîmes vers l'étage suivant.

«La naissance?»

«Dans un monde plein de douleur.»

«OK.» La nacelle s'arrêta avec un soubresaut, je mouillai l'éponge et nous attaquâmes une nouvelle fenêtre.

«Donc il roule sa bosse, poursuivit Geoff, et essaie toutes sortes d'enseignements et de pratiques, mais finalement, il prend conscience qu'il doit chercher la solution en lui-même. Alors il s'assied sous un arbre et médite longtemps, jusqu'à ce que – eurêka– il reçoive la réponse.»

«Qui est … ?»

«Eh bien, c'est le problème. Ce qu'il a compris est si profond et si incroyable que quand il essaie de l'expliquer aux autres, personne ne voit de quoi il parle. Donc il doit trouver une manière d'enseigner aux gens qui amène progressivement leur compréhension à un niveau lui permettant de partager son savoir. On a comparé ça à Einstein tentant d'expliquer la relativité à des gosses de maternelle.»

Je grognai. «Jamais compris ça non plus.»

«Idem», dit Geoff en appuyant à nouveau sur le bouton. On était rapides, travaillant à un bon rythme, ce qui semblait faciliter le flux de la conversation. «Quoiqu'il en soit …», dit-il alors que nous arrivions à l'étage suivant, «… les Quatre Nobles Vérités était l'une des premières étapes qu'il enseignait, pour poser les règles de base essentielles à la compréhension. Mais il ne s'est pas arrêté là. Il a développé ses enseignements au fil des ans, jusqu'à ce que finalement, dans les dernières années de sa vie, il n'enseigne plus que le Sutra du Lotus, dont il disait qu'il était le seul à être achevé et complet. En d'autres termes, il contenait tout ce qu'il avait compris.»

«Piers a dit que c'était la fine fleur du bouddhisme.»

Geoff rit en essuyant sa raclette avec une peau de chamois. «La fine fleur?» C'est du Piers tout craché, ça. Mais je crois qu'il a raison.»

«Alors, problème résolu … Lisez le Sutra du Lotus!»

«J'crains qu'non, dit Geoff. Parce qu'il est très abscons: plein de langage fleuri, de créatures bizarres et d'événements saugrenus. Vraiment difficile. En plus, il est incohérent: ce qui est enseigné dans la seconde moitié contredit ce qui se trouve dans la première. Et l'ensemble contredit à peu près tout ce que Shakyamuni a enseigné durant le reste de sa vie. En fait, c'est si différent de tout ce qu'il a dit avant que certains se demandent s'il l'a vraiment enseigné.»

«Je ne comprends pas.»

«Certains prétendent qu'il a été créé par d'autres bouddhistes, des centaines d'années après sa mort.»

«On ne peut pas vérifier?»

«Comment? Shakyamuni enseignait il y a longtemps, peut-être même avant l'invention de l'écriture. Tout a été mémorisé et transmis oralement.»

«C'est un peu risqué, non? Je veux dire … Comment savoir s'il a vraiment dit tout ça?»

«On ne le sait pas. Mais pour certains, l'important, ce n'est pas qui l'a enseigné. L'important, c'est ce qu'il dit.»

«Mais si c'est plein de contradictions …»

«Exactement. C'est pourquoi il y a autant de débats, et depuis si longtemps, autour de ce que Shakyamuni a vraiment voulu dire; en gros, depuis le moment où il est mort.»

J'y réfléchis pendant que je passais l'éponge sur une autre fenêtre. «Alors pourquoi tu as choisi le Sutra du Lotus? Parce que ta pratique est basée dessus, c'est ça?»

«C'est ça», dit Geoff, se balançant d'un côté à l'autre tandis qu'il tirait la raclette vers la droite, puis vers la gauche, puis à nouveau à droite le long de la vitre. «C'est parce qu'il s'occupe de ce monde, celui dans lequel je vis.

Par exemple: la plupart des autres sutras parlent du désir en tant racine de toute souffrance, d'accord? Tu souffres parce que tu veux des choses que tu ne peux pas avoir, ou alors tu t'attaches à elles et puis tu les perds.»

«Comme Angie.»

«Voilà. Donc ces sutras enseignent en gros que la réponse est de s'exercer à ne rien vouloir. *Nirvana* signifie éteindre, comme quand tu souffles sur la flamme d'une bougie; c'est supposé être l'état que tu atteins lorsque tu t'es débarrassé de tous tes désirs. Mais est-ce vraiment réaliste? Même vouloir atteindre cet état est un désir ... donc pour moi, ça n'a aucun sens.»

«Que dit le Sutra du Lotus?»

«Que les désirs font partie de la vie, qu'ils sont inévitables. Et qu'au lieu d'essayer de s'en débarrasser, on peut les transformer: de négatifs à positifs, de destructeurs à constructifs.»

Je cogitai là-dessus. Ça semblait raisonnable.

Geoff poursuivit. «En plus, le Sutra du Lotus est totalement démocratique. C'est le seul sutra que je connaisse qui dise que chacun peut connaître l'illumination: les hommes, les femmes, les enfants, les méchants, *tout le monde*; dans cette vie, ici et maintenant. Alors que tous les autres rajoutent des conditions, comme dire que les femmes doivent d'abord renaître en tant qu'hommes, ou qu'il faut pratiquer toutes sortes d'ascétismes pendant des millions d'années ... et je n'ai pas vraiment le temps pour ça. Je ne veux pas échapper au quotidien. Je veux quelque chose qui m'aide à bien le vivre, avec tout ce qu'il comporte de bordélique et de merveilleux.»

Je le regardai. «Merveilleux?»

«Oui, dit-il en souriant. La vie est merveilleuse, la mort est merveilleuse. Tout est foutrement merveilleux!» Il ouvrit les bras et hurla dans le ciel de la City.

Je ne comprenais pas. La mort ... merveilleuse? Geoff tenta d'expliquer que la vie et la mort n'étaient que deux phases d'un cycle sans fin, que la mort était comme un sommeil dans l'éternité de la vie de quelqu'un, qu'il ne fallait donc pas la craindre; qu'en fait, l'accepter était la base du véritable bonheur. Je devais admettre qu'il semblait en être la preuve vivante. Mais plus il parlait, plus je prenais conscience de la distance qui nous séparait. Pour moi, le Grand Sommeil, c'était rideau, finito, The End. Et franchement, en parler tout en étant suspendu à l'extérieur d'un bâtiment de cent mètres de haut me filait les chocottes.

«C'est pour ça que tu peux faire ce genre de boulot?» demandai-je avec un sourire tendu.

«C'est-à-dire?»

«Eh bien, ça ne te dérange pas, tu sais …» Je mimai sa chute par-dessus bord et son écrasement sur le trottoir.

Il eut l'air surpris. «Tu penses que j'ai envie de mourir? Absolument pas.»

«C'est juste que je pensais que si ça ne te gêne pas de mourir …»

«J'aime la *vie*, Ed. Et je l'aime encore plus parce que je ne suis pas obsédé par la mort, c'est tout. En plus, ne pas prendre soin de sa vie est une forme d'offense.»

«D'offense?»

«Tout ce qui dénigre la vie, la méprise, lui manque de respect – que ce soit la tienne ou celle d'un autre – est appelé offense dans le bouddhisme, et c'est une cause de souffrance. Ça inclut te dévaloriser toi-même ou les autres, ne pas prendre soin de toi ou des autres. Le bouddhisme, c'est tout l'inverse: c'est prendre soin de soi et des autres. Chérir la vie, y compris la tienne. Donc là-dedans, je porte toujours ça.» Il secoua son harnais de sécurité.

Nous continuâmes à travailler en silence pendant un moment, pendant que je digérai l'information. L'offense. Selon la définition de Geoff, j'étais un expert. Me dénigrer, moi et les autres, me venait aussi naturellement que respirer. Je poussai un long soupir triste.

«Tu vas bien?» Geoff avait l'air inquiet.

«Ça va.»

Il me scruta encore un instant, puis prit une décision. Il donna une tape sur la console et la nacelle se mit à descendre vers le sol.

«Qu'est-ce que tu fais?»

«Une pause», dit-il.

«Je vais bien», protestai-je.

«Ben pas moi, dit-il. Faut que j'aille pisser.»

Je ne discutai pas. Environ une minute plus tard, nous atteignîmes la rue et sortîmes. J'étais soulagé d'être de retour au sol, à dire vrai, et quand Geoff dit qu'il pourrait en avoir pour un petit moment, je saisis l'occasion qu'il m'offrait de filer. Il fallait que je voie Dora concernant le fiasco de Regence House. Geoff insista pour me donner de l'argent avant que je parte: «Tu l'as gagné», dit-il. Mais je ne voulais pas de son argent. Son temps et son savoir étaient ce qui comptait pour moi; et j'avais reçu beaucoup des deux pendant notre descente le long de l'immeuble. Alors je pris congé en lui faisant un signe de la main et mis le cap sur la station de métro la plus proche – et sur Dora. Savait-elle que j'allais être viré? Est-ce qu'elle y était pour quelque chose? Et, le plus important, est-ce qu'elle pouvait me trouver un autre boulot?

Une autre surprise m'attendait, cependant, quand j'arrivai à Baker Street: Personnel Personnel était fermé. Je regardai à travers la porte vitrée, mais le bureau était plongé dans le noir. Pas étonnant que personne n'aie répondu au téléphone. Je cognai contre la vitre, juste pour le cas où elle aurait été à l'arrière, mais personne ne vint. Peut-être qu'elle avait pris sa journée. Mais alors que j'étais sur le point de me détourner, il me sembla détecter un mouvement. Je regardai plus attentivement. Quelqu'un avait guigné par la porte de la petite cuisine du fond, j'en étais sûr. Je frappai à nouveau et cette fois, une silhouette apparut ... Dora. Elle hésita, puis vint à la porte et la déverrouilla. Je vis tout de suite pourquoi elle s'était cachée. Ses yeux étaient gonflés et son visage maculé de traînées de mascara. Elle avait pleuré.

Chapitre Onze

Nul homme de ma connaissance n'a de mouchoir en tissu sur lui de nos jours; à moins qu'il ait plus de soixante-dix ans et porte un chapeau. Mon père en avait un: un carré soigneusement plié et repassé, d'une matière qui sentait légèrement la lotion après-rasage. Je ne l'ai jamais vu se moucher dedans, ni le proposer à une donzelle en détresse. Pourtant, quand Dora ouvrit la porte en larmes, je me mis immédiatement à fouiller mes poches à la recherche d'un mouchoir que je savais ne pas avoir. Peut-être un genre d'instinct mâle primitif qui ne peut supporter la vue d'une femme avec du maquillage étalé partout et le nez qui coule.

«Bon Dieu, Dora … qu'est-ce qui ne va pas?» demandai-je. Elle me poussa à l'intérieur et verrouilla la porte derrière moi.

«La banque, dit-elle en reniflant. Elle a exigé le remboursement du prêt.»

«Quoi … pour ce local?» J'étais sous le choc.

Elle acquiesça et essuya une larme d'un ongle long et vernis, prenant soin de ne pas se mettre de mascara dans l'œil.

«Excuse-moi, dit-elle. J'allais me laver le visage quand tu as frappé.» Elle disparut à nouveau à l'arrière.

Ma parole, et moi qui pensais que tout ce discours sur la possibilité de devoir fermer boutique n'était que du flan, destiné à me remonter le moral par rapport à ma situation.

Dora réapparut rapidement, le visage rincé et essayant de se montrer courageuse. «Tu prends une tasse de thé?»

«Que faire d'autre dans un moment de crise?» Je la suivis dans la «cuisine», un simple couloir étroit comprenant un évier, une bouilloire électrique et un placard à fournitures, avec des toilettes au fond, derrière une porte. «Alors, que s'est-il passé?» demandai-je pendant qu'elle s'occupait du thé.

«La bulle internet», dit-elle simplement. «Le nombre d'engagements a chuté pendant l'été, et la banque a décidé que ce n'était plus sûr de miser sur moi.» Elle soupira, fatiguée, et jeta deux sachets de thé dans des mugs.

«C'est un peu brutal, non?»

«Pas vraiment.» Elle haussa les épaules. «Je n'ai jamais fait beaucoup d'argent, même quand la période était bonne. Les frais généraux sont trop élevés et la concurrence trop féroce.» La bouilloire émit un clic et elle versa l'eau bouillante dans les tasses. «Ça me pendait au nez depuis longtemps, en réalité.»

«Et qu'est-ce que tu vas faire?»

«J'en sais rien, dit-elle. Du lait?»

«S'il-te-plaît.»

Elle repêcha les sachets de thé et versa un peu de lait dans chaque mug.

«Merci», dis-je quand elle m'en tendit un.

«Enfin ce n'est pas tout à fait vrai, dit-elle. D'abord, je vais boucler les choses ici, parce que j'ai encore quelques clients en emploi.» Une pensée lui vint. «D'ailleurs … qu'est-ce que tu fais là?»

J'avais la réponse à ma question: elle n'avait rien su de mon remplacement. J'expliquai ce qui s'était passé, ma «maladie» de la veille, mais Dora ne marcha pas.

«Gueule de bois?»

«Non», mentis-je, essayant de prendre un air offensé.

Elle émit un grognement. «Mmm …» En tout cas ils n'ont pas appelé ici pour trouver un remplaçant … pas étonnant si les collaborateurs que je fournis ne sont pas fiables.»

«J'étais malade», protestai-je.

Dora soupira à nouveau. «C'est pas grave, dit-elle. Ta commission n'aurait fait aucune différence. Quoiqu'il en soit, dès que j'aurai averti tout le monde de la situation, je vais rentrer chez moi et réciter à m'en faire tomber les chaussettes pour savoir que faire ensuite et comment payer ma dette.» Elle prit une petite gorgée de thé.

«Elle est de combien?» demandai-je.

«Plus que tu n'as, Ed.» Elle sourit. «A moins que tu n'aies reçu une jolie avance bien rondelette sur ton best-seller?»

Je ris tristement.

Puis vint la question que je craignais. «Et comment ça se passe, d'ailleurs?»

«Euh ...»

«Ou est-ce que ça ne se passe pas?»

Je regardai dans ma tasse d'un air penaud. «Je suis arrivé à la moitié du deuxième chapitre et puis j'ai juste ... j'en sais rien. C'était vraiment mauvais.»

«On n'a rien sans rien, Ed.»

Je poussai un profond soupir. «Je sais. Je suis nul.»

«Non, tu ne l'es pas!» dit-elle avec une soudaine véhémence. «Personne ne l'est! Si tu pratiquais, tu serais capable de le voir et de faire sortir les trucs fantastiques qui sont coincés à l'intérieur de toi. Mais tu ne le feras pas, c'est ça?»

«Non, je ne le ferai pas», dis-je, surpris moi-même par la force de mes mots, «parce que franchement, je ne vois pas quelle différence ça fait. Je veux dire que toi, Geoff et Piers, vous êtes tous des gens très sympas, et j'admire votre attitude face à la vie; mais ton affaire vient de faire faillite, Geoff en avait une mais maintenant il lave des vitres, et Piers est pauvre, comme il l'admet lui-même ...»

«C'est un aristocrate pauvre, me corrigea Dora. Rien à voir avec ce que toi et moi nous entendons par pauvre.»

«D'accord, mais quand même, tu dis que ce truc que tu fais est tellement super, et je suis sûr que ça t'aide à te sentir mieux; mais pour ce que j'en vois, c'est juste une manière de rationaliser des ratages.»

Dora eut l'air blessé.

Je regrettai immédiatement d'avoir été si abrupt. «Je suis désolé, dis-je. Je ne voulais pas dire …»

«Non, dit-elle avec raideur. Tu as raison. Les preuves, c'est important. Pour certains, la manière de gérer les difficultés suffit. Mais d'autres veulent voir des résultats tangibles; c'est important aussi.»

«Je ne voulais pas dire que tu étais une ratée, Dora, dis-je en me tortillant. Bien sûr que non. Rien que le fait d'avoir monté cette agence le prouve. Et ce n'est pas de ta faute si elle ferme, non?»

«Je n'en suis pas si sûre, dit Dora. Je ne crois pas être une très bonne femme d'affaires.»

«Eh bien c'est plus que je n'en ai jamais fait, Bon Dieu, alors qui suis-je pour parler?»

«T'en fais pas.» Dora sourit. «Je ne suis pas fâchée. Je crois que ce que tu veux dire, c'est que tu voudrais rencontrer un bouddhiste riche et qui a réussi … c'est ça?»

«Non.»

Elle eut l'air surpris. «Pourquoi non?»

Parce que ça me fait paraître superficiel et matérialiste, pensai-je. Je dis: «Parce que la religion ne s'occupe pas de ça, non? Elle s'occupe des choses plus élevées, tu sais, le côté spirituel de la vie.»

Dora sourit d'un air énigmatique et retourna dans le bureau. Je la suivis. Elle écrivait un nom et un téléphone sur une carte de compliment de Personnel Personnel. «Liz Wylie, dit-elle. Elle fait des téléfilms … et beaucoup d'argent.» Elle me tendit la carte. «Je lui dirai que tu vas l'appeler, d'accord?»

«Euh …» Ça semblait intéressant, mais qu'étais-je supposé lui dire? Je suis fauché, perturbé et dénué de talent, donc Dora a pensé que vous pourriez m'aider?

Dora perçut mon hésitation et se mit à rire. «Autant aller jusqu'au bout, Ed!»

Je levai le nez de la carte et la vis qui me regardait avec un sourire radieux. «Euh … OK. Merci.»

«Non ... merci à toi», dit-elle, et elle m'embrassa sur la joue.

«Pourquoi?» dis-je, surpris.

«Pour être passé, pour m'avoir remonté le moral.»

«Comment?» Je ne comprenais pas.

«Parfois il suffit de voir un visage amical, dit-elle. Comme une fleur dans le désert.»

Vrai. Je lui souris. Elle me sourit. J'agitai la carte. «Je vais l'appeler.»

* * *

Mais pas tout de suite. D'abord, il fallait que j'en passe par mon habituelle séance d'auto-torture. Qu'allait-elle penser de moi? Qu'est-ce que je voulais? Est-ce que je devrais lui présenter quelques idées pour la télé? Est-ce que j'en avais? Et si non, pourquoi? Où pourrais-je en trouver? Mais si je lui donnais une bonne idée et qu'elle me la piquait, qu'elle m'arnaquait, etc.? Toutes les absurdités usuelles, à échafauder mentalement un plan, l'étudier sous tous les angles et imaginer toutes sortes de scénarios, jusqu'à finir paralysé par l'indécision. L'analyse paralyse. Ou du moins c'est ce que je me dis; jusqu'à ce que finalement, assis dans mon appartement à contempler le numéro de téléphone inscrit sur la carte, j'admis la vérité. J'avais peur. Être avec des gens qui ont réussi me faisait me sentir totalement inadéquat, surtout s'ils avaient du succès dans un domaine lié de près ou de loin à mes ambitions: l'écriture, le cinéma, la télévision. Ils «y» étaient et moi pas. Ils avaient réussi et moi pas. J'étais un velléitaire, c'étaient des pros. En plus, ils détecteraient mes attentes désespérées et serviles à la seconde où je me retrouverais en leur présence.

Un manque d'estime de soi, *moi*[1]?

Puis je me souvins de Dora: «Autant aller jusqu'au bout, Ed!» Je ne pouvais pas la laisser tomber, non? Tremble, mais

---

1 En français dans le texte.

vas-y quand même. La fortune sourit aux audacieux. Qui ne risque rien n'a rien. Du courage ... c'est ce dont j'avais besoin.

Et puis, je vécus un de ces moments où des pensées disparates forment soudain un tout cohérent. «Courage» et «encourager» ... il devait y avoir un lien. Dora, Geoff et Piers m'avaient tous encouragé d'une manière ou d'une autre, en tentant de me donner du courage. Ou plutôt en me poussant à rassembler mon courage, parce que j'en avais en moi, sans aucun doute en moi, quelque part; il était juste endormi. Puis je pensai à la sagesse et à la compassion, les deux autres composantes du trio qui selon eux formait ce qu'ils nommaient Bouddhéité. Bizarrement, *Le Magicien d'Oz* me vint à l'esprit, car je réalisai soudain que ça parlait de la même chose. L'homme de fer-blanc, l'épouvantail et le lion représentaient chacun un aspect de la Bouddhéité. L'homme de fer-blanc avait besoin d'un cœur: la compassion. L'épouvantail avait besoin d'un cerveau: la sagesse. Et le lion peureux avait besoin de courage. Ils sont partis voir le magicien pour obtenir ce dont ils avaient besoin, mais il leur montra qu'ils avaient déjà ces qualités en eux.

J'étais si sonné par cette révélation que je fus incapable de bouger pendant un instant. Ça n'avait peut-être l'air de rien, mais c'était comme si ce que Dora, Geoff et Piers me disaient venait d'être validé par une source extérieure: le foutu *Magicien d'Oz*! Et était-ce juste une coïncidence que cette validation de source indépendante arrive sous forme de film, *alors que je m'apprêtais à contacter une productrice de cinéma et de télévisionbouddhiste*? Bien sûr, en réalité, c'étaient des conneries; parce que je ne suis pas superstitieux pour un sou. Sauf qu'il n'y a pas de hasard, pas vrai?

Bref, tout cela me convainquit de passer ce coup de fil. Et dès que je le fis ...

«Ah oui. Dora a dit que vous appelleriez. Vous avez des questions sur le bouddhisme.»

«Euh, eh bien, oui, si euh ...»

«Aucun problème, une pause me ferait du bien. Vous êtes libre un peu plus tard, disons vers quinze heures?»

Aussi simple que ça. Ce qui rendit toute ma scène de torture plutôt ridicule. Mais si je ne m'étais pas torturé comme ça, je n'aurais pas eu ma révélation, non? On n'a rien sans rien. Je m'autorisai un petit sourire: je commençais à parler comme un bouddhiste.

* * *

Liz Wylie vivait dans une «HLM» à Notting Hill, à deux pas de Holland Park. Ça transpirait l'argent. Rien que de garder la façade blanche et rutilante devait coûter un bras, estimai-je en gravissant les marches de l'entrée. Une femme séduisante mais à l'air épuisé, la petite quarantaine, m'ouvrit la porte. Elle était pieds nus, portait des jeans et un pull ample, et avait un téléphone sans fil rivé à son oreille.

«Liz?» demandai-je d'un ton hésitant.

Elle acquiesça.

«C'est moi: Ed.»

Elle sourit et désigna une pièce à l'avant de la maison, à côté de l'entrée. Je m'y rendis pendant qu'elle poursuivait sa conversation. «Oui, dit-elle, je comprends tout ça. Mais il n'empêche que Discovery veut ces changements, Frank, et si tu n'es pas prêt à les faire, je devrai trouver quelqu'un qui le soit … d'accord?»

La pièce était un bureau qui débordait de scripts. Ils faisaient ployer les étagères alignées le long des murs, sur trois côtés. Ils recouvraient le vieux bureau au dessus habillé de cuir, près de la fenêtre, et le canapé Chesterfield fatigué, près de la cheminée. Ils formaient des piles partout sur le sol, comme des termitières. On ne savait pas vraiment où poser les pieds. Une citation encadrée, posée sur le bureau, attira mon regard: «La révolution humaine remarquable d'un seul individu peut contribuer à changer le destin d'une nation et conduire par là même à changer le destin de l'humanité entière.»

Liz entra avant que je puisse mûrir ma pensée, toujours au téléphone.

«Bien, Frank ... Alors penses-y. Mais pas trop longtemps, parce que j'ai besoin d'une réponse à la première heure demain matin ... C'est ça.» Elle mit fin à l'appel et me regarda gaiement. «Les écrivains, hein?»

Je rigolai – ouais, de sacrés numéros. «C'est très gentil de votre part de me voir», dis-je.

«Non, tout le plaisir est pour moi», dit-elle en déplaçant une pile de scripts du Chesterfield au sol, puis m'invitant d'un geste à m'asseoir. «Ce boulot, c'est de la folie, alors une petite pause bouddhisme au milieu de la journée aide à revenir un peu à la raison, vous savez ...»

Je ne savais pas, mais je souris quand même.

«Alors, comment puis-je vous aider?»

«Euh ...» Je décidai d'aller droit au but. «Je crois que le problème, c'est que ça m'intéresse d'appliquer la théorie et la philosophie à ma situation. Mais je ne suis pas trop pour tout le truc des prières ... vous savez: la pratique.»

«Oui, Dora m'a dit de laisser de côté l'aspect religieux.»

«Vraiment?» Je lui envoyai des remerciements silencieux.

«Si ça peut vous aider, continua Liz, ce qui m'a accrochée, c'est que vous pouvez utiliser le bouddhisme de façon pratique et laisser le côté religieux venir plus tard, quand vous commencez à en voir les bienfaits.»

«Ça semble intéressant.»

Ça l'était. Elle avait découvert la pratique par l'entremise d'un réalisateur, alors qu'elle travaillait à la continuité sur une «série minable». Elle était très impressionnée par sa manière de gérer le stress et le fait qu'il semblait toujours capable de retourner les situations. Elle voulait aller de l'avant dans le monde de la télé, mais avait le sentiment de stagner; alors, sur sa suggestion, elle essaya la pratique. «Miraculeusement» – c'est le mot qu'elle utilisa – peu de temps après, comme «tombé du ciel», un boulot de script sur une série au long cours lui fut proposé; elle pensa qu'avec l'atout de la pratique dans la manche, ce n'était qu'une question de temps avant qu'elle gravisse les échelons, devienne productrice, puis productrice exécutive et, finalement, «Dieu.» Puis elle déchanta.

«J'ai commencé à me sentir de plus en plus mal à l'aise de pratiquer pour avoir du succès; d'utiliser une religion – qui plus est le bouddhisme, qui m'avait toujours paru si noble et éthéré – pour obtenir des choses matérielles. Ça ne me semblait pas décent, un point c'est tout. Je n'avais pas de problème à l'utiliser pour me sentir mieux, devenir plus forte, ni à pratiquer pour les autres, pour la paix dans le monde ou je ne sais quoi encore. Mais pour avoir plus d'argent, un meilleur boulot, une plus grosse maison?» Elle secoua la tête. «Et puis j'ai réalisé que j'avais cette vision fondamentalement chrétienne de la religion et du monde matériel ... Vous savez: comme quoi ils ne vont pas ensemble.»

«Rendre à César ce qui est à César ... ?»

Elle acquiesça. «Exactement: et à Dieu ce qui est à Dieu. Ce sont des domaines totalement séparés, qui s'occupent de choses et de valeurs totalement différentes; et en gros, le domaine spirituel est «plus élevé». Vous savez: il n'y est question que d'amour, de sacrifice et de sauver son âme. Alors que le monde matériel, lui, est sale, égoïste et animal.»

«On dirait qu'on est allés à la même école». Je me mis à rire.

«Eh bien, c'est ça le plus drôle, dit-elle, je n'ai reçu aucune éducation religieuse. J'avais juste absorbé ces comportements de mon environnement, en quelque sorte. Bref, ça m'a pris pas mal de temps de comprendre que le bouddhisme n'enseigne pas cette séparation.»

«Non?»

«Non. Il enseigne *shikishin funi*, la non-dualité de l'esprit et du corps, ou des aspects matériels et non matériels de la vie.»

Voilà qui était plus familier. «C'est le principe des Trois Vérités?» demandai-je.

Liz eut l'air surpris. «C'est basé dessus, oui.»

«Geoff m'en a parlé.»

«Geoff qui?»

Mon estomac se serra. Je réalisai que je ne connaissais même pas son nom de famille. Comment pouvais-je être aussi centré sur mon nombril? «Geoff le laveur de vitres, dis-je. C'est lui qui m'a branché sur Dora.»

«Oh, je vois, dit Liz. On était ensemble à un séminaire, il y a quelques années. Un séminaire d'étude.» Puis elle fronça les sourcils. «Vous allez bien?»

Je commençais de nouveau à surchauffer. Une grosse bouffée de chaleur progressait de mon cou à ma tête et je n'allais pas tarder à être inondé de sueur.

«Ne vous inquiétez pas», dis-je en me forçant à sourire. «C'est le thermostat qui débloque.» Toujours la même blague, mais elle ne la saisit pas.

«Je ne crois pas que le chauffage soit allumé», dit-elle, le visage sérieux.

«Mon thermostat, je veux dire. Ce n'est rien … ça va passer. Continuez.»

«Eh bien …», dit Liz en essayant de ne pas se laisser distraire par mon imminente combustion spontanée, « … appliqué aux êtres vivants, le principe des Trois Vérités s'exprime dans la non-dualité de l'esprit et du corps. Ce qui se passe dans votre corps s'exprime aussi dans votre esprit, et ce qui se passe dans votre esprit s'exprime dans votre corps; ce sont deux aspects de la même vie. Donc, par exemple, la maladie physique a tendance à faire souffrir les gens mentalement, de même que le mal-être produit des effets physiques.»

«Je vois», dis-je. Et c'était vrai. Les chutes du Niagara de mon embarras n'en étaient-elles pas le meilleur exemple ? Ce fard spectaculaire était dû à quelque chose de complètement intangible et d'abstrait, une profonde perturbation mentale dont j'étais le seul à être conscient et que d'autres trouveraient probablement tout à fait ridicule; et le savoir ne faisait qu'empirer le phénomène. Je sentais qu'il était lié, d'une façon ou d'une autre, à l'image que je me faisais de moi-même; parce que, pour une raison étrange, quand cette image était ébranlée, j'étais submergé par une explosion de sueur et de confusion. C'était comme un court-circuit psychosomatique; une panne soudaine, inattendue et massive de mon système, impossible à prévoir ou à contrôler. Je ne pouvais que la subir en attendant que mon mécanisme d'autorégulation revienne lentement à l'équilibre. Quant à savoir pourquoi la réaction était aussi extrême, c'était un total mystère.

Tout cela, je le démêlai plus tard, quand j'essayai de donner un sens à cette expérience. Mais là, j'en étais à cligner des yeux pour en écarter la sueur en tentant de me concentrer sur les paroles de Liz.

«Le bouddhisme applique les Trois Vérités à tout. Il y a une citation qui dit: «Dans le travail comme dans la vie, rien n'est séparé de la réalité ultime»; ce qui veut dire, en gros, que la dimension spirituelle de la vie n'est pas «là-haut», au Paradis, ni cachée derrière ou au-delà de la vie quotidienne, mais qu'elle en est une partie intrinsèque, révélée dans les choses ordinaires, les choses de tous les jours.»

«D'accord …» Je comprenais à peu près ce dont elle parlait, mais j'étais surtout conscient que – Dieu merci – je refroidissais.

Liz me regarda attentivement, pas certaine que j'aie bien saisi ce qu'elle avait dit. Elle se leva, enfonça une main dans la poche de son jean et en extirpa une pièce d'une livre sterling. «Prenez cette pièce, dit-elle. C'est la dimension physique d'une entité appelée livre sterling. Sa valeur – ce qu'elle permet d'acheter – est sa dimension non physique. Toutes deux ont beaucoup changé au fil des années. Par exemple …» Elle ouvrit un tiroir du bureau et farfouilla dedans. «Voilà.» Elle sortit une enveloppe blanche, de laquelle elle tira un vieux billet d'une livre. «Vous vous souvenez de ça?» Elle me le tendit. «C'était la dernière version du billet, avant qu'il ne soit aboli. Je ne sais pas ce qu'on pouvait acheter avec à l'époque, mais je sais que ce ne serait pas la même chose qu'aujourd'hui, si on pouvait l'utiliser. Il possède une identité unique qui ne change pas et remonte au huitième siècle. Je le sais, parce que j'ai fait des recherches là-dessus pour une émission, une fois.» Elle sourit.

«D'accord, dis-je. Et alors … ?»

«Alors, dans le bouddhisme, il n'y a pas de rendre à César ce qui est à César et à Dieu ce qui est à Dieu, parce qu'ils ne sont rien d'autre que deux aspects – le physique et le spirituel– de la même chose.»

«D'accord, dis-je à nouveau. Et donc … ?»

«Et donc, avec le bouddhisme, on a une religion qui s'occupe à la fois des aspects matériel et spirituel de la vie. L'un n'est pas «plus élevé» ou plus noble que l'autre. Les deux sont importants; et une partie du défi pour être heureux, c'est de trouver l'équilibre– la Voie du Milieu – entre les deux.»

«Ah. Là, je comprends», dis-je. Et à nouveau, c'était vrai. La bouffée de chaleur était passée, le service normal rétabli et je pouvais penser – et même voir, maintenant que la cascade de sueur avait séché – clairement.

Liz poursuivit. «Par exemple, le manque d'argent, au sens physique, produit de la souffrance mentale et spirituelle. Mais trop d'argent peut aussi engendrer de la souffrance, si on ne sait pas comment l'utiliser.»

«Vraiment? Je pensais qu'on ne pouvait pas être trop riche, ni trop mince.»

Liz sourit. «Si vous rencontriez certaines personnes dans mon milieu professionnel, vous sauriez que ni l'un ni l'autre ne sont vrais. En gros, dit-elle, ce que j'ai appris, c'est que l'argent est neutre. Il fonctionne en relation avec votre état de vie.»

«Les dix états ?»

«Dora vous les a expliqués, c'est ça?»

«Geoff.»

«D'accord. Et *esho funi* aussi? la non-dualité de la vie et de son environnement?»

Je fis oui de la tête.

«Eh bien l'argent n'est rien d'autre qu'un élément de notre environnement, il reflète donc notre état de vie.»

«Comment?»

«Prenez l'Enfer. L'argent peut nous faire souffrir. Je ne parle pas d'être fauché, mais d'en avoir beaucoup. Comme cette amie à moi, une fille du Yorkshire, très jolie, non-bouddhiste. Elle a épousé un Arabe qui n'était pas que riche, il était obscènement riche. Sa famille possédait un domaine gigantesque en Arabie saoudite, quelque part dans les collines, où le mariage a eu lieu. C'est là qu'elle a vraiment commencé à souffrir. Elle a reçu une éducation protestante, vous voyez, elle a appris à ne pas être ostentatoire alors elle trouvait incroyablement difficile d'accepter l'énorme écart de richesse entre la famille de son mari et les paysans qui vivaient sur ses terres. Le pire moment, selon elle, c'est quand elle a été littéralement arrosée d'argent par des gens qui n'avaient pratiquement rien; ils avaient rassemblé péniblement le peu qu'ils possédaient pour ce mariage, pour montrer leur soutien au seigneur local. Elle dit qu'elle en a été malade, physiquement.»

«Ça aurait fait une jolie photo pour l'album: la mariée qui vomit le jour du mariage.»

«En fait le mariage n'a pas duré ... ce qui n'a pas vraiment été une surprise. Mais le truc étrange, c'est que depuis, elle a tout le temps des problèmes d'argent.»

«Pourquoi?»

«J'imagine qu'au fond d'elle-même, elle a peur que l'argent ne la corrompe ... probablement un résidu de son éducation. Vous savez, comme quoi *l'amour de l'argent est la source de tous les maux*. Ce qu'à mon avis, elle interprète en gros comme *la haine de l'argent est la source du bien*. Qui sait ...»

«C'est profond.»

«Profondément caché, oui. Mais je pense que beaucoup d'attitudes envers l'argent le sont.»

«D'accord. Alors ça, c'est l'Enfer.»

Elle acquiesça.

Qu'est-ce qui vient après? EAACH … «… et l'état d'Avidité?»

«Le monde des désirs. Ça, c'est plus évident: on veut de l'argent, on en désire ardemment. Même si, au fond – étrange paradoxe – les gens dominés par l'Avidité ne veulent pas vraiment la chose qu'ils pensent désirer.»

«Non?»

«Non. Ils veulent remplir le vide qui se trouve au cœur de leur vie et font une fixation sur l'argent – ou l'alcool, la drogue, le sexe, les relations amoureuses en série ou je ne sais quoi d'autre – pour remplir ce vide.»

Je revis mentalement les alcolos du pub où je m'étais assommé.

«Il y a un assez mauvais script quelque part là-dedans …», dit Liz en faisant un geste en direction des étagères, «… sur un accro aux paris, clairement écrit par l'un d'eux. Mais le message qu'il fait passer est que ce n'est pas vraiment l'argent qui l'intéresse.»

Je pris un air surpris.

«Il est accro à l'incertitude, à l'excitation, à l'idée de gagner de l'argent, mais aussi potentiellement d'en perdre. Ce qu'il cherche, c'est la montée d'adrénaline, pas le résultat. Ou prenez Robert Maxwell.[2] Dès qu'il avait conclu une affaire, il se mettait en chasse de la suivante. Mais quand c'était fait, il semblait perdre tout intérêt et devait en chercher une nouvelle. Jusqu'à ce que tout explose … comme ce gars énorme dans *Le Sens de la Vie* des Monty Pythons[3].»

«Monsieur Créosote.»

---

2 Ian Robert Maxwell, né le 10 juin 1923 et mort le 5 novembre 1991, était un magnat de presse et un homme politique britannique (source: Wikipédia).

3 *Monty Python: Le Sens de la vie* (*Monty Python's The Meaning of Life*) est un film britannique réalisé par Terry Jones, sorti en 1983. Ce film

«Lui-même. Un petit chocolat d'après-dîner, dont il n'a même pas envie, et … boum!»

«Ce que vous dites, c'est que peu importe que vous possédiez peu ou beaucoup, si vous êtes dans l'état Avidité, vous y restez.»

«Exactement. On ne peut pas changer son état de vie de base en modifiant son environnement. La princesse Diana vivait dans un palace et pourtant, elle n'était pas heureuse.»

On ne peut pas changer un état de vie de base simplement en modifiant son environnement. Était-ce vrai? Je classai ça dans le dossier des choses à cogiter plus tard et regardai autour de moi. «Alors que dit cet environnement sur *votre* état de vie?» demandai-je en désignant de la tête les piles de scripts.

Liz se mit à rire. «En fait, croyez-le ou non, c'est très organisé. Nous essayons de tous les lire, mais c'est une lutte constante. Une fois que les gens savent que vous êtes dans le cinéma et la télé, vous recevez des scripts de partout. Ceux qui sont sur l'étagère sont lus, rejetés et finiront au papier recyclé. Ceux-ci …» – sur le canapé – « … sont des *peut-être*. Ceux-là …» dans la bibliothèque derrière elle – « … sont des projets que nous avons concrétisés. Et le reste …» – elle désigna les termitières sur le sol – « … sont en salle d'attente.»

Je pris mon courage à deux mains. «Besoin d'un peu d'aide?»

«Pour lire?»

J'acquiesçai. «J'adore les films.» Ce qui n'était pas complètement vrai, étant donné que je n'avais pas été au cinéma depuis des mois. Mais tant qu'elle ne me posait pas de questions sur des sorties récentes …

Elle ne le fit pas. Elle hésita un peu, puis désigna une pile particulièrement haute. «D'accord. Celle-ci contient des textes sur à peu près tout. Prenez-en quelques-uns et faites-moi savoir ce que vous en pensez.»

«Merci», dis-je, en en choisissant deux au hasard.

---

a obtenu le Grand Prix Spécial du Jury au Festival de Cannes la même année (source: Wikipédia).

«J'ai peur de ne pas pouvoir vous payer.»

«Pas de problème. C'est aussi utile pour moi ... pour voir comment ça fonctionne.»

«Ou pas, plus probablement.»

Je souris, heureux: j'étais de retour dans le monde du film. «Où en étions-nous? L'argent et les dix états. EAA ... l'Animalité?»

«C'est la bêtise. En gros, ça concerne les gens qui font n'importe quoi avec leur argent. Comme les gagnants à la loterie, qui dépensent, dépensent, dépensent, jusqu'à ce que tout soit parti en fumée et qu'ils n'aient plus rien. Dans l'état d'Animalité, les gens vivent pour le moment présent: manger, boire et profitons, puisque demain nous mourrons.

Sauf qu'en général, ça n'arrive pas. On se réveille juste fauchés et avec la gueule de bois.» J'émis un petit rire, mais je frémissais intérieurement. Est-ce que j'étais dominé par l'Animalité? Mais les états d'Enfer et d'avidité semblaient aussi très familiers. Trois des états de vie les plus bas sur trois ... Tiercé gagnant. «La Colère?» demandai-je, soucieux d'enchaîner rapidement.

«Très intéressant. Pour les gens qui sont dans la Colère au sens bouddhiste du terme – c'est-à-dire l'ego, le sens de la compétition, ce genre de choses – l'argent est essentiellement un moyen de marquer des points. On le voit beaucoup dans notre milieu; dans les affaires en général, en fait. L'argent est une arme, un moyen de se battre et de gagner, de montrer qui est le chef de meute.»

«De ça, au moins, je suis sûr de n'avoir aucune expérience ...», dis-je, soulagé.

«Moi non plus. Mais mon mari est passé par là. Il était producteur à Los Angeles quand il a commencé à pratiquer; surtout pour avoir plus de succès, parce qu'il avait coproduit un petit film à Hollywood et voulait jouer dans la cour des grands. Mais la concurrence est redoutable là-bas, et même s'il avait cette relativement bonne ligne sur son CV, il avait du mal à trouver un boulot intéressant. Il a refusé beaucoup de trucs nuls parce qu'ils n'étaient pas dignes de lui, et comme il avait de l'argent de côté, il pouvait se le permettre. Mais après un an, l'argent a commencé à manquer … et les offres de travail aussi, même les mauvaises. Quoiqu'il en soit, pour faire court, il a finalement dû prendre un boulot de bureau et déménager dans un appartement plus petit, en-dehors de la ville.»

«Il pratiquait toujours?»

«Comme un fou.»

«Quoi … même si ça avait l'effet inverse de celui qu'il voulait?»

«Le truc, c'est qu'il n'arrêtait pas d'avoir des prises de conscience sur lui-même.»

«Comme quoi?»

«Comme le fait que, fondamentalement, il ne s'aimait pas beaucoup. Qu'il ne pensait pas valoir grand-chose en tant que personne, et qu'il avait couru après le succès pour prouver à tout le monde – y compris à lui-même – que sa vie avait un sens. L'argent, la grosse maison et les boulots prestigieux n'étaient que des points marqués, ce qu'il présentait au monde extérieur. Mais à l'intérieur, en gros, il pensait qu'il n'y avait rien.»

«Et c'est ça qui l'a motivé à continuer?» Pour moi, il ressemblait un peu à un masochiste.

«Ça et le fait de me rencontrer.» Elle me fit un grand sourire. «Les bienfaits arrivent sous toutes les formes.»

«Vous pratiquiez déjà?»

«Oui. Je l'ai rencontré par le biais de la pratique.»

«Et vous vous êtes sentie attirée par lui, malgré le fait qu'il était dans une si mauvaise passe?»

«Non, *parce qu*'il était dans une mauvaise passe et se montrait si incroyablement gai et positif par rapport à ça. Et drôle. Il était producteur de comédies, vous voyez? Ça fait partie de lui.»

«D'accord.» Je ne comprenais rien; rien sur les femmes, en tout cas. Elle était attirée par un raté … à cause de son attitude. Je me souvenais de ce que mon père m'avait dit un jour: aucune femme ne restera avec un homme qu'elle ne respecte plus. Alors peut-être que le véritable échec n'était pas la perte du succès extérieur, mais de quelque chose à l'intérieur de soi. Je pensai à Angie. Elle n'avait pas été attirée par mon succès – je n'en avais jamais eu – mais par quelque chose qu'elle avait vu en moi. Une promesse, peut-être, ou une sorte de lumière; quelque chose d'intangible en tout cas. Et quand ça a disparu, elle a disparu aussi. Mmm … Peut-être y'avait-il quelque chose de vrai, après tout, dans ce truc d'intérieur-extérieur, cette non-dualité de la vie et de son environnement.

«Il semble être un type intéressant», dis-je, après un moment de réflexion.

«Il l'est.» Liz sourit. «C'est vraiment dommage que vous ne puissiez pas le rencontrer, mais il est à Los Angeles en ce moment. Nous produisons un grand docu-fiction avec Discovery sur le tribunal japonais des crimes de guerre.»

«Ça a l'air super marrant … pour un producteur de comédies.»

Elle sourit à nouveau. «Il a dû se diversifier. C'est l'une des choses qu'il a apprises de son expérience. Bref …» Elle lança un coup d'œil à sa montre. «Vous voulez entendre le reste sur les dix états et l'argent, ou …»

«Si vous avez le temps.»

«Rapidement, oui. C'est juste que Frank va bientôt appeler de LA.»

«Aussi vite que vous le désirez.»

«OK. L'état d'Humanité et l'argent: c'est quand on fait des choses sensées avec son argent: on établit un budget, on vit plus ou moins dans les limites de ses moyens. On voudrait probablement en avoir un peu plus, mais on n'est pas tracassé au point d'y faire grand-chose. C'est quand on est raisonnable, réaliste et généralement prudent … avec quelques papillonnages occasionnels, peut-être.»

«D'accord.»

«Le Bonheur temporaire, c'est quand l'argent nous procure du bien-être. Quand il nous arrive de façon inattendue, ou juste au bon moment, ou encore en tant que récompense de nos efforts ou de nos talents. Ou encore quand nous réalisons que, grâce à cet argent, nous pouvons avoir une chose que nous voulons, pour nous-même ou quelqu'un d'autre. Mais le sentiment ne dure pas. Donc les accros du shopping, par exemple, ont besoin d'acheter sans cesse de nouvelles choses pour tenter de retenir le bonheur procuré.»

«Alors c'est comme l'Avidité, en fait?»

«C'est fortement lié, oui. L'Avidité, c'est le monde des désirs. Le Bonheur temporaire vient quand un désir est satisfait.»

«D'accord.» Je commençais à faire les liens, me semblait-il.

Liz regarda à nouveau sa montre et poursuivit. «Si vous pensez à l'argent d'une manière un peu détachée, intellectuelle, vous êtes dans l'état d'étude ou celui d'éveil personnel. Un étudiant qui lit un ouvrage de théorie économique est dans l'état d'étude, alors que quelqu'un comme Keynes, qui a développé sa théorie en observant comment l'économie fonctionne – ou comment il pensait qu'elle fonctionnait – est un exemple de l'état d'éveil personnel.»

«OK, dis-je en faisant un rapide compte mental. Ça fait huit. L'Enfer, l'Avidité, l'Animalité, la Colère, l'Humanité, le Bonheur temporaire, l'étude et l'éveil personnel … Le Bodhisattva?»

«Un Bodhisattva utilise l'argent pour diminuer la souffrance. Vous avez entendu parler de Andrew Carnegie?»

«Comme dans Carnegie Hall?»

«C'est ça. C'était le Bill Gates du dix-neuvième siècle. Il a fait fortune dans le fer et l'acier. Un jour, il a dit: «L'homme qui meurt riche meurt déshonoré.» Alors il a certes fait l'essentiel de son argent dans les états d'Avidité et de Colère – parce qu'apparemment c'était un salopard sans pitié en affaires – mais quand il en a fait don, il était dans l'état de Bodhisattva.»

«Intéressant. Alors quelle est la position du Bouddha envers l'argent?»

«En gros, que la source de tous les maux, ce n'est pas

l'argent ... c'est nous. Mais nous sommes aussi la source de tous les bienfaits. Alors tout dépend de nous. L'argent n'est qu'une donnée de la vie comme une autre. Traitez-le avec respect, mais ne le vénérez pas ou n'en faites pas la base de votre vie. Utilisez-le pour créer un maximum de valeur dans n'importe quelle situation.»

«Et si vous n'en avez pas du tout?» ... Comme moi?

«Eh bien, dit Liz, quelqu'un a dit un jour que l'argent est comme l'air que nous respirons. Il est tout autour de nous. Le problème, c'est que certains d'entre nous sont asthmatiques.»

Je me mis à simuler une toux.

Liz rigola. «Donc la solution, c'est de développer des poumons sains.»

«Ce qui veut dire quoi, exactement?»

«Personnellement, dit-elle, puisque c'est un bouddhiste qui l'a dit, je pense que ça veut dire développer l'état de vie du Bouddha. Vous créez votre bonne fortune en développant votre sagesse, votre courage et votre compassion.»

«Et si vous n'avez pas l'intention de pratiquer le bouddhisme?» ... Comme moi?

«Alors je suppose que vous pourriez l'interpréter comme une incitation à changer la façon dont vous voyez, pensez et utilisez l'argent. Avant, j'avais une attitude du type «ça va, ça vient», donc parfois j'étais pleine aux as et parfois pas. L'état d'Animalité, en somme. Maintenant je suis beaucoup plus méthodique. C'est ennuyeux, mais très efficace; ce qui signifie que je suis capable d'en accumuler un peu.»

Je regardai la pièce autour de moi. «Je vois ça.»

«Et le fait que Frank retourne sa propre situation n'a rien gâché.»

«Et comment a-t-il réussi ça, exactement ... à part en pratiquant?»

«La gratitude. Et la sincérité.»

«La sincérité?»

Elle acquiesça.

«Du genre: si vous pouvez simuler la sincérité, vous pouvez tout simuler?»

«Tout est là, justement, dit-elle. Il a appris à ne pas la simuler.» Elle me fit un autre sourire … Le signal qu'il était temps de partir.

Alors qu'elle me raccompagnait à la porte, une dernière question me vint à l'esprit. «Et qu'en est-il de Dora? Vous savez que la banque la laisse tomber?»

«Elle me l'a dit, oui.»

«Eh bien, ça fait longtemps qu'elle pratique. Où est sa bonne fortune?»

Liz tapota sa poitrine. «Les bienfaits invisibles, dit-elle. Ils sont en elle: son état de vie, son attitude.»

«D'accord, mais elle est fauchée quand même.»

«Quand quelqu'un qui est dans l'état de Bouddha a de l'argent, dit Liz, il ou elle l'utilise pour créer le plus de valeur possible. Quand il n'en a pas, il est naturellement soutenu et protégé par son environnement, y compris par les gens autour de lui, qui reconnaissent sa vraie valeur. Et d'un point de vue plus profond, il utilise sa malchance pour enseigner aux autres.»

«Enseigner quoi?»

«Qu'ils peuvent surmonter n'importe quelle souffrance, devenir plus forts, plus courageux, plus sages et pleins de compassion.»

«Grâce au bouddhisme?»

«Oui, ou peut-être juste en les encourageant à ne pas laisser tomber. Alors il se peut qu'au fond d'elle-même, Dora voulait que ça se produise …»

J'éclatai de rire … c'était absurde.

«… pour vous enseigner.»

Le sourire sceptique disparut de mon visage; elle était sérieuse. Mais avant que je puisse l'interroger davantage, son téléphone sonna.

«Ce doit être Frank», dit Liz.

«Merci pour votre temps. Je vous ferai savoir ce que je pense de ça.» J'agitai les scripts.

«Pas d'urgence, dit-elle en souriant. Et bonne chance!» Elle referma la porte.

Chapitre Douze

Gambergeant dans le bus 27, qui roulait au pas sur Westbourne Grove en direction de chez moi, je ruminais la phrase lancée par Liz pour résumer son ancienne attitude envers l'argent: «De l'Animalité, en résumé.» Parce que cette attitude décontractée était aussi la mienne; de plus, sa description d'autres aspects de l'état de vie m'était désagréablement familière à plusieurs points de vue. Alors, est-ce que ça signifiait que j'étais dominé par l'état d'Animalité, vivant toujours dans le présent, ne réfléchissant pas vraiment aux conséquences de mes actes, guidé par mon instinct animal?

J'essayai de faire d'autres liens. Désirer Angie: ça, c'était clairement très animal, mais ça ne comptait pas vraiment, puisque vous étiez autorisé à désirer des femmes dans ce bouddhisme, non? Alors, insulter Martin: là, c'était sûr. Ça m'avait pratiquement valu la porte. En réalité, le simple fait d'atterrir dans ce boulot avait été totalement imprévu. J'avais rencontré Martin dans un bar à vin, on s'était mis à discuter, il m'avait proposé un job et j'avais dit oui tout de suite. Ensuite il y avait eu le moment où je m'étais précipité dehors pour voir si le laveur de carreaux était bien Geoff: très impulsif. Puis monter dans la nacelle avec lui: idem; je n'avais aucune idée de ce qui pourrait arriver. Et me saouler, ce fameux soir, sachant que je devais aller bosser le lendemain, donc perdre le boulot: stupide. Comme de dire à Geoff de dégager, à l'hôpital, alors qu'il essayait de m'aider. Et me confier à Dora au sujet d'Angie, sans y réfléchir avant.

Et organiser cette rencontre sur l'Holocauste entre Geoff

et Angie, juste parce que je voulais la revoir … Tout ça était stupide, ridicule. Rien n'avait été réfléchi. Je faisais seulement ce dont j'avais envie sur le moment et si ça ne marchait pas, je passais simplement à autre chose. Où cela me mènerait-il à la longue? Nulle part.

Une seconde. Et écrire mon livre? Ce n'était pas de l'Animalité, ça. Si j'avais bien compris, c'était de l'éveil personnel: essayer de donner un sens au monde grâce à mes propres efforts et observations. Sauf que je n'avais pas tenu le coup, pas vrai? Dès que j'avais bloqué, ça avait été «mets-ce-truc-débile-de-côté-et-prends-un-verre-pour-te-remonter-le-moral». A nouveau de l'Animalité, donc. Une image surgit dans mon esprit: un dessin, avec un gars étendu dans son lit dans un appartement minable. Tout ce qu'on voyait, c'étaient ses pieds qui dépassaient de la couette et une bulle au-dessus du lit qui disait: «Bon, bien sûr, ce que je veux vraiment faire, c'est des films.» Angie l'avait collé sur le frigo pour blaguer, mais sur le moment je m'étais déjà senti piqué au vif, comme si elle essayait de me dire quelque chose. Peut-être que si j'avais écouté plus attentivement, à l'époque, elle serait encore dans les parages.

Ce dessin se trouvait à côté de celui que j'avais mis moi-même. Un groupe de moines japonais aux crânes chauves, tous très sérieux et agenouillés au pied du moine supérieur qui leur dit: «Le chemin de l'illumination est long et difficile … Raison pour laquelle je vous ai demandé à tous d'emporter des sandwichs et des habits de rechange.» Je l'avais juste trouvé marrant à l'époque, mais peut-être y avait-il une raison plus profonde au fait de le garder. Pas de hasard … ? Et puis qu'en était-il de tous ces trucs bouddhistes? Ce ne pouvait clairement pas être de l'Animalité. Parler avec Geoff et Dora, et même faire ce trajet pour aller voir Liz … c'était de l'étude, non? C'était essayer de m'améliorer grâce au savoir reçu d'autres personnes. Alors peut-être que je n'étais pas qu'un animal, finalement.

Jusqu'à ce que je réalise que la plus grande partie de ce qu'ils m'avaient dit était entrée par une oreille et ressortie par l'autre, et que la chose sur laquelle ils insistaient tous – ces histoires de pratique – je refusais absolument d'y toucher. Mais était-ce de l'Animalité ... ou faire preuve de raison? Si quelque chose n'a pas de sens pour vous, ça ne fait pas automatiquement de vous un idiot, non? Ça pouvait très bien être un ramassis d'âneries, comme cet Indien qui avait convaincu un tas de petits bourgeois occidentaux de lui donner tout leur argent, parce qu'il était supposé connaître le sens de la vie ... puis qui s'était envoyé toutes les femmes et se baladait dans des Rolls Royce blanches. Et ils le vénéraient quand même! Ce n'était pas idiot, ça? Alors peut-être que refuser de pratiquer, c'était de la sagesse, pas de l'Animalité. Et la sagesse fait partie de l'état de Bouddha, pas vrai? Sauf que pratiquer est supposé vous y amener, donc ... Je m'arrêtai. Tout ça me rendait dingue.

Puis je me souvins des scripts. Liz avait dit que c'était en devenant lectrice que sa carrière avait pris un nouveau tournant, alors pourquoi pas moi? Je regardai ceux que j'avais choisis. Aucun des titres n'inspirait vraiment confiance– *Des Diamants pour Eva* et *Le Sous-Sol* – mais celui des *Diamants* était moitié moins épais, alors je l'ouvris, passai trois pages contenant la liste des personnages et des notes à leur sujet, et m'attaquai au film à proprement parler.

FONDU OUVERTURE

EXT.   MINE DE LUAWANBA.   JOUR
PLAN LARGE d'une grande mine de diamants, quelque part en Afrique. Des TRAVAILLEURS noirs, portant des paniers de terre riche et rouge sur leurs têtes, s'y activent tels des fourmis, leur corps tendu et musculeux brillant de sueur sous le soleil de l'équateur. TRAVELLING ARRIERE révélant un soldat SS blond en train de les surveiller: FISCHER. Lui aussi transpire dans son uniforme et il tient une cravache qu'il fait claquer impatiemment contre ses bottes noires et brillantes. Des GARDES nazis sont

postés un peu partout sur le sommet de la mine, certains dans des niches avec de mitrailleuses.

Soudain, un cri. FISCHER regarde le sommet d'une longue échelle qui descend dans la mine. Un GARDE se bat avec un travailleur – ou faudrait-il dire ESCLAVE? D'autres GARDES se précipitent pour l'aider et l'ESCLAVE est rapidement maîtrisé. Calmement, sans se presser, FISCHER s'approche. Le GARDE oblige l'ESCLAVE à ouvrir sa main. GP[1] sur la MAIN: elle contient un seul petit diamant. FISCHER le prend à l'ESCLAVE. Leurs regards se croisent – celui de FISCHER: froid, impitoyable; celui de l'ESCLAVE: terrifié, suppliant. Calmement, sans se presser, FISCHER sort son Luger de sa ceinture et place le canon sur la tête de l'ESCLAVE. L'ESCLAVE hurle. GP sur la DETENTE: le doigt appuie dessus. Bang.

CUT VERS:

INT. CHANCELLERIE DU REICH.   JOUR
GP sur BAGUE SUR DOIGT: elle est incrustée de diamants.

EVA (HORS-CHAMP)
Oh, Adolf ... elle est magnifique!

Le cadrage révèle EVA (Braun) en train d'admirer la bague sur son doigt. A l'arrière-plan, HITLER étudie une grande carte de la Russie qui montre l'Armée rouge repoussant les Allemands ... sur tous les fronts.

HITLER
Elle peut l'être. Elle m'a coûté cher.
EVA
(surprise)

---

[1]   Abréviation pour «gros plan».

Tu l'as payée?

HITLER
(émet un grognement)
Avec une division de mes meilleurs hommes.

Et c'était à peu près la meilleure partie. L'intrigue se résumait à Eva Braun prenant la tête à Hitler pour qu'il lui fournisse constamment des diamants – *ou du moins c'est ce qu'Hitler veut faire croire aux services secrets britanniques*, car en réalité, pendant qu'elle reçoit ses gros machins brillants, ce qui l'intéresse vraiment, lui, ce sont les diamants industriels dont il a besoin (ah bon ?) pour son programme novateur d'armement nucléaire. Le SOE[2] découvre toute l'opération et doit faire sauter un truc crucial juste avant qu'il ne ... A ce moment, j'ai totalement perdu le fil de l'intrigue ... et l'envie de vivre. C'était un peu la rencontre entre *Les Aventuriers de l'Arche Perdue*, *Les Héros de Télémark* et *Un Tas de Conneries*.

Je jetai un coup d'œil par la fenêtre. On progressait centimètre par centimètre sur Marylebone Road, coincés dans le trafic des heures de pointe. Rien d'autre à faire que d'étudier *Le Sous-Sol*. A nouveau, le début était prometteur.

FONDU OUVERTURE

EXT.   UNE RUE DE BANLIEUE.   JOUR
Musique agréable, un dimanche matin ensoleillé dans une rue ordinaire, dans la banlieue ordinaire d'une ville ordinaire. CHARLIE JONES rentre chez lui avec les journaux du dimanche et un litre de lait sous le bras. Il fait un signe joyeux à un VOISIN qui tond la pelouse devant sa maison. Un autre VOISIN taille sa haie devant

---

[2]   NdT: Le SOE – Special Operations Executive – était une organisation secrète britannique, active durant la seconde guerre mondiale (source: Wikipédia).

sa maison. CHARLIE lui fait un signe de tête et un sourire, puis emprunte le chemin qui mène à sa maison. Il sort un gros trousseau de clés, ouvre sa porte d'entrée et se retourne pour inspecter la rue d'un regard satisfait. Il entre, la porte se referme.

CUT VERS:

INT.   CUISINE.   JOUR
Bref montage de CHARLIE en train de préparer, puis de manger un petit-déjeuner anglais typique: le bacon grésille dans la poêle; des tomates sous le grill du four; les toasts introduits dans le grille-pain; les œufs en train d'être frits; les toasts qui jaillissent; CHARLIE en train de manger en lisant le journal; son assiette vide repoussée – le tout avec l'émission *Desert Island Discs*[3] qui passe en fond sonore à la radio.

Finalement, CHARLIE finit de lire le journal et jette un œil à l'horloge de la cuisine: presque midi. Il renifle, se cure les dents, puis saisit son trousseau de clés et quitte la table.

CUT VERS:

INT.   VESTIBULE.   JOUR
CHARLIE sort de la cuisine. En face de lui, sous l'escalier, se trouve une porte. CHARLIE choisit une clé sur son trousseau et déverrouille la porte.

CUT VERS:

INT.   SOUS-SOL.   JOUR
Alors que la porte s'ouvre, la lumière inonde l'obscurité; on est au bas d'une volée de marches, regardant vers le

---

[3]   NdT: émission de radio diffusée sur BBC 4 depuis 1942. Chaque semaine un invité est prié de choisir huit disques, un livre et un objet de luxe qu'il emporterait sur une île déserte.

haut. CHARLIE entre, allume une lumière et descend les escaliers. Musique inquiétante en fond sonore.

CHARLIE atteint le pied des escaliers et allume une autre lumière. On peut voir que le sous-sol a été transformé en cachot avec un équipement sado-maso. D'accord, pense-t-on, donc il aime le sexe un peu tordu. La belle affaire. Il fait le tour de la pièce, vérifiant l'équipement, tirant sur des sangles, faisant siffler un martinet, ouvrant et fermant des menottes avec une des clés de son trousseau, caressant l'extrémité d'une longue pointe affûtée. Il sourit – tout semble en ordre. Son sourire s'efface. Lentement, il se retourne. En face de lui se trouve une grande armoire. Il choisit une clé sur son trousseau, passe sa langue sur ses lèvres, excité à l'avance, puis déverrouille la porte. Il l'ouvre.

A l'intérieur se trouve une JEUNE FEMME. Elle est nue, bâillonnée, ses mains sont attachées à un crochet au-dessus de sa tête, ses pieds étroitement ligotés avec une corde. Elle plisse les yeux sous l'effet de la lumière et essaie de crier, terrifiée, mais le bâillon l'en empêche. CHARLIE attend. Peu à peu, la JEUNE FEMME se calme et ouvre les yeux. Elle voit CHARLIE et gémit de terreur. Il sourit et tend la main vers elle. Elle tressaillit, mais il ne fait que lui retirer son bâillon. «Tu vois?» Son expression semble dire: «Pas de raison d'avoir peur.» Mais elle ne le quitte pas du regard, le souffle court, apeurée. Elle est sur le point de parler quand CHARLIE pose son doigt sur ses lèvres ... chuuut. Puis, soudain, de derrière son dos jaillit la pointe. Il la tient entre leurs deux visages. Son visage à lui est rayonnant, son visage à elle horrifié.

CUT VERS:

INT. VESTIBULE. JOUR
Le hurlement perçant de la JEUNE FEMME ...

CUT VERS:

EXT.   LA MAISON DE CHARLIE.   JOUR
Le hurlement perçant de la JEUNE FEMME …

CUT VERS:

EXT.   RUE DE BANLIEUE.   JOUR
Le hurlement perçant de la jeune femme … n'est pas entendu par le VOISIN qui tond sa pelouse. Ni par le VOISIN qui taille sa haie. Ni par personne d'autre.

Nom de Dieu, ai-je pensé; ça, c'est fort. Sordide, mais captivant. J'étais accroché, ce qui est précisément le but d'une scène d'ouverture (avais-je lu quelque part). Je tournai les pages, m'attendant à une fable sur les insondables ténèbres sous-jacentes à la banale normalité de notre société supposément «civilisée».

Mais ce que j'ai trouvé, c'est des tortures. Et encore des tortures. Puis davantage de tortures. Chaque scène était plus élaborée et pénible que la précédente, et je me sentais de plus en plus nauséeux. Puis les scènes devinrent tellement grotesques que je me mis à rire avec incrédulité, probablement un genre de mécanisme de défense; jusqu'à ce que même ça finisse par disparaître et que je commence à me sentir lassé, puis agacé, puis, tandis que le bus s'immobilisait enfin à mon arrêt près du métro de Camden Town, profondément troublé. Je jetai à nouveau un coup d'œil au nom qui se trouvait sur la couverture: Greg Emerson, 14 Whittingdale Drive, Grimsby, Lincolnshire. Peut-être que je devrais appeler la police locale, pensai-je, et suggérer qu'ils vérifient le sous-sol de Greg … juste pour être sûr.

Je me sentis vaguement déprimé, alors que je parcourais les quelques centaines de mètres jusqu'à mon appartement. Ces deux auteurs avaient de bonnes idées – ou du moins le croyaient-ils – et s'étaient acharnés Dieu sait combien d'heures sur leur ordinateur pour les transformer en scripts. Tous deux avaient bossé dur, fait de leur mieux, pris la peine d'imprimer le fruit de leurs efforts, de le faire relier, de le poster – probablement à plusieurs sociétés. Et pourtant, tous deux avaient pondu un truc complètement nul. Mais au moins, ils avaient fini. Moi je n'avais pas passé le cap du chapitre deux, ce qui n'était peut-être pas plus mal. Car qui sait si mon œuvre n'aurait pas été reçue avec le même mélange de mépris et d'ennui dont je faisais preuve envers *Des Diamants pour Eva* et *Le Sous-Sol*?

Lorsque j'arrivai chez moi, j'avais pris une décision. Ce n'étaient peut-être pas des scripts géniaux, mais je devais au moins un peu de respect aux auteurs ... parce que ça aurait pu être moi, etc. J'allais m'asseoir et écrire un vrai compte-rendu sur chacun d'entre eux: un bref résumé de l'intrigue, des observations sur les forces et les faiblesses, des suggestions d'amélioration. Ça n'aiderait peut-être pas les auteurs mais ça impressionnerait peut-être Liz, ce qui était bien plus important. Peut-être que je pourrais devenir un lecteur de scripts ou, encore mieux, un *script doctor*, un de ces types anonymes qui réécrit les scénarios des autres et est grassement payé pour sa peine.

Je me mis à la tâche avec enthousiasme. Disséquer le travail d'un autre est toujours beaucoup plus facile que de suer pour produire quelque chose d'original soi-même. C'était comme retourner en cours de littérature anglaise à la fac. Au fil de mon travail, je commençai à réaliser que les deux histoires reposaient sur un incident d'une extrême violence, destiné à capturer immédiatement l'attention des spectateurs; puis il y avait davantage de violence – saupoudrée de sexe – à chaque fois que le récit flanchait, c'est-à-dire souvent, surtout dans *Le Sous-Sol*. Le résultat global, c'était des personnages déplaisants se montrant déplaisants envers d'autres personnages déplaisants; les forts dominant les faibles, et les gens se traitant grosso modo mutuellement comme des animaux ...

Je m'immobilisai. Animaux ... Animalité ... Allons donc. Mais il était inutile de se voiler la face. De tous les scripts que j'aurais pu choisir, j'en avais emporté deux qui débordaient – glups! – d'animalité.

«La vie et son environnement ne font qu'un ...»

Naan, me suis-je dit, superstition que tout cela! La plupart des scripts sont pleins de sexe et de violence, alors il y a de fortes chances d'en choisir deux qui le soient. Vrai, dit une autre partie de moi-même, mais ça veut juste dire que tu es attiré par un milieu qui est dominé par ça, par l'Animalité. Ce qui te ramène à ce truc de la vie et son environnement. *Funi*: deux mais non-deux, non-deux mais deux.

Je feuilletai à nouveau les scripts. Peut-être y lisais-je des choses qui ne s'y trouvaient pas ? Mais non ... On trouvait à peine une page dans laquelle quelqu'un faisait quelque chose d'à moitié décent pour quelqu'un d'autre. Pas d'Humanité, sans parler de Bodhisattva ou d'état de Bouddha, mais certainement beaucoup d'Enfer et de Colère, quant à l'Etude et à l'Eveil personnel, ils étaient consacrés à blesser et/ou tuer les autres. Même le Bonheur temporaire était cruel, avec des personnages qui prenaient un réel plaisir à la souffrance qu'ils causaient. Et les gentils, les commandos qui pulvérisaient la montagne pour dévier la rivière et inonder la mine de Luawamba, eux aussi tuaient avec une satisfaction froide et impitoyable, sourcillant à peine alors qu'ils noyaient la plupart des travailleurs noirs. «Dommage collatéral» dit le chef, rassurant ses équipes quand elles s'inquiètent brièvement de ce qu'elles ont fait. «Inévitable.»

Alors qu'est-ce que ça signifiait? Que j'étais prisonnier de cet état de vie? Que l'Animalité serait mon destin? Que peu importaient mes efforts, je me casserais le nez dessus où que je me tourne, comme avec Mon Ami Diabolique?

Je m'immobilisai à nouveau, puis tressaillis, un frisson me parcourut soudain et les poils se dressèrent sur mes bras. Mon Ami Diabolique, cet espèce de crapaud grimaçant, toujours à rôder dans l'ombre, à attendre de pouvoir me démolir ... faisait-il partie du truc? Était-ce lui, la voix intérieure de l'Animalité? Peureuse, méfiante, voyant des menaces et du danger partout, et préférant donc attaquer le premier? Se battre ou fuir: c'est ce que font les animaux, non? Et c'est ce que Mon Ami Diabolique faisait aussi. Tout ce qu'il ne connaissait pas, ne reconnaissait pas ou n'estimait pas sûr, il l'attaquait. Ou s'en éloignait en courant, le rejetait. D'une certaine manière, il essayait de me protéger, mais tout ce qu'il faisait c'était de me garder enfermé, un peu comme le ferait un parent hyper anxieux. Tout m'apparaissait avec tant de clarté que j'en étais sonné.

Des moments comme ça sont très difficiles à expliquer aux gens. A l'intérieur, vous sentez que quelque chose d'énorme s'est produit, qu'une plaque tectonique s'est déplacée; mais de l'extérieur, il n'y a rien à voir du tout. J'étais si excité, presque débordé, qu'il fallait que je le partage avec quelqu'un. Geoff. Parce que tout ça correspondait aussi à son histoire d'offense. D'après ce qu'il avait décrit, il était évident que Mon Ami Diabolique me faisait offense, faisait offense aux autres; en fait, il me semblait que MAD *était* l'offense même.

J'appelai Geoff chez lui, puis sur son portable, mais pas de réponse. Je laissai un message aux deux endroits, puis arpentai mon appartement pendant un moment, essayant de me débarrasser de mon énergie nerveuse. Finalement, il n'y eut rien d'autre à faire que m'asseoir à mon bureau et écrire, juste pour clarifier complètement dans mon esprit ce que j'avais compris. Parce que, d'une façon ou d'une autre, je sentais que c'était un moment décisif.

*   *   *

«Et tu as compris tout ça tout seul?» Geoff avait l'air épaté. On s'était retrouvés après le boulot le jour suivant, aux Trois Couronnes, le pub où nous nous étions rencontrés, autour de la fosse puante. Il avait suggéré l'heure et l'endroit, parce qu'il se rendait à une réunion bouddhiste dans le coin, un peu plus tard, et que c'était le seul moment où il pouvait me voir avant plusieurs jours. C'était bizarre d'être de retour où tout avait commencé. Shirley était toujours derrière le bar, mais nous avait assuré que les canalisations avaient finalement été réparées – correctement. «C'est pour ça que je reviens», avait plaisanté Geoff. «On m'a dit que c'était sûr.»

Donc nous étions là, dans le coin près du feu – les soirées s'étaient rafraîchies – moi avec ma bière, lui avec une limonade. «Parce que je n'aime pas boire avant une réunion. Après, pas de problème; avant … non.» Je venais de lui montrer la page A4 recto verso que j'avais rédigée la veille au soir. «Oui, dis-je en la reprenant, mon travail à moi tout seul.»

«Sans pratiquer?»

Je secouai la tête. «Nan. De toute manière, je ne sais pas comment faire.»

«Eh bien, tu ne veux connaître que la théorie, pas vrai?»

Je fis une grimace; était-ce toujours vrai?

«Et d'après ça», poursuivit Geoff en désignant la feuille de papier, «on dirait que tu t'en tires très bien.»

«Vraiment?» Je repris du poil de la bête.

Geoff acquiesça. «La peur est une part essentielle de l'Animalité, et elle peut être soit positive, soit négative. Elle peut te protéger du danger, mais aussi te restreindre. Alors faire le lien avec ton Ami Diabolique et l'offense … belle perspicacité.» Et il leva son verre vers moi.

«Merci», dis-je, aux anges. Il y eut un instant de silence, pendant que nous buvions.

«Bon, et maintenant?» demanda-t-il en s'essuyant la bouche.

«Pardon?»

«Eh bien, dit-il, tu as pris conscience du pouvoir de l'Animalité dans ta vie, de comment elle se manifeste de toutes sortes de manières, y compris dans ton Ami Diabolique. Alors qu'est-ce que tu vas y faire?»

«Euh …» Un autre instant de silence, cette fois pour réfléchir. «Eh bien …», dis-je au bout d'un moment, « … je ne sais pas encore vraiment. Mais connaître son ennemi, c'est déjà la moitié du chemin, non ?»

«Tout à fait», dit Geoff, puis il me regarda. Quelques secondes passèrent.

«Ecoute, je sais que tu voudrais que je pratique», dis-je finalement. «Et il se pourrait que je le fasse ... un jour, peut-être, qui sait? Mais pas ...»

Geoff se mit à rayonner.

«... Ne souris pas comme ça!»

«Comme quoi?»

«Comme si tu m'avais eu.»

Geoff leva les mains en signe de capitulation. «Ed, la décision t'appartient entièrement. Je suis ici parce que tu voulais qu'on se voie, pas l'inverse.»

«Je voulais juste vérifier que j'étais sur la bonne voie, c'est tout.» Pour une raison quelconque, je me remettais sur la défensive.

«Et tu l'es, je te l'ai dit.» Il sourit à nouveau, comme un professeur satisfait des progrès d'un élève particulièrement difficile.

«En plus ...» dis-je en pointant un doigt accusateur dans sa direction, « ... je me souviens qu'on était assis ici même, il y a des semaines – des mois – et que tu as refusé de répondre à une question très importante. Pas sur ton job, mais sur pourquoi, exactement, le fait de se changer soi-même change son environnement.» Je me reculai dans mon siège et croisai les bras, comme si je venais d'avoir le dessus dans un débat. Je savais que j'essayais de faire diversion, après avoir admis que je pourrais éventuellement pratiquer un jour – la première faille dans la digue – et je savais que Geoff le savait. Mais je voulais aussi connaître la réponse. Est-ce que le fait de choisir ces scripts précis n'était qu'une coïncidence, ou y avait-il vraiment un genre de lien mystique et invisible entre la réalité agitée de ma vie intérieure et les grands espaces extérieurs du monde? Il me semblait important de le savoir.

Geoff aspira l'air entre ses dents, contempla le fond de son verre ... puis lâcha: «*Ichinen sanzen.*»

«Plaît-il?»

«Trois mille mondes en un instant de vie.»

Je secouai la tête – je ne comprenais toujours pas.

Geoff essaya encore. «*Ichinen*: instant de vie, tu te souviens?»

J'acquiesçai.

«*Sanzen* … ça veut dire trois mille, mais en fait ça signifie le tout. En gros, *ichinen sanzen* veut dire qu'à chaque instant, ta vie englobe l'univers entier et est imprégnée par lui.»

Il me regarda. Je le regardai.

«Oh, bien sûr», dis-je. «*Ichinen sanzen*. Je vois. Merci.»

«Ce n'est pas facile», dit-il.

«Bah! rétorquai-je. «Mon petit moi, l'univers, englober, imprégner … où est le problème?»

Il sourit. «Ça m'a pris pas mal de temps pour en faire le tour. Mais une fois que tu as compris, il devient difficile de voir les choses autrement.»

«Alors, continue», le défiai-je. «Fais de ton mieux.»

«Eh bien …» dit-il en prenant une profonde inspiration, « … ça parle de la manière dont tout est connecté: la dimension physique de la vie, sa dimension spirituelle, le passé, le présent, la vie, la mort. Tout.»

«Un petit principe de rien du tout, en somme?»

«C'est l'illumination du Bouddha, Ed, alors tu ne peux pas t'attendre à ce que ce soit du gâteau, pas vrai?»

«Admettons. Continue.»

«D'accord. En fait, tu as déjà la plupart des morceaux.»

«Ah oui?»

«Oui. *Ichinen sanzen* ne fait que les rassembler en un tout cohérent.»

«Ah.»

«Donc tu pars des dix états: Enfer, Avidité et ainsi de suite.»

«EAACH-BEEBB.»

«Voilà. Et chacun contient tous les autres, donc un instant tu peux être dans l'état d'Enfer, et celui d'après dans la Colère, dans celui de Bodhisattva ou toujours dans la Colère. C'est ce qu'on appelle la possession mutuelle des dix états, et c'est une notion très importante.»

«Pourquoi?»

«Parce que ça veut dire que quel que soit ton état de vie, quelle que soit ta réalité, en théorie ils peuvent changer l'instant suivant. Ton destin ne te condamne pas à souffrir, par exemple; ou tu n'es pas obligé de mourir et d'aller au Paradis pour être heureux, ni de renaître encore et encore pour payer ta dette karmique. Tu peux être comblé et heureux dans cette vie … là, tout de suite.»

«En théorie.»

«Eh bien, on parle de théorie, non?» Il semblait un brin irrité.

«D'accord, rentre tes griffes. Qu'est-ce qui vient ensuite?»

Geoff prit une gorgée de limonade pour reprendre contenance et poursuivit. «Les Trois Vérités, les dimensions physique, mentale et essentielle de la vie, qui font aussi partie de *ichinen sanzen*. Donc ton état de vie – tes Dix Etats qui changent d'instant en instant dans les profondeurs de ta vie, dans sa dimension essentielle – se révèle à chaque instant dans tes aspects physique et mental. Donc si tu es en Enfer, la manière dont tu penses, ressens, ainsi que ton aspect extérieur, sont différents si tu es dans l'état de Bonheur temporaire ou dans la Colère, par exemple.»

«D'accord.»

«Et ces différents états de vie ont tous un pouvoir différent. Dans l'état d'Enfer, parfois, tu n'arrives même pas à sortir de ton lit … comme tu le sais.»

«Voui.»

«Mais quand tu as pensé que tu pourrais te remettre avec Angie, tu étais sur un petit nuage.»

Je hochai la tête tristement.

«L'Avidité: on peut y puiser beaucoup d'énergie; on ne tient pas en place, on est impatient, on a la gnaque. Et la Colère peut être très puissante, à la fois positivement et négativement. Donc le pouvoir intrinsèque de ces états de vie fait aussi partie de *ichinen sanzen*, tout comme leur influence, la manière dont ils affectent l'environnement.»

«C'est-à-dire?»

«Le pouvoir, c'est du potentiel. L'influence, c'est quand ce potentiel est activé. Une pensée colérique a une certaine influence; elle peut se révéler sur ton visage, par exemple. Une parole colérique a encore plus d'influence sur ton environnement, et un acte colérique encore davantage.»

«Je vois. Donc le pouvoir et l'influence sont directement liés.»

«C'est ça … mais pas toujours de manière proportionnelle.»

«Je ne comprends pas.»

«Prends un bébé: il a très peu de pouvoir. Ce n'est qu'un bébé. Mais quand il se met à hurler – nom de Dieu, tout le monde court! Il a beaucoup d'influence. Et le contraire est vrai aussi. Tout le monde vraiment *tout le monde* – a un pouvoir énorme à l'état de potentiel. Le problème, c'est que les gens n'arrivent pas à le libérer, à y accéder, donc ils ont relativement peu d'influence. C'est pour ça qu'ils sont malheureux. Ils se sentent frustrés, insatisfaits. Et c'est là que le bouddhisme entre en scène.» Il sourit.

«D'accord, tu peux m'épargner l'argumentaire de vente», dis-je (gentiment). «Tu m'as déjà à moitié vendu tes salades.»

«Tant mieux.»

«*A moitié* vendu. Parce que tu n'as toujours pas expliqué comment le monde extérieur est supposé être cette espèce de miroir magique qui reflète ce qui se passe là-dedans.» Je me tapotai la poitrine.

«J'y arrive, d'accord? Bon Dieu, ça a pris des années de recherche, d'introspection, de jeûne, d'ascétisme et Dieu sait quoi d'autre à Shakyamuni pour comprendre tout ça, et toi tu veux tout recevoir dans le temps qu'il faut pour descendre une pinte.»

«Ne sois pas injuste, Geoff.» Je rigolai. «Je cogite là-dessus depuis plusieurs mois.»

Geoff leva une main. «Mes excuses. Je prends acte de tes rigoureuses cogitations.»

Je levai mon verre. «Excuses acceptées. Alors … ?»

«Alors on a l'inclusion mutuelle des Dix Etats, exprimée à travers les Trois Vérités, le pouvoir et l'influence. Mais dans un certain sens, tout ça est statique. Ce qui l'active, c'est la loi de cause à effet. Ceci cause cela, qui fait que les choses se produisent. Tu crées une cause infernale, tu obtiens un effet infernal. Tu crées une cause colérique, tu obtiens un effet colérique, et ainsi de suite. Pas forcément tout de suite, mais tôt ou tard … à moins que tu ne fasses quelque chose entre deux pour annuler ou atténuer cet effet. Donc une partie de *ichinen sanzen* est une chose appelée 'la cohérence du début à la fin'».

«Ce qui veut dire … ?» J'avais du mal à suivre.

«Disons que l'essence de ta vie, en ce moment, c'est … que veux-tu que ce soit?»

Je n'hésitai pas une seconde. «L'Animalité. Ça colle bien avec ce qu'on sait, hein?»

«D'accord. L'essence de ta vie, là maintenant, c'est l'Animalité. Donc tu penses essentiellement comme un animal – c'est l'aspect mental – et physiquement, bien sûr, tu en es un; mais en ce moment, tes sens, tes instincts animaux sont totalement éveillés et aiguisés. Tu pourrais être en quête de nourriture, de sexe … ou peut-être de bagarre.»

«De sexe.»

Il se mit à rire. «D'accord. Donc dans cet état de vie, tu as un certain potentiel – de pouvoir – et si tu l'actives, ce pouvoir aura une influence sur l'environnement. Par exemple, tu pourrais apercevoir une femme et l'attirer avec ton magnétisme animal.»

«Qui est considérable, quand je décide de l'activer.»

«Je n'en doute pas. Quoiqu'il en soit, le pouvoir et l'influence sont activés par la loi de cause à effet. Voir une femme est la cause, la draguer est l'effet. Et la cause est la combinaison de ce qui est à l'extérieur et de ce qui est à l'intérieur. A l'extérieur: la femme; à l'intérieur: ton Animalité;

plus précisément, ton envie de fricoter. Et toutes ces choses – depuis te trouver dans l'essence animale de ta vie jusqu'au fait de draguer la dame ensuite – sont cohérentes du début à la fin. Si tu étais dans un état de vie différent, tu penserais et te comporterais différemment, tu créerais des causes différentes, et ainsi de suite; mais tout ce que tu ferais et penserais serait cohérent avec ton état de vie du début à la fin. Si tu étais dans la Colère, par exemple, voir cette femme pourrait déboucher sur une dispute plutôt que sur un gros câlin. Tu comprends ?»

«Euh …»

«Bien. Alors maintenant …»

«Attends un peu … J'ai juste besoin d'une seconde pour digérer tout ça.» Je fermai les yeux et essayai de me concentrer, de faire la synthèse de tout ce que je venais d'entendre. «En gros, dis-je prudemment, ce que tu dis, c'est que ton état de vie se répercute complètement sur ce que tu penses, sur ta façon de te comporter et d'interagir avec ton environnement, à chaque instant, et de manière cohérente. C'est ça?»

«Presque. Ton état de vie *est* la façon dont tu penses et te comportes, à chaque instant. A tel instant, toute ta réalité *est* l'Animalité, l'Enfer, l'Avidité ou tout autre état de vie dans lequel tu te trouves. Tu perçois toute ta réalité, et tu en fais l'expérience, en fonction de cet état. C'est à la fois ta réalité intérieure et le monde extérieur. Ils ne sont pas séparés. Ils sont deux, mais non-deux, non-deux mais deux. *Funi.*»

Je grimaçai à m'efforcer de comprendre, mais ça ne servait à rien. «Je n'arrive pas à voir la différence, dis-je. Désolé.»

«Ne t'excuse pas, mon pote! dit Geoff. Ce truc n'a rien de facile.» Il se gratta la tête un moment, à la recherche d'une autre explication. «Quand mon ex-femme attendait notre premier enfant, pendant un temps, je voyais des femmes enceintes partout: dans le bus, dans la rue, dans les magasins. Je ne leur prêtais pas attention, j'en voyais simplement partout. Mais après la naissance, ces femmes enceintes ont subitement disparu. Je n'en voyais plus aucune. Mais devine ce que je voyais.»

«Des bébés?»

«Absolument. Le monde en était plein: dans des poussettes, dans des bras, hurlant, vomissant. Je ne pouvais plus faire un mouvement sans en voir. Et maintenant que mes enfants sont grands … plus de bébés. Quelqu'un les a cachés aussi.»

Je souris. «Mais tu parles d'une préoccupation, pas d'un état de vie.»

«Une préoccupation est une expression de ton état de vie.»

«Ah.»

«Un animal est préoccupé par la survie, un Bouddha par la transformation de la souffrance. Bref, l'idée c'est que le monde n'avait pas changé, c'est moi qui avais changé. Sans même le savoir.»

«D'accord», dis-je, sentant qu'on s'approchait désormais du cœur de la question, «mais ce dont tu parles, c'est de la manière dont on fait l'expérience des choses, dont on les perçoit. La réalité objective reste la même … juste?»

«Dans cet exemple, oui.»

«D'accord. Mais ça ne m'intéresse pas de simplement *faire l'expérience* des choses différemment. Je veux *changer* la réalité objective.»

«Je suis totalement d'accord. C'est crucial.»

«Alors?»

«La partie finale de *ichinen sanzen* est appelée Les Trois Domaines de l'Existence, car ta vie opère dans trois domaines: le soi, les êtres vivants – c'est-à-dire la société – et l'environnement physique. Séparés, mais faisant partie d'un tout.»

«*Funi.*»

«Mouais … pour l'essentiel. Quoiqu'il en soit, l'idée à retenir des Trois Domaines de l'Existence, c'est que si tu veux être heureux, tu dois créer des relations positives dans chacun d'entre eux. Tu dois être en paix avec toi-même. Avoir de bonnes relations avec les êtres vivants qui t'entourent: les autres personnes. Et tu dois respecter et protéger ton environnement physique, parce qu'au bout du compte, c'est de lui dont tu dépends pour vivre.»

«Ça ne semble pas très révolutionnaire.»

«Ça ne l'est pas. C'est du bon sens. Mais ça met tout ensemble, et fondamentalement, ça dit que tout se résume au *lien*. Es-tu en lien avec ton vrai toi, avec ce que tu veux vraiment et dont tu as besoin pour être heureux? Es-tu en lien avec les gens de manière créative? Ou en lien tout court? Une bonne partie de la tristesse que je vois autour de moi est due au fait que les gens sont isolés les uns des autres, ce qui, historiquement parlant, n'est pas naturel pour les êtres humains … surtout s'ils sont physiquement très proches les uns des autres.»

«On n'est jamais plus seul qu'au milieu d'une foule, hein?» J'essayai de prendre un ton ironique, mais en réalité, c'était quelque chose que je ressentais de plus en plus: la solitude pure et simple. Surtout depuis qu'Angie était partie. En fait, depuis quelques temps, j'étais conscient qu'une partie de la raison pour laquelle je voulais parler à Geoff, c'était que j'avais désespérément besoin de la compagnie d'un être humain décent.

«Exactement», dit-il en ignorant le ton de ma voix. «Et beaucoup de militants écologistes, entre autres, disent que l'une des raisons pour lesquelles notre société est si bousillée – mentalement, spirituellement et physiquement – c'est que nous avons perdu notre lien avec la nature.»

«D'accord, dis-je. Tout ça, je peux l'accepter. Mais quel est le rapport avec l'état de vie qui 'imprègne l'univers'? Et pour en revenir à ma question, avec la possibilité pour moi de changer les choses?»

«La cohérence du début à la fin, toujours, dit-il. Ton état de vie – quel qu'il soit – imprègne le domaine du soi, de l'environnement social et du monde physique, ce qui au bout du compte finit par inclure tout l'univers.»

«Mais comment?»

«Parce que tout se rejoint, voilà comment.»

Je fronçai les sourcils, frustré. Je ne comprenais pas.

Geoff lança un coup d'œil à sa montre. «Ecoute, j'adorerais continuer à discuter, Ed, mais il faut que j'aille à cette réunion.»

«Oh. D'accord.» Je ne parvins pas à effacer la déception de ma voix.

«Mais ...» Il me regarda. «... Non.»

«Quoi?»

«Eh bien, dit-il, là je vais aller pratiquer pour préparer une réunion de discussion qui aura lieu demain soir. Mais je suppose que tu n'as pas envie de venir à celle de ce soir?» Il me considéra d'un air prudent.

«Une réunion pour pratiquer au sujet d'une réunion?»

«C'est ça – pour que l'on soit dans un bon état de vie demain.»

Je secouai la tête.

«Non, c'est ce qui me semblait. Alors pourquoi ne pas venir et poser tes questions à la réunion de discussion de demain?»

«Réunion de discussion?»

«On pratique un peu – juste quelques minutes – puis il y a une discussion autour d'un thème sur lequel on peut tous s'exprimer.»

Mes yeux se rétrécirent sous l'effet de la suspicion. «Quel thème?»

«Eh bien demain, c'est 'Quel est le sens de la vie?'»

Je rejetai la tête en arrière et partis d'un grand éclat de rire.

Geoff eut l'air perplexe. «Qu'y-a-t-il de si drôle?»

«Vous autres, les bouddhistes! Nom de Dieu ... c'est du sérieux, hein ?»

Geoff sourit. «En fait, on se marre bien. Et c'est intéressant. Et tu recevras une réponse à ta question ... plusieurs, probablement. Ecoute, réfléchis-y et si tu veux venir, appelle-moi sur mon portable et je te donnerai l'adresse … d'accord?»

«D'accord, mais ne retiens pas ton souffle.»

«Je ne le retiens pas. Comme je l'ai dit, c'est à toi de voir.» Il vida son verre et se leva. «Quoiqu'il en soit, je te revois bientôt, hein?»

Il tendit sa main avec un sourire chaleureux, et alors que je le regardais pendant une brève seconde, je ressentis un tel débordement d'affection pour lui, pour son côté ordinaire – et extraordinaire à la fois – que ma gorge se serra et que je sentis les larmes sur le point de monter. Merde, pensai-je … *qu'est-ce qui se passe?* C'était comme si j'étais submergé d'amour. Pas au sens sexuel, mais de la manière dont on aime ses parents. Ou dont on devrait les aimer, dans un monde idéal. Mais en réalité, on est aussi souvent déconnectés d'eux, pas vrai? Du moins c'était clairement mon cas. Je toussai très fort pour m'éclaircir la gorge et reprendre le contrôle. Ressentir de l'amour pour quelqu'un que je connaissais à peine, un laveur de carreau – et un mec! – voilà qui était tout à fait hors de question. «Ouais, dis-je d'une voix rauque. «Je t'appellerai.»

* * *

Je rentrai chez moi à pied. Ça me prit environ une heure, mais à chaque fois que je parlais à Geoff, il y avait tant de choses à cogiter que j'avais besoin de temps et d'espace pour tout digérer.

En fait, j'étais en train de m'apitoyer sur mon sort quand les larmes sont montées, raisonnai-je. Le départ de Geoff m'avait juste rappelé ma solitude, la douleur de se sentir déconnecté. Et oui, je voulais être entier. Je ne voulais pas rester coincé, seul dans mon appartement, soir après soir, à me bourrer lentement la gueule en regardant des trucs insipides à la télé. J'avais envie d'être relié: à une femme, une famille, des amis, la société. Je levai les yeux. Même avec les étoiles, pensai-je. C'était une nuit claire et la plupart des constellations étaient assez visibles. Je me souvins avoir lu quelque part que les étoiles sont si éloignées et que leur lumière a mis tellement longtemps pour nous atteindre, que lorsqu'on regarde le ciel nocturne, on regarde en réalité des milliers, peut-être des millions d'années dans le passé. Alors si c'était vrai, qu'on était tous de la poussière d'étoile, qu'on faisait tous partie du Big Bang et qu'un minuscule résidu de cet événement était en moi à cet instant précis, était-ce si grotesque de croire que ma vie pouvait, d'une façon ou d'une autre, imprégner les lointains confins de l'univers?

«Attention!»

Mes yeux quittèrent les cieux étoilés et s'abaissèrent pour se poser sur un homme courroucé d'une cinquantaine d'années, qui me lançait un regard noir. Il avait été obligé de quitter le trottoir pour éviter la collision.

«Désolé», dis-je. Il prit un air renfrogné, puis s'éloigna en marmonnant.

«Et voilà, dit une voix. C'est ce qui arrive quand tu deviens tout poétique et métaphysique – tu ne vois littéralement pas où tu vas.» Je m'immobilisai. Je connaissais cette voix: Mon Ami Diabolique. «Et de toute manière, c'est un tas de conneries. C'est ...»

«Dégage!» Je le dis à voix haute et forte ... et il disparut instantanément. Je lançai un regard rapide autour de moi pour vérifier que l'Homme Courroucé ne m'avait pas entendu, puis accélérai le pas en direction de chez moi. Mais je n'en pouvais plus de Mon Ami Diabolique. Il devenait de plus en plus clair que c'était lui, sa voix, qui m'empêchait de faire les choses, qui faisait barrage précisément aux liens qu'au fond de moi je voulais créer. Quand j'arrivai chez moi, j'avais décidé d'aller à la réunion du lendemain soir; qu'est-ce que j'avais à perdre? Si je détestais, ça m'aura fait une expérience, et si j'aimais, eh bien, qui sait?

J'entrai dans mon appartement et regardai immédiatement le répondeur. Pas de lumière clignotante, ce qui signifiait pas de messages, pas de lien ... pas d'Angie. C'est pour ça qu'on aime les téléphones, me dis-je: pour se sentir relié. Qu'on aime recevoir des lettres: même raison. J'appuyai sur le bouton de répétition du répondeur. «Salut, Ed. C'est Martin. J'appelais juste pour voir si tu étais partant pour qu'on se voie, un de ces quatre. C'est juste que j'ai vraiment apprécié notre discussion la semaine dernière, et que je voudrais en savoir plus sur le bouddhisme dans lequel tu te lances.Sauf que ça ne ressemble à rien de ce que j'ai lu là-dessus depuis notre conversation. C'est bien du bouddhisme, Jim, mais pas tel qu'on le connaît. Quoiqu'il en soit, donne-moi un coup de fil quand tu as un moment. Oh … et quand est-ce que tu t'achètes un portable? Saluuut.»

Je pris deux autres décisions sur le champ. D'abord, acheter un téléphone portable. Et deuxièmement, croyez-le ou non, j'appelai Martin pour prendre un verre le lendemain même à l'heure du déjeuner. Du lien.

Chapitre Treize

Exsangue, le portefeuille. C'est l'élément que j'avais oublié
dans le programme des festivités du jour. Je ne m'en aperçus
que plus tard, car j'avais décidé de renoncer aux transports
publics et de marcher les quelques kilomètres qui me séparaient
du West End. Je me sentais bien, en forme, concentré et j'avais
envie de me relier à tout ce qui m'entourait. C'est ça, être
vraiment vivant, me dis-je, alors que je trottinais sur Camden
High Street: *ichinen sanzen*. Tout fait partie de moi et je fais
partie de tout. Je ne le comprenais pas vraiment, évidemment,
ou seulement vaguement, mais j'étais décidé à rester positif, à
garder Mon Ami Diabolique enterré profondément dans son
trou, à accueillir chaque moment avec fraîcheur et gaieté, l'œil
pétillant.

Et ce fut génial … jusqu'à ce que j'arrive à la boutique de
téléphonie. Ou plus précisément, jusqu'à ce que ma carte de
crédit soit rejetée. J'avais passé une demi-heure à examiner les
divers modèles, à me prendre la tête au sujet des divers styles,
des diverses offres de paiement et du nombre de sonneries
diverses qu'ils proposaient; et quand je me décidai enfin, le
foutu système informatique refusa ma carte. J'étais mortifié,
mais le vendeur asiatique ne sourcilla pas. Il dit simplement:
«Vous en avez une autre?»

«Non», dis-je, et là – oh Mon Dieu – le picotement
reconnaissable qui signalait l'arrivée d'un nouveau méga-fard.
«Je vais aller chercher du liquide. Il y a un distributeur juste à
côté.»

Je déguerpis littéralement de la boutique. Le rougissement

se calma, Dieu merci, mais je n'eus pas plus de chance au distributeur. Qui m'informa – un peu sarcastiquement à mon avis– qu'il «semblait» que mes fonds étaient épuisés et me priait de contacter mon agence. Il était évident que mon agence – ou l'énorme ordinateur auquel elle était raccordée – savait très bien que mes fonds étaient épuisés. J'avais obtenu une petite rallonge de découvert juste après avoir perdu le boulot à Rédacteurs Associés, mais je n'avais pas eu les tripes de garder un œil sur le solde depuis. Je savais, bien sûr, que procéder à des «retraits» réguliers et à des «dépôts» sporadiques – et inexistants, ces derniers temps – n'était pas la meilleure manière de gérer mes finances, surtout alliée à la philosophie classique de la tête-dans-le-sable, qui m'avait si bien servi par le passé. Et durant toute la longue conversation avec Liz la productrice, j'avais ressenti ce vague malaise, comme une légère indigestion, qui m'informait que j'arrivais au bout du temps – ou plutôt de l'argent – qui m'était imparti. Mais je n'avais rien fait pour y remédier: l'état d'Animalité, à nouveau. Et donc – *ipso facto, cogito ergo sum* – me voilà totalement et sévèrement fauché.

Bon Dieu. Et maintenant? J'étais supposé rencontrer Martin dans vingt minutes. Je me dis «Merde, il peut au moins t'offrir un déjeuner, étant donné ce qu'il te devait au moment de la faillite.»

«Mais ça signifie admettre que tu es sans le sou», dit une voix familière. MAD était de retour.

«Pourquoi ne devrais-je pas l'être?» contrai-je. «C'est lui qui m'a mis dans cette position.»

«Bien sûr, dit MAD. Mais qu'en est-il de tout ce beau discours bouddhiste que tu lui as fait autour du 'danger-opportunité', des problèmes qui t'aident à grandir, de *kyo chi gyo i* et de tout le reste? Que va-t-il penser?»

«Ecoute, dis-je, tu veux manger ou pas? Parce que s'il ne crache pas ses sous au déjeuner, ça veut dire rentrer à la maison à pied et l'estomac vide, des haricots blancs sur toasts et Dieu sait quoi d'autre jusqu'à ce que je puisse trouver de l'argent quelque part.»

«Bien», dit MAD d'un ton doucereux. «Je suis sûr que tu vas gérer la situation magnifiquement.Espérons juste qu'il ne soit pas fauché aussi.»

Il fallait laisser ça à MAD. Qu'on l'aime ou qu'on le déteste – et je le détestais de plus en plus – je pouvais compter sur lui pour m'obliger à affronter les choses que je ne voulais pas voir. Je réfléchis un instant, puis pris ma décision. Si Martin était aussi fauché que moi, il pourrait difficilement me snober, et rien de ce que je lui avais dit sur le bouddhisme n'impliquait que c'était une solution miracle à tous les problèmes de la vie. Et s'il n'était pas fauché … eh bien, quoi qu'il pense, au moins je mangerais. Pas d'hésitation, franchement.

* * *

Il n'était pas fauché … loin de là. Il était plein aux as et ridiculement content de me voir. «Ça a marché!» dit-il en me secouant vigoureusement la main.

«Hein?»

«J'ai fait *kyo chi gyo i* et ça a marché, nom de Dieu! Tu prends quoi?»

Il m'expliqua tout en me payant une bière. «J'y ai beaucoup pensé et ça semblait sensé, alors au final, j'ai décidé de me lancer à cent pour cent; tu sais, à fond la caisse, en donnant tout. Donc j'ai complètement intégré ce que tu as dit sur le fait de fixer son *kyo*, son but.»

«Vraiment?»

«Absolument. Alors je me suis dit, qu'est-ce que je veux vraiment? De toute évidence, c'était garder mon toit et éviter la faillite. Mais je ne voyais pas comment m'y prendre. Ce que j'avais investi dans la compagnie servait d'hypothèque pour l'appartement et la banque était à ma porte, tu vois? Et puis je me suis souvenu de ce que tu avais dit, comme quoi *kyo* impliquait de créer de la valeur pour les autres …»

«J'ai dit ça?»

«Putain oui! Et c'était ça la carte maîtresse, je peux te le dire, parce que je me suis dit, Attends … Je suis là, à me mettre en quatre pour éviter de payer mes dettes, et tout le monde est sur mon dos. Alors que se passerait-il si je faisais un virage à cent-quatre-vingts degrés, que je retournais le problème et me mettais en quatre pour faire exactement l'inverse?»

«C'est-à-dire?»

«Rembourser tout le monde!»

«La vache!»

«Comme tu dis. J'ai décidé d'aller voir tous les créditeurs et de faire la promesse absolue d'honorer ma dette, avec un taux d'intérêt convenu, même si ça me prenait le reste de ma vie de les rembourser. Certains étaient sceptiques, mais au final, ils ont tous accepté.»

«Et l'équipe?»

«J'y viens. Parce que je n'ai eu cette idée que la semaine dernière, quand je t'ai appelé. Bref, une fois que j'ai décidé de ce que j'allais faire, la seule chose à régler, c'était le comment: *chi*. Ce qui a été assez simple, en fait.»

«Ah oui?» J'étais de plus en plus incrédule.

«Oui.» Martin se mit à rire. «Je suis allé voir un des potes qui avait mis un peu de thune dans la société, je lui ai expliqué mon idée et il a été plutôt impressionné. En gros, je lui ai demandé de prendre en charge toutes mes dettes – ce qui représente en gros de la petite monnaie pour lui – et j'ai hypothéqué mon appartement auprès de lui en guise de garantie.»

«Et ça couvrait le tout?»

«Pas le tout, non. Mais je l'ai aussi convaincu de me laisser travailler pour liquider le reste.»

«Comment?»

«Eh bien, c'est toute la beauté de la chose. Il met encore un peu d'argent dans un portefeuille de développement immobilier que je gère pour lui. Je reçois un petit salaire, dix pour cents des bénéfices, et lui, il reçoit le reste.»

«Donc tu le rembourses avec son propre argent?»

«Pas tout à fait. Son argent avec mes compétences génèrent davantage d'argent … pour nous deux. Et pendant ce temps, tout le monde est payé. *Kyo chi gyo i.*» Il rayonnait, parfaitement satisfait de lui-même.

«Mais pourquoi te confierait-il encore plus d'argent alors que le dernier investissement que tu as géré est parti en fumée?»

«Parce qu'il sait que ce n'était pas de ma faute. Le marché s'est effondré. Alors qu'avec la pierre … tu ne risques rien, pas vrai? Je suis en train de construire cinq maisons en ce moment, d'accord? Quand elles seront vendues, on fera facile deux cent mille balles de bénéfices. Il prend cent quatre-vingts, je prends vingt, et on continue comme ça. Le tour est joué!»

Je ne savais pas quoi dire. La pensée me vint que c'était un baratineur de première avec un pote crédule, et qu'il avait simplement transféré sa dette de la bulle internet à la bulle immobilière; mais après tout, qu'est-ce que j'en savais? Le résultat, c'était qu'il avait de l'argent et moi pas. La question inévitable franchit mes lèvres.

«Alors est-ce que ça veut dire que tu peux me payer les deux mille balles que tu me dois?»

«Ed, tu le premier sur la liste», dit-il en riant. «Tu m'as montré la voie.» Il sortit son chéquier. «Par contre je ne peux pas tout te donner en une fois, si c'est OK pour toi?»

«Pas de problème.» Je déglutis péniblement. Il était en train de jeter une corde à un homme en pleine noyade.

«Cinq cents maintenant et le reste sur les quatre prochaines semaines?»

«Super.»

Il commença à écrire.

«C'est juste que … Je peux te demander une faveur?»

Il s'arrêta et me regarda.

«Tu pourrais me les donner en liquide?»

* * *

Il se montra très compréhensif. Il paya le repas, puis marcha avec moi jusqu'à la banque, d'où il retira 500 livres en billets de vingt tous frais tous neufs. Il me les tendit avec un sourire et balaya mes remerciements. «Non, Ed», dit-il en posant une main sur son cœur, «c'est moi qui devrait te remercier. Aussi pour ce déjeuner passionnant.» Parce que j'avais passé l'essentiel du temps à régurgiter tout ce dont je pouvais me souvenir de ce que Geoff et compagnie m'avaient dit sur le bouddhisme. «Tu sais», dit-il juste avant qu'on se quitte, «je pourrais bien devenir bouddhiste. C'est magique, nom de Dieu!»

Peut-être pour toi, mon pote, avec tes riches amis, pensai-je en le regardant partir ... mais pour moi? Dire que j'étais abasourdi était un euphémisme. Un coup de chance tout à fait inattendu était arrivé par l'entremise d'un gars que je détestais cordialement encore quelques mois auparavant, qui avait retourné sa situation grâce à des conseils que je lui avais donnés, mais que je n'arrivais pas à faire marcher pour moi-même! J'étais planté là, secouant la tête. J'avais besoin de parler à quelqu'un. Mais c'est le problème quand on est célibataire: pas de partenaire avec qui partager ses triomphes et ses désastres. A moins d'avoir un ami prêt à supporter vos radotages ...

Je réfléchis. Il n'y avait que deux candidats possibles, et Geoff devait être perché sur une échelle, quelque part. Ce qui laissait Dora, mais son bureau était-il encore ouvert? Appelle-la, raisonnai-je; puis je me souvins de ce que j'étais en train de faire avant de découvrir que j'étais à sec.

Le vendeur asiatique de la boutique eut l'air surpris de me voir. Il avait clairement cru avoir perdu son temps et fait une croix sur moi; ce fut donc particulièrement agréable de sortir une liasse de billets et de repartir avec un portable flambant neuf. J'avais un peu l'impression de faire à nouveau partie de la société. Le lien. D'accord, c'était peut-être un achat déraisonnable pour quelqu'un qui vivait au jour le jour, mais j'avais de l'argent en poche, et les mille cinq cents balles que Martin allait m'envoyer couvriraient au moins mon découvert pour quelques semaines. Ça me donnait le temps de retomber sur mes pieds.

Donc … Dora. J'appelai l'agence avec mon nouveau portable, mais sa ligne sonnait toujours occupé, ce qui signifiait soit qu'elle était indisponible, soit qu'il y avait une panne, soit … quoi? La seule façon de le savoir, c'était une petite visite. Ce n'était pas loin, alors je décidai à nouveau de marcher. Ça me ferait les pieds.

* * *

Ma bonne humeur déclina quand j'arrivai à Personnel Personnel. Deux hommes étaient en train de charger le bureau de Dora dans une camionnette blanche. Le reste des meubles était déjà à bord: deux classeurs métalliques, quatre chaises et une caisse pleine de bric à brac. Pas grand-chose pour attester de six années de dur labeur. L'espace semblait nu et crasseux, comme toutes les pièces une fois qu'on les a vidées de ce qui leur donnait vie. Le téléphone gisait sur le sol, le récepteur mal replacé sur son socle. Je le remis en place puis traversai la cuisine. Dora se préparait une ultime tasse de thé. «Salut, beau gosse!», dit-elle avec un sourire. «Juste à temps pour fêter la fin.» Elle me passa le mug et en prit un autre du carton qui contenait son nécessaire à thé. Elle était en survêtement et tennis, sans perruque, sans maquillage – à l'état brut, comme la pièce.

«Je suis sincèrement désolé, Dora» dis-je pendant qu'elle préparait la deuxième tasse de thé.

C'était un peu plat, mais je n'avais pas mieux à offrir.

«Bah, dit-elle. Ce qui ne tue pas rend plus fort.»

«Vraiment?» Je n'avais jamais été d'accord avec ça.

«Dans mon cas, il vaudrait mieux», dit-elle d'un air grave.

Une voix résonna depuis l'autre pièce. «Tout est chargé, ma jolie!»

«Merci!» cria Dora. On entendit la porte se refermer. Dora soupira, puis écrasa son sachet de thé sur le bord de la tasse et le laissa tomber dans un sac de détritus. Elle leva son mug, faisant mine de porter un toast. «A l'avenir!»

«A l'avenir!» On trinqua, puis on but en silence, à petites gorgées.

«Alors, quel bon vent t'amène?» demanda-t-elle en essayant de prendre un air joyeux.

«Ça n'a plus l'air si important», dis-je, parce que c'était le cas.

«Allez … Tu n'es pas venu jusqu'ici pour rien.»

Elle me regarda avec ses grands yeux bruns et je me surpris à me demander: pourquoi cette femme porte-t-elle du maquillage alors qu'elle n'en a pas besoin? En-dessous, elle est vraiment très jolie.

«Alors?» dit-elle, prenant mon silence pour de la réticence.

«Eh bien …» dis-je – puis je lui racontai tout de ma matinée et de ma rencontre avec Martin. «Je trouve ça juste incompréhensible», conclus-je.

Dora se mit à rire. «Protection», dit-elle.

«Pardon?»

«Lorsque l'état de Bouddha se manifeste à l'intérieur, il attire la protection de l'extérieur.» C'est un principe fondamental du bouddhisme.»

«C'est une citation?»

«Oui. Et un fait.»

J'étais encore plus perplexe. «Tu veux dire que j'ai manifesté ma nature de Bouddha?»

Elle sourit et acquiesça.

«Quand?»

«La première fois que tu lui as parlé du bouddhisme, que tu lui as enseigné *kyo chi gyo i* et tout ça. Et à nouveau pendant le déjeuner d'aujourd'hui, si j'ai bien compris.»

J'étais dérouté. «Je ne comprends pas.»

«Enseigner le bouddhisme aux autres est un aspect de l'état de Bouddha. C'est l'une des façons dont il se manifeste.»

«Quoi? Même quand tu n'en as pas l'intention?»

«Eh bien, regarde l'effet obtenu», dit-elle. «Il envisage de devenir bouddhiste.»

«Ce n'étaient que des paroles en l'air.»

«Qu'est-ce que tu en sais?» Elle avait l'air indigné. «Il t'a déjà beaucoup étonné. Qui dit qu'il ne va pas le refaire?»

Elle avait raison. Et ça collait tout à fait avec ce que je dis toujours des gens: qu'ils n'en finissent pas de me surprendre. En fait, j'étais sur le point de m'étonner moi-même, non? Le moment était venu de lui faire un aveu. «A propos ...», dis-je d'un air penaud et en toussant pour m'éclaircir la voix, « ... je suis sûr que tu seras ravie d'apprendre que Geoff m'a finalement convaincu de ... euh ... d'aller à une réunion.»

Dora haussa les sourcils – très haut.

«Ce soir. Juste pour écouter.»

Ses sourcils reprirent leur position normale. «Bien sûr. Super.»

«Bref, donc ...» Je haussai les épaules, ne sachant plus quoi dire.

«Quel est le sujet?»

Je fis un petit rire. «Le sens de la vie.»

Dora sourit faiblement. «Un des favoris de Geoff. En fait ...» Elle traversa le bureau. Dans un coin, sur le sol, se trouvait un carton que je n'avais pas vu. Il contenait divers livres et magazines. Dora s'accroupit et farfouilla dedans, puis en sortit un livre de poche usé. Elle me le donna.

Je lus le titre: *Man's Search for Meaning* ... de Viktor Frankl[1].

«Geoff me l'a donné dès que j'ai commencé à pratiquer», dit-elle.

J'ouvris le livre, et sur le verso de la couverture se trouvait

---

[1]   Viktor Emil Frankl est né à Vienne en 1905. Il est le fondateur de la logothérapie. Son livre *Man's Search for Meaning* (traduit en français par *Découvrir un sens à sa vie*), est paru en anglais en 1985 et relate son expérience dans les camps de concentration.

une inscription: «A Dora. Que chacun de tes jours soit plein de sens. Geoff bisou bisou.»

Dora sourit. «C'est lui qui m'a initiée, tu vois.»

«Vraiment? Geoff?» J'étais surpris, sans trop savoir pourquoi.

Dora acquiesça. «Ce n'est pas un livre sur le bouddhisme, mais c'est très bouddhique», dit-elle. «Bref, si tu as du temps avant ce soir, lis-le. Il y a toute une page sur le sens de la vie.»

«Toute une page?»

Elle sourit et acquiesça à nouveau.

«D'accord, dis-je. Mais si je te l'emprunte, il faut que je sache comment faire pour te le rendre.»

«Tu veux mon adresse?»

«Tu sais quoi?» dis-je en brandissant mon nouveau portable avec un sourire radieux. «Me ferais-tu l'honneur d'être la première personne inscrite dans mon répertoire?»

Elle frappa sa poitrine d'une main, les yeux écarquillés. «Ed ...» dit-elle, « ... les mots me manquent.»

*   *   *

J'attaquai la lecture dans le bus qui me ramenait chez moi. Quel bouquin! Quel mec! Un homme qui avait réussi à trouver du sens à la vie, même dans un camp de concentration. Je ne pus littéralement pas le lâcher. Je faillis rester dans le bus après mon arrêt, juste pour pouvoir continuer à lire. Mais, avec réticence, je marquai ma page et bondis hors du bus, puis me dépêchai de rentrer, pratiquement en courant, pour m'y remettre. Dora avait raison: Frankl résumait le sens de la vie en une seule page. Et quelle page!

Le sens de la vie

Je doute qu'un médecin [il était psychiatre] puisse répondre à cette question en termes généraux. La raison de vivre, en effet, varie en fonction des individus, de leur situation et de leur histoire. Ce n'est donc pas le sens global de la vie qui importe, mais bien celui que lui attribue une personne à un moment donné de sa vie. Poser la question d'une manière générale équivaudrait à demander à un champion d'échecs de nommer le meilleur coup au monde. Il n'existe pas de meilleur coup ni même de bon coup, sauf dans une situation donnée dans une partie et pour un adversaire donné. Inutile de chercher un sens abstrait à la vie. Chacun a pour mission de mener à bien une tâche concrète unique et, de ce fait, il ne peut être remplacé, de même que sa vie ne peut être renouvelée. La vocation de chacun est donc unique, tout comme sa façon de la réaliser.

Comme chaque situation représente un défi pour chaque personne, la question du sens de la vie peut en fait être posée à l'envers. En fin de compte, la personne ne devrait pas demander quelle est sa raison de vivre, mais bien reconnaître que c'est à elle que la question est posée. En un mot, chaque personne fait face à une question que lui pose l'existence et elle ne peut y répondre qu'en prenant sa propre vie en main …

C'était dit avec une telle simplicité, une si profonde sagesse, que j'en restai bouche bée. Évidemment! Il n'y avait aucun sens «là-dehors», attendant d'être découvert, comme une terre lointaine à l'autre bout du monde. Il se trouvait ici, en nous, dans les circonstances de notre vie, attendant d'être réalisé … ou peut-être créé. Dora avait raison: tout ça était très bouddhique; ou du moins, ça ressemblait beaucoup à tout ce qu'elle et Geoff m'avaient expliqué.

Geoff! Je regardai ma montre et sursautai. Six heures, et je ne l'avais pas encore appelé pour lui dire que je venais à la réunion; parce qu'après ça, il était évident que j'y allais.

Il fut ravi de l'entendre et me donna l'adresse, qui se situait à deux pas de chez moi, près de Kentish Town. «Tu veux que je passe te prendre?» demanda-t-il.

«Non, c'est bon, dis-je. Ce n'est pas loin.»

«D'accord. Ça démarre à 19h30.»

«On se voit là-bas!», dis-je avant de poser le téléphone. Puis je me mis à faire les cent pas. Je me sentais tellement vibrant, tellement vivant, que je ne tenais pas en place. J'étais impatient de me sentir connecté à d'autres personnes, de parler avec elles, de partager, de discuter. C'était comme si Frankl s'était adressé directement à moi. Et je ne sais pas pourquoi – peut-être que j'étais dans un genre d'état second, je n'en sais rien – mais j'étais comme abasourdi par le fait que de simples mots sur une page, des signes tracés à l'encre noire, puissent avoir un tel effet sur moi. Je sais que la parole écrite n'est rien d'autre qu'un discours transposé sur du papier, mais soudain, tout ça – que l'on puisse transmettre ce qu'on sait grâce à cette abstraction de symboles – me parut magnifique. Exactement comme pour la musique. Un compositeur entend une mélodie dans sa tête, ou peut-être la ressent-il; puis il la met par écrit, en utilisant une autre série de symboles bizarres; et quand d'autres la jouent, la musique est reproduite et provoque les mêmes effets chez celui qui écoute. Très étrange … et très ordinaire à la fois. Alors il devait aussi y avoir quelque chose en moi, qui n'attendait que le bon stimulus pour être déclenché; comme un sens inné de … la vérité? Une part de moi qui n'attendait – selon les propres mots de Frankl, d'ailleurs – que d'en découdre et de crier: «Oui!»

Je regardai à nouveau ma montre. Pas le temps de cuisiner avant de partir, alors je me préparai juste quelques tranches de pain grillé et les mangeai, appuyé contre la gazinière. A ma droite, le frigo et mes dessins favoris: «Ce que je veux vraiment faire, c'est des films» et «Le chemin de l'illuminationest long.» Je souris. A gauche, le bord de la fenêtre et la pousse de gland offerte par Piers. Deux nouvelles feuilles étaient apparues. Je souris à nouveau. Très symbolique. J'étais d'une humeur extraordinairement joyeuse.

Je finis mon pain grillé, enfilai ma veste, attrapai mes clés, mon portefeuille et – oups, j'allais presque l'oublier – mon nouveau portable; j'étais presque dehors quand le téléphone sonna. Je m'immobilisai et attendis que le répondeur s'enclenche. Quand il le fit, il y eut un profond soupir à l'autre bout de la ligne. Dans le fond, j'entendais du bruit, des rires, une faible musique. Un autre soupir.

«C'est pas grave», dit Angie. «Appelle-moi peut-être à …»

Je plongeai sur le récepteur avant qu'elle ait fini sa phrase. «Angie?»

«Ah … tu es là.»

«J'allais sortir. Que se passe-t-il?»

«Oh, rien. C'est juste que je …»

«Quoi?»

Encore un soupir, triste cette fois-ci. «Tu as oublié, c'est ça?»

«Oublié quoi?» Je fouillai désespérément mon cerveau. Pas son anniversaire ou …

«C'est notre anniversaire. C'était.»

«Ah. Je, euh, je ne pensais pas qu'on le célébrait encore.»

Elle émit un rire plein d'amertume. «Écoute, tu veux la vérité, Ed?»

«Euh … oui …» Je me blindai en prévision d'un truc terrible – ou formidable, du genre: elle avait enfin réalisé qu'elle ne pouvait pas vivre sans moi.

«J'ai invité ce mec du boulot à boire un verre parce que … eh bien, je n'avais pas envie d'être seule ce soir, et maintenant qu'on est là, je l'ai envoyé balader. Je suis une idiote, hein?»

«Non, non …» Mes synapses étaient en train d'exploser. Ça voulait dire quoi? Cette fille faisait plus de volte-faces qu'Olga Korbut[2].

«Bref, tu allais sortir. Je suis désolée, oublie ça.»

«Tu voulais qu'on se voie ou … ?»

Elle se remit à rire. «Je ne sais pas ce que je veux. Écoute, va où tu devais aller. Je te mets en retard.»

---

[2] Olga Valentinovna Korbut est une gymnaste soviétique, active dans les années 1970. Au cours de sa carrière sportive, elle a remporté quatre médailles d'or aux Jeux olympiques (source: Wikipédia).

«Pas grave, dis-je. C'était juste un verre avec un pote. Je peux laisser tomber.»

«Vraiment? Ça ne lui fera rien?»

«Vraiment … ne t'en fais pas.» J'étais sûr que Geoff comprendrait. Je veux dire … un coup de bol – pardon, de bonne fortune – comme ça, et deux fois en une journée! Nom de Dieu, peut-être que j'avais franchi un cap? Et il y aurait forcément d'autres réunions auxquelles je pourrais aller, alors le sens de la vie devrait attendre. Et puis n'avais-je pas tout pigé maintenant que j'avais lu le livre? Je dis à Angie de rester où elle était – un pub dans Soho – et que je l'y retrouverais dans une demi-heure. Puis je glissai Frankl dans la poche de ma veste pour finir de le lire dans le métro et piquai un sprint jusqu'à la station.

* * *

Angie sirotait un vin blanc panaché, l'air à la fois triste et nerveux; elle était magnifique. Elle bondit maladroitement sur ses pieds quand elle me vit et m'embrassa brièvement sur la joue. Ça ressemblait presque à un premier rendez-vous. Peut-être pas un mauvais signe, si on envisageait de se redonner une chance.

«C'était qui?» demanda-t-elle.

«Qui était qui?»

«Ton pote … Ou était-ce un rendez-vous galant?»

«Non.» Je me mis à rire. «C'était juste … quelqu'un pour lequel j'ai bossé il y a quelques semaines. Rien d'important.» Je me sentis un peu merdeux, mais je voulais éviter tout ce qui risquait de la mettre en boule, comme Geoff et le bouddhisme. Une bonne idée, sauf qu'elle repéra tout de suite le bouquin qui dépassait de ma poche.

«Qu'est-ce que tu lis?»

«Oh, un truc dont j'ai pensé qu'il pourrait t'intéresser», mentis-je, luttant pour le sortir de ma poche; je le lui tendis. «Viktor Frankl. C'était un psychiatre juif qui a survécu à Auschwitz.»

Elle l'ouvrit et lut l'inscription au dos de la couverture. «Geoff? Le bouddhiste facho?»

«Hein? Comment tu en arrives à le qualifier de facho?»

«C'est un apologue de l'Holocauste.»

Je me mordis la langue. Je n'avais entendu aucune apologie de l'Holocauste lors de cette rencontre, mais la dernière chose dont j'avais envie, c'était d'une nouvelle dispute. «En fait, dis-je, je l'ai trouvé dans une librairie de seconde main, alors je ne connais pas ces gens.»

Angie hocha la tête, apparemment satisfaite de cette explication, puis commença à lire la quatrième de couverture. Je me sentis déloyal, mais je me souvins que Geoff lui-même m'avait expliqué la différence entre vérité et valeur, et que, parfois, on ne s'en sortait que grâce à un mensonge éhonté. Sauf qu'il ne s'agissait pas ici des Nazis venant capturer Anne Frank; il s'agissait de moi, me démenant pour rester en bons termes avec … et soudain, ça me sauta au visage – avec mon *honzon*, l'objet de ma vénération. Et on sacrifierait n'importe quoi pour le protéger, pas vrai? Y compris la moralité. Ou peut-être est-ce notre *honzon* qui façonne notre moralité?

«Mmm … ça a l'air intéressant, effectivement», dit Angie. «Je peux te l'emprunter?»

«Bien sûr, dis-je. C'est pour ça que je l'ai amené.» Je m'excusai intérieurement envers Dora et me promis de le lui rendre … tôt ou tard. Et dans le pire des scénarios, je pourrais toujours dire que je l'avais perdu et lui racheter un autre exemplaire. Je demanderais même à Geoff de récrire sa dédicace.

«Merci», dit Angie joyeusement, avant de me coller un autre baiser sur la joue – plus chaleureux celui-ci, et un peu plus long. Bon signe. Et les choses allèrent de mieux en mieux. Après un autre verre, on était tous les deux détendus. On se taquina mutuellement sur nos défauts respectifs, on fit le pacte solennel de ne plus parler du Moyen-Orient, on rigola en repensant au premier Noël désastreux qu'on avait passé chez ses parents … et puis, brusquement, elle prit un air sérieux. «Tu sais ce qui me manque?» dit-elle.

Je secouai la tête.

«L'intimité. Être proche de quelqu'un … ça prend du temps, tu sais?»

J'acquiesçai.

«Et repasser par tout ça avec quelqu'un d'autre …»

Elle me regarda avec nervosité, à la recherche d'une réponse.

Je ne savais pas quoi dire. Le lien, à nouveau. On le désire tous, on en a tous besoin. Je me raclai la gorge. «Tu veux dire que … tu voudrais qu'on ressaie?»

Elle sourit d'un air bravache. «Je te l'ai dit, je ne sais pas ce que je veux. Si ce n'est un autre verre, pendant que je vais aux toilettes.»

Elle vida son verre et me le tendit, puis se leva et se dirigea d'un pas chancelant vers les toilettes pour femmes.»

Bon Dieu, me dis-je, elle est bourrée.

«Tu en a bu combien?» lui demandai-je lorsqu'elle revint. Un autre verre de vin blanc panaché l'attendait.

«J'en sais rien, dit-elle. Deux avant que t'arrives?» Ce qui voulait dire quatre ou cinq. «Pourquoi … Tu penses que je suis ivre?»

«Pompette, disons.»

«Ben, c'est bien, non? Tu disais toujours que je ne savais pas me lâcher.»

Vrai. Je ne l'avais vue ivre qu'une seule fois durant tout le temps qu'on avait été ensemble: lors de ce fameux Noël avec ses vieux. Elle était tellement anxieuse de savoir ce qu'ils penseraient de moi qu'elle avait sérieusement abusé de l'alcool la veille au soir et passé l'essentiel du jour suivant au lit, malade comme un chien. «Tu as mangé quelque chose?» demandai-je.

«Pas depuis le petit-déjeuner.» Qui consistait généralement en une pomme et une banane.

«On pourrait peut-être manger un morceau, alors …», suggérai-je.

«C'est vrai que j'ai faim», admit-elle, puis elle se pencha vers moi, tout près. «Mais pas de nourriture.»

Oh mon Dieu, pensai-je, elle a envie de moi. Un sourire sexy et une main sur mon genou le confirmèrent. Je déglutis péniblement. «Chez toi ou chez moi?» dis-je, essayant de rester dans l'humour et la légèreté.

«Chez moi, je crois» dit-elle en prenant l'air faussement sérieux. «Il y a un truc chez toi qui ...» Elle ne termina pas.

«Quoi?»

«J'ai du mal à me détendre, là-bas.»

«OK, dis-je. Taxi?»

*   *   *

Quarante minutes plus tard, nous étions devant la porte de son appartement, à Walthamstow. Elle vivait dans un petit immeuble qui donnait sur le réservoir d'eau, un lac qui dégageait une sorte de beauté lugubre à cette époque de l'année. Pas qu'on puisse en distinguer grand-chose de nuit, si ce n'est les reflets jaunes des réverbères sur la rive opposée, fractionnés par la brise qui formait des rides à la surface de l'eau. Elle s'était blottie tout contre moi dans le taxi, avait fermé les yeux ... et s'était promptement endormie. Ce qui n'avait fait qu'ajouter au malaise grandissant que je ressentais face à cette situation. Une partie de moi jubilait, mais une autre – devinez qui – était plus mitigée.

«Ça ne peut que finir dans les larmes», dit MAD.

«Dégage!»

«Écoute, dit-il. Qu'est-ce que ça indique, le fait qu'elle doive être bourrée avant de te mettre dans son lit? Tu veux sérieusement reconstruire votre relation à partir d'une séance de galipettes en état d'ébriété?»

Mais avant que je puisse répondre, le taxi buta contre un ralentisseur et elle se réveilla en sursaut, me regarda avec un sourire endormi et attira mon visage vers le sien. Ce fut un baiser profond et intense, mais bizarrement, j'avais l'impression de ne pas y prendre part. C'était comme si je n'étais pas vraiment là, que je ne faisais qu'observer. Comme je l'observais maintenant, en train de tâtonner maladroitement pour enfoncer sa clé dans la serrure.

Une fois entrés, Angie m'entraîna directement dans la chambre à coucher, où elle alluma une petite lampe de chevet qui diffusa une lumière douce dans la pièce. «Mets-toi à l'aise», dit-elle en désignant le lit d'un signe de tête. «Faut juste que j'aille au p'tit coin.» Elle me caressa le visage et sortit.

J'entendis la porte de la salle de bain s'ouvrir puis se fermer, et compris que c'était le signal pour que je me déshabille. Je me débarrassai rapidement de mes vêtements et me glissai sous la couette; les draps étaient frais, je frissonnai. Était-ce à cause de la nervosité? C'était un rêve qui se réalisait, mais tout sonnait faux. Pourquoi?

«Parce qu'elle ne veut pas vraiment de toi, dit MAD. Elle se sent seule, déboussolée et … en fait, maintenant que j'y pense, c'est peut-être la raison pour laquelle vous vous êtes mis ensemble dès le début. Deux personnes seules et déboussolées, recherchant …»

«Ferme-la!» dis-je dans un sifflement, juste au moment où Angie ouvrait la porte et entrait dans la chambre.

«Pardon? Tu as dit quelque chose?»

«Euh, c'est juste que je préfère quand la porte est fermée.» Je souris.

«Il n'y a personne, ici», dit Angie, mais elle s'exécuta. Elle portait le déshabillé en soie que je lui avais offert pour son anniversaire deux ans auparavant – et rien d'autre, comme je le vis lorsqu'elle le laissa tomber de ses épaules et se glissa auprès de moi dans le lit.

«Mmm … c'est chaud», murmura-t-elle en passant sa main sur mon torse de haut en bas et en embrassant ma poitrine.

Sans grande conviction, je lui caressai le dos et le cou – je savais qu'elle aimait ça – et attendis l'inévitable question. Qui ne tarda pas.

Sa main descendit plus bas et s'immobilisa. «Qu'est-ce qui ne va pas?» Elle semblait vraiment perplexe.

«Euh, c'est juste les nerfs, je crois», dis-je. Mais c'était faux.

«Les nerfs?»

«Mouais, tu sais, ça fait un moment depuis la dernière fois et ... tu sais ... le manque de pratique.» J'émis un petit rire nerveux et pathétique.

Angie me contempla d'un air sérieux, puis son visage s'éclaira. «Je sais ce que tu veux», dit-elle avec un regard lubrique, avant de plonger sous la couette. Elle refit surface une minute plus tard, toute rouge et passablement contrariée. «C'est quoi, le problème?» dit-elle. «Tu n'as plus envie de moi?»

«Bien sûr que si, dis-je. Je me sens juste un peu ... dépassé, c'est tout.»

Angie se tourna brusquement sur le dos en poussant un soupir fâché et fixa le plafond. «Bon Dieu, je savais que c'était une mauvaise idée», dit-elle.

Merci bien, pensai-je. Et comme je ne la contredis pas immédiatement, elle me tourna le dos avec un nouveau soupir exaspéré, mis un oreiller sur sa tête et ... en gros, ce fut tout. Une autre conquête sur la liste du Don Juan de Camden Town. Sa respiration, profonde et régulière, m'informa rapidement du fait qu'elle s'était endormie. Je restai allongé à côté d'elle, à me demander quoi faire. Rester et essayer de sauver la situation en mimant un semblant de passion ... ou m'en aller en sachant que je planterais ainsi le clou final dans le cercueil de notre relation? Le problème, c'est que mon cœur – ou plutôt une autre partie cruciale de mon anatomie – n'y était pas. L'unité de l'esprit et du corps. Une sacrée manière d'apprendre la leçon! Mais pourquoi n'y était-elle pas? Je m'étais précipité pour la rejoindre avec un tel enthousiasme ... et maintenant? Peut-être que je l'avais mieux résumé que je le pensais, cette fameuse fois, avec Geoff:

j'aimais l'idée d'elle, mais quelque chose ne fonctionnait pas avec la réalité. Et ne fonctionnerait peut-être jamais.

Je sortis du lit.

* * *

Je rentrai chez moi à pied depuis Walthamstow: treize kilomètres. Autant finir la journée comme je l'avais commencée, me dis-je. J'avais laissé un petit mot disant que j'étais désolé, que j'espérais qu'elle comprendrait, que ce n'était pas de sa faute mais de la mienne … que c'était juste un truc qui s'était passé entre nous. Quelle que soit l'intention avec laquelle nous avions commencé notre relation, les choses avaient simplement mal tourné. Le karma. (Je n'écrivis pas le mot, toutefois, je n'avais pas envie de la contrarier davantage.) Et je marchai dans la nuit, pas parce que je ne trouvais pas de taxi ou parce que j'avais raté le dernier train. Je voulais juste réfléchir; être seul avec MAD. Sauf qu'il n'avait rien du diable, là, c'était plutôt un signal d'alerte; il devenait de plus en plus difficile de distinguer à quel moment il était l'un ou l'autre.

Je pensai à Angie et moi; à ce qui nous avait réunis et maintenus ensemble: l'attirance physique, le sens de l'humour, une certaine façon de voir le monde. Mais ça ne suffisait pas. Si on ne partage pas une vision de l'avenir, de ce qu'on veut faire en tant que couple – d'élever une famille à sauver le monde, en passant par gérer une affaire – j'imagine qu'il est plutôt ardu de maintenir un lien quand on change tous les deux, ou que les choses qui vous ont attirées chez l'autre sont précisément celles qui vous portent désormais sur les nerfs. Elle était belle, mais vaniteuse; je la faisais rire, mais ne voulais jamais rien prendre au sérieux. Problème.

Puis je pensai au sexe. Pas sous l'angle libidineux ou grivois, mais en tentant de comprendre ce qui venait de se passer avec Angie. Ma performance – ou plutôt son absence – m'avait réellement abasourdi. Jamais je n'avais failli à la tâche auparavant, alors je savais que c'était significatif. J'avais toujours cru que le sexe, c'était le sexe; presque un truc automatique, du moins pour les hommes. Ce n'était clairement pas le cas, pourtant. Mais pourquoi? Je cogitais, tout en avançant lentement sous les éclairages halogènes des rues de l'est londonien; il me vint à l'esprit qu'on pouvait peut-être appliquer la théorie des Dix États au sexe, comme Liz l'avait fait pour l'argent. J'avais du temps devant moi, alors je décidai de me lancer.

L'état d'Enfer et le sexe. Facile: c'est quand on n'aime tout simplement pas ça. Même si, comme je l'avais entendu dans une comédie, mieux vaut du mauvais sexe que pas de sexe du tout. Sauf, raisonnai-je, s'il est imposé par la force, comme dans les cas de viol, d'abus sur des enfants ou tout autre crime. D'accord. L'Avidité: le monde du désir impatient, insatiable. Facile à nouveau. Les nymphomanes et l'équivalent masculin, quel que soit le nom qu'on lui donne. L'Animalité. Ça devrait être facile pour moi … Ce devait être le fait de s'accoupler, de s'utiliser mutuellement sans s'intéresser à l'autre, à part pour satisfaire un besoin physique urgent, comme des animaux. La Colère. Mmm … épineux. Ce n'était pas être en Colère, me souvins-je. Alors c'était quoi exactement? L'ego. Puis je me rappelai ce que Liz avait dit: dans l'état de la Colère, l'argent n'était qu'un moyen pour marquer des points. Donc j'imaginai que pour le sexe, ça signifiait enchaîner les conquêtes, ou choisir certains partenaires non parce qu'ils vous plaisent particulièrement, mais parce qu'être vus avec eux, coucher avec eux, était bon pour votre image.

L'Humanité. Le sexe normal, ennuyeux, routinier? Le sexe «c'est ça ou rien»? Le sexe «ça ne m'intéresse pas vraiment»? Un peu de tout ça, probablement. Et le sexe du Bonheur temporaire? Des orgasmes, évidemment, mais aussi le sexe romantique, quand on est profondément amoureux.

Bon, ça faisait six, et les trois suivants étaient faciles. L'Etude: lire des ouvrages sur le sexe, apprendre de nouvelles techniques. L'éveil personnel: étudier le sexe, faire des recherches dessus, comme l'avaient fait Masters et Johnson.[3] Ensuite, l'état de Bodhisattva: les sexothérapeutes, ou utiliser le sexe pour redonner le sourire à quelqu'un. Mais dans l'état de Bouddha ? Là, je séchais. La sagesse, le courage et la compassion ne semblaient pas avoir grand-chose à avoir avec le sexe; du moins pas d'après mon expérience. Mais je réalisai, par contre, qu'Angie et moi avions expérimenté l'intégralité des neuf autres états durant notre relation.

Pour commencer, réussir à l'emballer avait clairement été une conquête. Puis, pendant un temps, on avait été très absorbés l'un par l'autre et plutôt romantiques ... et on copulait comme des lapins. L'Avidité, l'Animalité et le Bonheur temporaire tout en un. Ensuite, on avait ralenti et commencé à expérimenter, à apprendre l'un de l'autre, à découvrir toutes sortes de choses sur nous-mêmes que nous ignorions avant. Et quand j'étais déprimé, Angie savait exactement quoi faire pour me remonter. Mais vers la fin, on s'est essoufflés, on est passés en mode couple marié d'âge mûr: une fois par semaine, si j'avais du bol, et sans beaucoup de passion ni d'excitation. Et le dernier épisode en date, c'était quoi, sinon l'Enfer?

J'arrivai à Camden Town l'esprit clair et me sentant plutôt bien. J'avais mis fin à tout ça. Mon corps m'avait montré quelque chose que je savais déjà au fond de moi, et j'avais enfin pris mes responsabilités, puis une décision. En montant les escaliers qui menaient à mon appartement, je me sentais un peu vide, mais pas malheureux. J'étais prêt à accueillir une réalité nouvelle, dans laquelle Angie serait une leçon du passé; qui sait ce que l'avenir me réservait?

Deux messages m'attendaient sur le répondeur quand j'ouvris la porte. Le premier était de Geoff.

«Salut, Ed. J'appelais juste pour voir si tu vas bien. Il est

---

[3] NdT: William Howell Masters et Virginia Eshelman Johnson sont des sexologues américains, pionniers en matière de sexologie. Ils ont inspiré la série américaine «Masters of Sex» (source: Wikipédia).

21h20 et on est plusieurs à avoir enchaîné avec un verre au Chequers, sur la route de Kentish Town, à côté du métro. On y restera probablement jusqu'à la fermeture, alors viens si tu reçois ce message à temps. Super réunion, à propos. Bref, je te vois peut-être tout à l'heure. Merci, salut.»

Je ressentis un pincement de culpabilité pendant un instant pour lui avoir posé un lapin, mais ensuite je me dis que je n'aurais jamais compris toutes ces choses au sujet d'Angie si je n'avais pas été la retrouver. J'écoutai le second message ... Geoff à nouveau. Cette fois, il semblait plus anxieux.

«Salut Ed, c'est Geoff. Écoute, je suis sans doute un peu mère poule, mais tu avais l'air tellement sûr de venir ce soir que quand tu n'es pas venu non plus au pub ... C'est sûrement rien, mais ... donne-moi juste un coup de fil quand tu pourras, d'accord? Merci.»

Il s'inquiétait pour moi! Je vérifiai ma montre: il était passé une heure. Je lui expliquerais tout le lendemain matin. Correction: plus tard dans la matinée. Mais pour l'immédiat, j'avais besoin de mon lit. Je rampai dedans et m'endormis instantanément.

* * *

Quand je me réveillai, je me sentis incroyablement revigoré, comme si quelque chose avait bougé en moi. Je sortis du lit, affamé; j'engloutis deux bols de céréales et plusieurs tranches de pain grillé et confiture. Et puis je travaillai. Je ressentais une telle montée d'énergie – de force vitale – que je décidai d'en faire bon usage. Alors je terminai les fiches de lecture, les imprimai et me rendis tranquillement à la poste pour les renvoyer à Liz – le tout avant l'heure du déjeuner. Créer des causes, me dis-je. Les effets viennent des causes, et il était temps de les multiplier. Je rentrai, regardai autour de moi à la recherche d'autres choses à faire, et me rendis compte que je ne pouvais plus repousser l'échéance: il fallait que j'appelle Geoff. Je décidai de le faire depuis mon portable sur le sien; comme ça, je le surprendrais avec mon nouveau numéro. Je m'excuserais, puis lui donnerais les nouvelles dont j'avais prévu de parler à la réunion. J'étais sûr qu'il comprendrait, serait même fier de moi. D'accord, je n'étais pas allé à la réunion, mais je sentais que j'avais accompli un genre de «révolution humaine» à moi tout seul. J'avais appris quelque chose, j'avais grandi, et j'étais prêt à avancer. J'écoutai à nouveau ses messages avant de faire son numéro. Il avait vraiment l'air inquiet. J'étais touché.

Son téléphone sonna pendant un moment, puis une voix inconnue répondit – une femme ...

«Allô?»

«Euh, allô? Est-ce que Geoff est là?»

«De la part de qui, je vous prie?»

«Qui êtes-vous? C'est bien le téléphone de Geoff?»

«Oui, mais vous êtes à l'hôpital St-Mary, à Paddington.»

«Quoi? Je ne ...»

«Je suis désolée, mais Monsieur Aston a eu un accident.»

Un froid soudain s'empara de moi. «Quel genre d'accident?»

«Vous êtes de la famille?»

«Non, je suis un ami.»

«Eh bien, je suis désolée, mais nous ne pouvons vous donner aucune information avant d'avoir contacté sa famille.»

«Est-ce qu'il va bien?» Mon inquiétude grandissait.

«Je suis désolée, répéta-t-elle, nous ne pouvons vous donner aucune information avant d'avoir contacté sa famille.» Il y eut quelque chose dans le ton de sa voix, comme un regret caché, qui propulsa mon esprit vers une terrible conclusion.

«Merde, dis-je. Il n'est pas mort ... si?» Son hésitation révéla tout.

Chapitre Quatorze

Karma. Destinée. Et mort. Geoff mort … comme ça. Mort. Si soudainement, sans crier gare. Mort, parti. Mais pour où? Pourquoi? Un jour ici, vivant, respirant. Le suivant … Tout ça n'avait aucun sens. Et si jeune: cinquante ans. De nos jours, ce n'était rien. C'était tellement … injuste, insensé. Surtout que personne n'avait vu ce qui s'était passé. Un instant, apparemment, il était en train de nettoyer l'enseigne au-dessus de la vitrine d'une agence immobilière de St John's Wood … celui d'après, il était allongé sur le trottoir. On pensait qu'il était tombé de son échelle et s'était brisé le crâne sur le sol. Qu'il avait glissé, perdu l'équilibre et voilà … Un simple accident.

Mais si la loi du karma disait vrai, il devait y avoir une cause, quelque part – et je n'arrivais pas à m'ôter de l'esprit que si j'étais allé à cette réunion, le soir d'avant, les choses auraient pris une tournure différente, d'une manière ou d'une autre. Je ne savais pas laquelle exactement: c'était une idée stupide, due au choc. Mais je n'arrêtais pas de me dire que peut-être, si j'avais parlé à Geoff ce soir-là, sa vie aurait été différente le jour suivant; qu'il serait encore en vie. Peut-être qu'il se serait couché un peu plus tôt et réveillé un peu plus tard, et peut-être qu'il aurait fait un choix légèrement différent quant à ce qu'il nettoierait à quel moment; ou peut-être que j'aurais dit un truc, qu'il m'aurait rappelé pour en parler et ne serait pas monté sur son échelle à ce moment précis; ou peut-être, peut-être, peut-être … que n'importe laquelle des milliers de petites causes qu'il avait créées et qui menaient à l'accident auraient été différentes, qu'il n'aurait pas glissé, chuté …

J'étais en pleine confusion, bien sûr, l'esprit embrouillé. Le fait est qu'on ne sait pas vraiment comment on influence les choses. Comme l'histoire du papillon qui bat des ailes en Amazonie et provoque un ouragan à l'autre bout du monde – sauf que ça, c'est clairement des conneries. Ou comme ce film de Frank Capra, *La Vie est Belle*. D'accord, c'est une mièvrerie sentimentale, mais qui aborde une question cruciale: comment serait la vie si nous n'avions jamais existé? Voilà qui devrait tous nous importer. Et ce truc, *ichinen sanzen*, l'avait remise sur le devant de la scène, cette question. «A chaque instant, ta vie englobe et imprègne l'univers entier.» C'est ce que Geoff avait dit. Et ma vie l'avait laissé tomber.

D'un point de vue rationnel, je savais que c'était faux; mais dans mes tripes, je me sentais responsable. Coupable. Ça me torturait. Je savais, au fond de mon cœur, à quel point le fait que j'assiste à cette réunion comptait pour lui. On m'avait proposé soit «le sens de la vie», soit une éventuelle galipette avec Angie … et devinez ce qui l'avait emporté? Ce qu'on nous demande, c'est de créer du sens pour nous-même, dans chaque situation – c'est ce qu'écrivait Frankl – et j'avais choisi quoi? Le sexe. L'Animalité, à nouveau. J'avais même donné le livre à Angie! Je l'avais sacrifié pour un coup que je n'avais même pas été capable de tirer. Et maintenant il faudrait que je le récupère, parce que Geoff en avait fait présent à Dora et qu'elle allait forcément me le demander; alors je devrais soit lui mentir, soit lui révéler la sordide vérité, et les deux options me mettaient vraiment mal à l'aise … Oh, Mon Dieu, Mon Dieu, Mon Dieu. Je suis tellement nul, me dis-je. Nul, nul, nul. J'avais clarifié les choses avec Angie, la belle affaire! Qu'est-ce que ça valait, par rapport à la vie de Geoff?

Dora s'effondra au téléphone, lorsque je l'appelai pour lui dire au sujet de Geoff. Il était un ami précieux et c'était une nouvelle perte difficile, après celle de son agence. Mais à travers ses larmes, elle commença à parler de karma et du fait qu'il avait «prolongé sa vie». Apparemment, il avait eu un accident de travail sept ans auparavant – presque au jour près. Cette fois-là, il était tombé en nettoyant une fenêtre, au premier étage, et on l'avait amené en urgence à l'hôpital St-Thomas, où ils étaient parvenus à le sauver.

«Je ne comprends pas», dis-je. C'était trop dingue pour moi.

«Il a été protégé», dit-elle en reniflant, «et il a vécu sept ans de plus.»

«Alors pourquoi n'a-t-il pas été protégé cette fois?» demandai-je.

«Je ne sais pas», dit-elle. «Écoute, je suis désolée, Ed, continua-t-elle, mais j'ai besoin de pratiquer. Je te rappellerai quand je me sentirai un peu mieux.»

Je n'eus aucune nouvelle pendant près d'une semaine.

Je me sentais incroyablement seul. Il me manquait. Sa gaieté, sa robustesse, son côté terre-à-terre me manquaient. L'étincelle dans ses yeux quand il parlait. Sa gnaque, ses tripes. Son intégrité. Le fait de sentir que je pouvais tout lui dire et qu'il ne serait pas choqué, qu'il ne me jugerait pas. Un mec en or. Un putain de mec en or. Mort.

Puis l'autopsie révéla qu'en réalité, il avait fait une thrombose et était mort sur le coup; selon le médecin légiste, il était probablement mort avant de toucher le sol. Ce qui m'ôtait toute responsabilité, mais me perturba encore plus.

C'est Liz qui me mit au courant pour l'autopsie; elle avait appelé pour me dire qu'elle trouvait que j'avais fait du très bon boulot sur les fiches de lecture et me demanda si je voulais en faire d'autres ... contre rémunération, cette fois. Elle ne pourrait pas me payer grand-chose, mais ça les aiderait à rattraper leur retard et qui sait où ça pourrait mener? Je lui dis que j'avais tourné en rond comme un zombie depuis la mort de Geoff, dont elle avait entendu parler par le bouche-à-oreille bouddhiste, et c'est là qu'elle avait lâché l'info sur l'attaque cardiaque. Quoiqu'il en soit, je fus plus que reconnaissant pour l'offre de travail et la chance de parler à quelqu'un qui était susceptible de m'expliquer cette histoire de karma – encore une fois. Je ne voulais pas déranger Dora dans sa pratique, mais j'avais besoin d'aide pour digérer mes pensées et mes sentiments, pour donner un sens à tout ça. Ce dont j'avais le plus besoin, évidemment, c'était de parler à Geoff …

* * *

«Mon Dieu, vous avez une mine affreuse», dit Liz en m'ouvrant la porte.

«Ah bon? Désolé.» J'étais surpris – ou plutôt déçu. Je m'étais rasé et tout.

«Je n'avais pas réalisé que vous et Geoff étiez des amis si proches.»

«Je ne suis pas sûr que nous l'étions, dis-je. Mais je l'aimais vraiment beaucoup, je le respectais. Il était en train de devenir une sorte de mentor, j'imagine.»

«Allez, entrez!» dit-elle en posant une main inquiète sur mon bras. «Parlons un peu … de travail ou de ce que vous voudrez.» Elle m'emmena dans le bureau. «Vous avez mangé ces derniers jours?»

«Pas grand-chose.»

«Dormi?»

«Idem.» Je me souvins soudain d'un rêve que j'avais fait la nuit d'avant. Je faisais partie de l'équipe de sabotage dans ce stupide script, *Des Diamants pour Eva*, quand la mine était inondée et tous les travailleurs noyés. Nous, on allait bien, parce qu'on avait un équipement spécial, sauf que le chef d'équipe se retrouve soudain en difficulté – ce qui n'arrive pas dans l'histoire. Il se débat et on n'arrive pas à l'atteindre. Puis les eaux se referment sur lui et il disparaît. Je me réveillai avec un sentiment de désolation et sus immédiatement qui était le chef d'équipe, même si je n'avais pas vu son visage.

Je me levai et essayai de lire, regardai la télévision un moment, puis retournai me coucher avant de finalement m'endormir autour des quatre heures du matin. Pas étonnant que j'aie l'air mal, je me sentais mal.

Un homme à la forte carrure et aux cheveux gris était assis sur le canapé du bureau, en train de lire. «Voici Frank, mon mari», dit Liz. Il se leva et tendit la main.

«Bonjour, content de vous rencontrer», dit-il avec un léger accent américain.

«De même», dis-je, même s'il ne me plut pas tout de suite. Il ne ressemblait pas du tout à ce que j'avais imaginé. Liz était mince et sportive, bien roulée pour une femme dans la quarantaine, et je m'étais mis en tête que son producteur hollywoodien de mari serait petit, musclé, avec des cheveux foncés – un peu comme Al Pacino, je suppose. Je n'ai pas souvent raison, mais j'ai de nouveau tort, comme disait ma mère.

«C'est du bon travail», dit-il, agitant deux feuilles de papier; je réalisai que c'étaient mes fiches de lecture. «Vous avez un bon sens narratif.»

«Merci.» J'essayai de prendre un air enthousiaste, mais mon niveau d'énergie était vraiment au plus bas.

Liz vint à la rescousse. «Ed trouve difficile de donner un sens à la mort de Geoff. Tu sais, toute la notion de karma.»

Frank prit l'air compatissant. «Oui, ça peut être très dur, surtout quand c'est si soudain.»

C'était le signal pour que je pose la question qui m'avait torturé depuis que j'avais annoncé la nouvelle à Dora. «Ce que je ne comprends pas, c'est ce que Geoff a fait pour mériter ça. Ce n'était pas un homme mauvais, il aidait les gens, il créait de la valeur. Alors juste dire que c'était son karma, ça ne m'aide pas. Je veux dire ... est-ce qu'il aurait pu l'éviter? Ou est-ce qu'il y était prédestiné et rien ni personne n'aurait pu y changer quoi que ce soit?»

Frank devint pensif. Après une longue pause, il dit: «Eh bien, il ne fait aucun doute que c'était son karma, parce que nous avons tous des effets latents dans nos vie, attendant d'être déclenchés par les bons stimuli, si vous voulez. Mais le bouuuddhisme ...» – c'est comme ça qu'il prononça le mot – «...parle de deux sortes de karma: le muable et l'immuable; ce que vous pouvez changer et ce que vous ne pouvez pas changer. Par exemple, je peux changer le fait d'être un gros lard. Je sais que si je me mets au régime et que je fais trois fois par semaine le tour du quartier en courant, avec mes grosses fesses, je vais perdre du poids, pas vrai ? Mais il y a certaines choses de ma vie que je ne peux pas changer; comme la date et le lieu de ma naissance, qui étaient mes parents, la couleur de mes yeux et ainsi de suite. Ça, c'est le résultat de causes créées dans une vie antérieure. De même, selon le bouddhisme, que des choses comme une maladie incurable ou la durée de notre vie. Vous créez une cause dans une vie, les effets se manifestent dans une autre.»

Je ne pouvais pas accepter ça. «Vous dite que Geoff était prédestiné à faire une attaque, comme une punition pour quelque chose qu'il aurait fait dans une autre vie?»

«Deux choses, dit Frank. Premièrement, parler de punition, c'est une façon d'interpréter l'événement. Il pourrait en ressortir des bienfaits, qui sait? Et deuxièmement, même si les circonstances exactes dans lesquelles son karma immuable s'est manifesté n'étaient pas déterminées à l'avance, il est certain que Geoff était arrivé au bout de sa durée de vie.»

«Qu'il avait déjà prolongée, semble-t-il», intervint Liz.

«Absolument», approuva Frank.

«Attendez, objectai-je, je croyais que vous veniez de dire que la durée de vie était immuable.»

«La pratique bouddhiste peut vous aider à changer même le karma immuable», répondit Frank en toute simplicité.

Liz sentit ma confusion. «On appelle ça alléger la rétribution karmique, dit-elle. Les bonnes causes que vous créez dans cette vie-ci peuvent alléger ou adoucir les effets des mauvaises causes créées dans le passé.»

«C'est bien pratique, dis-je. Et impossible à prouver.»

Mon scepticisme fit sourire Frank. «Bien sûr, dit-il. Mais tout se résume à votre façon de voir les choses, de leur donner un sens. Et si vous n'arrivez pas à croire en l'éternité de la vie – en particulier de la vôtre – alors vous ne pouvez pas accepter l'idée du karma. Pour moi, elle a du sens, à la fois théoriquement et parce qu'il y a tellement d'exemples de personnes pratiquant ce bouddhisme qui changent leur karma que, eh bien, que c'est habituel.» Il vit que je n'étais pas convaincu. «D'accord, deux histoires, toutes les deux vraies, de deux gars que je connais personnellement.»

Je hochai la tête.

«Il y a cet ami à moi, qui vit à deux pas d'ici. L'an dernier, un matin, il est en train de se préparer pour aller travailler quand il ressent une douleur intense dans le cou; il en tombe presque dans les pommes. Il appelle sa femme et, pour faire court, on l'emmène à l'hôpital où il est opéré en urgence pour un anévrisme – une hémorragie, juste en-dessous de la boîte crânienne. On le sauve in extremis, il se remet complètement et maintenant, il est plus en forme qu'il ne l'a jamais été.»

«Et alors?»

«Il a cinquante-trois ans – et son père est mort d'un anévrisme. A cinquante-trois ans.»

«Ça montre juste les progrès de la médecine depuis l'époque de son père».

«Son oncle, le frère de son père, est aussi mort à cinquante-trois ans … même si c'était d'autre chose.»

Coup double. Si c'était destiné à me couper la chique, c'était réussi.

«Dans l'esprit de mon ami, dit-il, il a survécu au karma familial du décès à cinquante-trois ans. Il a prolongé sa vie.» Il voyait que je peinais à comprendre.

«D'accord, une autre histoire. Celle d'un gars que je connaissais aux Etats-Unis, un ancien militaire. Il a épousé une japonaise, bouddhiste, qui lui a enseigné la pratique. Il s'y est mis à fond, comme s'il avait fait ça toute sa vie, mais il y avait un problème. Il avait fait la première guerre du

Golfe et tué beaucoup de monde durant l'attaque sur la route de Bassora – un vrai massacre, vous vous rappelez[1]?»

J'en avais un vague souvenir.

«Toujours est-il que ça le troublait vraiment, surtout l'aspect cause et effet. Comment cela allait-il lui retomber dessus? Alors il chercha conseil auprès d'un bouddhiste expérimenté, qui lui dit en gros qu'il ne pouvait rien faire pour changer le passé; mais que s'il faisait tout ce qu'il pouvait, maintenant, pour créer un maximum de valeur, les effets seraient sans aucun doute allégés, d'une manière ou d'une autre, même s'il ne pouvait pas lui dire précisément comment, ni quand ils se manifesteraient. Mais mon ami fut suffisamment rassuré pour arrêter de s'en faire, et il fit tout son possible pour créer de la valeur pour lui-même, sa famille, ses voisins, tout le monde; en particulier en expliquant aux gens comment ils pouvaient modifier leur karma grâce au bouddhisme.

Bref, il avait ce boulot de représentant sur la côte ouest, qu'il parcourait de long en large. Un jour, sa femme reçoit un appel de la patrouille routière de Californie. Il avait été retrouvé mort dans sa voiture. Mais le truc étrange, c'est que le véhicule avait simplement dévié de sa trajectoire, était sorti de l'autoroute et s'était immobilisé. Il n'y avait eu aucune collision et le corps était complètement intact. Il s'avère qu'il avait eu une attaque cardiaque, comme Geoff, mais personne ne sait vraiment ce qui s'est passé: est-ce qu'il avait senti la douleur monter et s'était rangé sur le côté, ou était-il mort au volant et était miraculeusement sorti de l'autoroute sans s'écraser? Mais là aussi, pour sa femme, il avait incontestablement allégé sa rétribution karmique.» Voyant que je peinais toujours à comprendre, Frank ajouta: «Et même dans la mort, il avait créé

---

[1]   Référence à l'attaque qui s'est produite en février 1991 sur une route entre le Koweït et Bassora (Irak). Les unités de l'armée irakienne qui se repliaient ont été attaquées et détruites par des avions américains, puis des troupes terrestres, au cours de l'offensive de la Coalition (source: Wikipédia).

de la valeur; parce que jusque-là, sa famille avait toujours été anti-japonais et anti-bouddhiste, mais en voyant la façon dont sa femme fit face à son deuil et surmonta le choc et son chagrin, ils ont été tellement touchés qu'ils ont commencé à la soutenir et que certains d'entre eux se sont même mis à pratiquer.»

Je laissai échappai un long soupir. «Donc en gros, ce que vous voulez dire, c'est que selon son karma, il devait mourir il y a sept ans, parce que … ?»

Frank haussa les épaules. «Qui sait? 'Il est impossible de percer le mystère d'un karma.'»

«Pourquoi?»

«Parce que les souvenirs sont enterrés trop profondément. Je veux dire … Je ne peux même pas me souvenir de tout ce que j'ai fait dans cette vie-ci, alors ne parlons pas des vies passées.»

«D'accord, dis-je, alors pour une raison inconnue, son karma était de mourir il y a sept ans, mais parce qu'il pratiquait le bouddhisme, il a trompé la mort, juste pour qu'elle le rattrape maintenant. C'est ça?»

«Ce n'est pas comme ça que je l'exprimerais», dit Frank, jetant un coup d'œil à Liz pour l'appeler à la rescousse.

«Alors comment l'exprimerais-tu?» demanda Liz.

«Il a allégé sa rétribution karmique et prolongé sa vie en créant le maximum de valeur qu'il a pu.»

«Grâce à la pratique?»

«Entre autres choses.»

Je les regardai tous les deux, puis secouai la tête. «Je suis désolé, mais pour moi ce n'est qu'une jolie théorie pour se sentir mieux par rapport à un truc aléatoire et insensé. Désolé.»

«Mouais. Moi aussi je penserais comme ça, Ed, dit-il, si je n'avais pas vu de telles choses se produire, encore et encore.»

Liz fit un signe d'approbation.

«Ayez le regard du Bouddha et ça n'aura plus rien d'aléatoire ni d'insensé … tout au contraire.»

Dans un éclair, je me revis avec Geoff sur la façade de cet immeuble dans la City, et lui qui criait «la vie est merveilleuse, la mort est merveilleuse. Tout est foutrement merveilleux!» Je racontai l'épisode à Frank et Liz. Ils sourirent.

«C'est bien du Geoff», dit Liz.

«J'aurais aimé mieux le connaître», dit Frank.

«Il était génial», dis-je en déglutissant pour stopper une soudaine montée d'émotion. «C'est pour ça que mourir comme ça … Et je ne vois pas ce qu'il y a de si merveilleux avec la mort, non plus. Vous bossez, vous élevez une famille, vous accomplissez peut-être quelque chose …

Et puis vous mourez et tout ce qui avait de l'importance vous est enlevé. Tout …» Je secouai la tête, en pleine confusion. «Et ensuite, d'après vous autres les bouddhistes, on revient et on recommence tout depuis le début! Pour quoi faire? Franchement … c'est *quoi* l'intérêt?»

C'était le nœud du problème, pour moi. J'avais du chagrin, bien sûr, mais l'extinction soudaine, abrupte, de la vie d'un homme dont j'apprenais tant et qui semblait avoir encore tellement à faire … ça m'avait ébranlé, effrayé au plus profond de moi-même. Je ne voulais pas penser à la mort, ni en entendre parler, ni qu'elle m'approche, de près ou de loin. Parce que je ne voulais pas être rappelé à ma propre mortalité. La seule idée de disparition – de *ma* disparition, de ce grand trou noir de l'oubli – me flanquait les chocottes.

Je crois que les ennuis ont commencé quand ma mère est morte. D'abord il y avait eu celle de mon père, mais il avait presque quatre-vingts ans et ça semblait plutôt dans l'ordre des choses qu'il s'en aille. J'étais triste, bien sûr, mais c'était la vie … si j'ose dire. Mais ma mère était bien plus jeune que lui et en bonne santé. Quelques semaines après sa mort à lui, elle tomba brusquement malade et deux jours après, c'était fini. J'étais sous le choc. Pendant les obsèques, je me souviens qu'ils ont amené le cercueil et que j'ai pensé: elle est là-dedans. Allongée là-dedans. Morte. A peine une semaine avant, elle était ici, à me tanner pour que je me bouge, que je fasse quelque chose de ma vie, et maintenant elle était dans cette boîte, sur le point d'être réduite en cendres. Je me suis rapidement enfui de la cérémonie et de la réception; je suppose que j'ai aussi enterré mes peurs le plus vite possible.

Mais m'y revoilà. Quelqu'un de proche était mort subitement et mes terreurs endormies s'étaient réveillées. Il y aurait des funérailles, bien sûr, mais m'y rendrais-je? Il le faudrait, ne serait-ce que par respect. En même temps, si je n'y allais pas, qui le saurait? Dora et peut-être Piers, et probablement les deux autres personnes qui se trouvaient dans la pièce avec moi en ce moment, Liz et Frank, qui me regardait d'un air étrange. Il m'avait posé une question pendant que j'étais dans un autre monde.

«Pardon? J'ai un peu perdu le fil …»

«Il ne dort pas très bien», expliqua Liz.

«Je disais: faites-vous partie de ces gens qui pensent que le fait que nous devions mourir enlève tout sens à la vie?»

«Absolument.» Ou, plus précisément, le fait que *je* vais mourir enlève tout sens à *ma* vie. Et soudain, j'eus un nouvel éclair de lucidité: peut-être que c'était ça, la source de mon manque de persévérance et de mon incertitude quant à la voie à suivre. Fondamentalement, je pensais que rien de ce que je faisais n'avait de valeur, parce qu'un jour je mourrais et que tout aurait été inutile.

«Eh bien moi, je pense exactement le contraire», dit Frank.

«Quoi?» Sa déclaration me surprit et je me reconcentrai.

«Je pense que c'est seulement parce que nous devons mourir que la vie a un sens.» D'après l'expression de son visage, il était sérieux.

«Et comment vous en arrivez à cette conclusion?»

«Parce que nous aimons les histoires.»

«Hein?»

Liz quitta le bras du canapé sur lequel elle était assise. «Je vais faire du thé, dit-elle. Je connais ça par cœur.»

Frank la héla après qu'elle eût quitté la pièce: «Amène des petits gâteaux, chérie!»

«Non!» répondit-elle en riant.

«Les femmes, soupira Frank. N'font rien de ce que vous leur dites, de nos jours.»

Je souris poliment à sa plaisanterie, mais je ne voulais pas qu'on perde le fil. «Alors que vouliez-vous dire par rapport au fait qu'on aime les histoires?» demandai-je.

«Vous ne vous êtes jamais demandé pourquoi les histoires fascinent les gens?» dit Frank. «Et je ne parle pas de récit expérimental, ni de flux de la conscience[2], ni du genre d'un petit film d'art et d'essai planant qui remporte un prix dans un festival européen. Je parle des trucs à la «Il était une fois»: les récits traditionnels, populaires, linéaires.»

«Non» dis-je. Ce qui était un aveu plutôt honteux de la part de quelqu'un qui prétendait écrire un best-seller; mais en vérité je ne lisais pas beaucoup non plus ces temps-ci: ni fiction, ni rien d'autre. Ce qui était encore plus honteux, surtout pour un diplômé en littérature. «Pourquoi les gens sont-ils fascinés par les histoires?»

«En fait, je pense que vous le savez, dit Frank. Au fond de vous.»

Mon regard demeura vide.

Il refit une tentative. «D'accord, quelle est la partie la plus importante d'une histoire selon vous?»

Je haussai les épaules. «Elles le sont toutes.»

«Bien sûr, dit-il. En un certain sens, vous avez entièrement raison. Mais prenez les deux scripts que vous venez de lire: qu'est-ce qui cloche avec eux?»

«Je l'ai écrit dans mes fiches de lecture.»

«Rafraîchissez ma mémoire …»

Je pris une profonde inspiration. «Il y a des trous dans l'intrigue, les personnages sont insuffisamment développés, les dialogues sont bourrés de clichés, le récit est prévisible et incohérent … et ça manque de nerf. Je continue?»

---

[2] NdT: Référence au procédé littéraire attribué à l'écrivain britannique Virginia Woolf.

Frank jeta un œil aux fiches de lecture. «Vous avez utilisez une phrase similaire pour les deux scripts. Vous vous rappelez laquelle?»

Je secouai la tête.

Frank se mit à lire: «'La fin n'a aucun sens.' Et 'La fin semble ajoutée à la va-vite.»

«Et … ?»

«S'il y a une chose qui agace plus que tout les spectateurs d'un film, c'est une mauvaise fin. En supposant qu'ils adhèrent aux personnages et à l'intrigue de base, ils veulent une fin satisfaisante, qui ait un sens par rapport au reste de l'histoire. De la cohérence du début à la fin, en langage bouddhiste. L'important n'est pas tant que la fin soit heureuse. Collez une fin heureuse à une histoire jusque-là sinistre et ils se diront que c'est des foutaises, parce que la vie n'est pas comme ça.

Pareil si une comédie s'achève sur une mort – les spectateurs seront offensés. 'Vous nous avez fait rire d'un bout à l'autre … et maintenant vous filez le cancer au clown? C'est quoi, votre problème?' Il y a plein de variations entre ces deux extrêmes, évidemment, mais la règle reste valable: la fin doit être préparée par ce qui précède. Les retournements de situation soudains, le rafistolage bâclé de tous les éléments de l'histoire parce que le film est déjà trop long et qu'on a épuisé le budget ou, pire encore, tout laisser en suspens du genre 'c'est vous les spectateurs, qui décidez' … Tout ça rend les gens fous.»

«Et … ?» dis-je à nouveau.

«Et il y a quelques temps, j'ai commencé à réfléchir à ça, à la raison pour laquelle les gens aiment tant les histoires, partout dans le monde, et à pourquoi la fin est si incroyablement importante.»

«Et qu'en avez-vous conclu?»

«J'en ai conclu que c'est parce qu'on vit tous l'histoire de notre propre vie – et qu'on n'en connaît pas la fin.» Il me laissa cogiter un moment, puis il poursuivit. «Nous voulons savoir comment l'histoire des autres se termine, parce que nous voudrions savoir comment *la nôtre* se termine. Quelqu'un a dit un jour qu'à un certain niveau, toute histoire répond à la même question de base: quelle est la meilleure façon de vivre? Nous lisons, regardons ou écoutons des histoires pour le découvrir, retenir une leçon, rejeter certaines possibilités ... ou les accepter. Ça n'a pas d'importance. Prenez un film comme *Liaison fatale*. Un succès énorme. Pourquoi? Parce que qui n'a pas flirté tôt ou tard – même fugitivement – avec l'idée d'être infidèle? C'est une possibilité, une option qu'on pourrait explorer. Sauf que Michael Douglas se retrouve avec une maîtresse sortie tout droit des enfers. Moralité: on ne devrait pas le faire. *Brève rencontre*: même sujet, mais les spectateurs voient qu'en n'ayant *pas* d'aventure ensemble, Trevor Howard et Celia Johnson se refusent quelque chose: l'amour, la vie, le bonheur. Moralité: ils *devraient* le faire. Les gens se retrouvent dans les deux situations.»

«Tout ça est très intéressant, dis-je, mais quel est le rapport avec la mort?»

«La mort est la fin de notre histoire, dit Frank. Elle fait tomber le rideau. Elle conclut tout et donne ainsi un sens à notre vie, telle que nous l'avons vécue.»

«Je ne vois pas du tout les choses comme ça.»

«Eh bien, quel serait le sens d'une histoire sans fin? demanda Frank. Ce serait juste un truc après l'autre. Comme un match de foot sans sifflet de fin. Le score serait sans importance, puisqu'il n'y aurait jamais de résultat.»

«La vie n'a rien à voir avec un match de foot!» protestai-je.

Frank aspira de l'air entre ses dents, marquant son désaccord. «On pourrait parler de ça aussi, mais peut-être pas aujourd'hui.»

«D'accord, dis-je. Trois objections. Premièrement, selon le bouddhisme, la vie *est* une histoire sans fin, puisqu'on revient sans cesse.»

«Moui, en un sens, vous avez raison. Sauf qu'il s'agit plutôt d'une série de chapitres indépendants et achevés.»

«Quoiqu'il en soit, contrai-je, pour la personne qui est

morte, la manière dont l'histoire se termine n'a pas la moindre importance ... puisqu'elle est morte!»

Frank fit une autre grimace; il n'était pas d'accord là-dessus non plus.

«Et troisièmement, pour ceux qui regardent – nous, les spectateurs, les survivants – la manière dont une personne meurt est souvent un problème, précisément pour la raison qui met les boules aux spectateurs d'un film, selon vous: la fin ne colle pas.»

«C'est là que le bouddhisme n'est pas d'accord, dit Frank. En termes de cause et d'effet, la fin colle toujours.»

«Donc ce que vous *dites*, c'est que Geoff méritait de faire une crise cardiaque perché sur une échelle?»

«Au premier abord, ce n'est pas toujours évident de voir que la fin colle; mais avec le temps, les gens finissent souvent par comprendre.»

Je secouai la tête. «Je ne vois pas comment la mort de Geoff pourrait être autre chose que totalement aléatoire, insensée et simplement ... inutile.»

«Alors comment aurait-il dû mourir selon vous?»

Drôle de question. «Je n'en sais rien, dis-je. Pas comme ça, c'est tout.»

«Pourquoi ?»

«Parce que ...» Je ne trouvai pas de réponse.

«J'ai conscience que vous le connaissiez bien mieux que moi, dit Frank, mais il me semble qu'il est mort en faisant quelque chose qu'il appréciait vraiment.»

C'était vrai.

«Tout le monde n'a pas envie de mourir à la maison et dans son lit. Une femme que je connais – elle a dans les soixante-dix ans – adore marcher dans les collines. Elle veut mourir les bottes aux pieds. Un autre gars de ma connaissance dit qu'il ne voit pas de meilleure façon de partir qu'en faisant l'amour. Certains veulent mourir paisiblement, d'autres héroïquement ou noblement ... de toutes sortes de façons. Alors pourquoi

Geoff n'aurait-il pas dû mourir en faisant un boulot qu'il aimait?»

«Mais il n'avait que *cinquante ans*!»

«Et qui décide de combien de temps on devrait vivre?»

Bon Dieu, il avait réponse à tout, mais voyait que je n'étais toujours pas satisfait.

«Chaque vie à un sens, Ed … j'en suis persuadé. Et chaque mort aussi. La question, c'est simplement si et quand nous arrivons à le voir.»

Liz entra avec un plateau sur lequel se trouvaient des mugs et une assiette de petits gâteaux. «Voilà le thé», dit-elle.

Frank repéra les petits gâteaux et sourit.

*   *   *

Bizarrement, je ne me sentais pas mieux en partant qu'en arrivant. Ce problème de mort et de karma me tracassait toujours. Mais ils m'avaient donné vingt livres pour chaque fiche de lecture que j'avais rédigée; cela semblait être de l'argent relativement facile, alors j'en pris cinq autres au hasard. Je les feuilletai avec une certaine appréhension sur le chemin du retour, craignant une nouvelle confirmation de mon Animalité rampante, mais c'était un mélange: une comédie, une histoire d'amour, quelques films d'actions et un … je ne savais pas trop quoi, pour être honnête … un drame domestique? Donc ça signifiait soit que mon état de vie partait dans tous les sens, soit que j'avais vu des choses dans les deux premiers qui ne s'y trouvaient pas vraiment. Peut-être que les choses deviendraient plus claires quand je me mettrais au travail.

J'étais très décidé à le faire dès mon retour, mais une fois dans mon appartement, une terrible léthargie s'empara de moi. On aurait dit un nuage invisible, comme sorti du plafond, qui m'enveloppait et pompait toute vie en moi. J'étais assis sur le canapé, incapable de bouger ni même de lever les bras, me contentant de fixer le vide pendant que toutes sortes de pensées traversaient mon esprit. Des choses que Geoff m'avaient dites, la théorie givrée de Frank sur les histoires, Angie … Et rien de tout ça ne semblait avoir d'importance. Quoi que Frank puisse dire, la mort ne donnait un sens à rien – elle effaçait simplement tout.

Ce que je ne vis pas sur le moment, bien entendu, c'est que j'étais en train de sombrer rapidement dans une profonde dépression. Une ancre avait disparu de ma vie et j'étais en pleine dérive … en pleine dérive et en plein deuil.

Cette nuit-là, je fis un autre rêve. Je vis mon père, à quelques pas de moi. Je ne sais pas si c'était dans la rue, ou dans un genre de parc ou de jardin, mais il y avait d'autres personnes autour de nous. Il ne m'avait pas vu alors je l'appelai, mais il n'entendit pas et commença à s'éloigner. J'essayai de le rattraper, mais des gens se mettaient sur mon chemin. Je l'appelai à nouveau, mais n'arrivais à voir que son dos à mesure qu'il s'éloignait de plus en plus. Je criai aussi fort que je pus … et me retrouvai assis dans mon lit. Dans le silence. Dans l'obscurité. Et l'angoisse.

Chapitre Quinze

Y'a-t-il du vrai dans l'adage disant que les jeunes regardent devant eux, les gens d'âge mûr autour d'eux et les vieux derrière eux? Si oui, je me faisais vraiment vieux. Je passai l'essentiel des jours suivants au lit à ressasser le passé. Geoff, Angie, ma famille, ma très peu glorieuse carrière: tout cela pénétrait par vagues dans ma conscience, puis en ressortait, dans un brouillard confus et gris de pensées, d'images, de «et si» et de «peut-être». J'étais à nouveau dans l'état dans lequel j'avais sombré quand Le Best-Seller avait pris l'eau: déprimé, apathique, lugubre. Je n'avais ni énergie ni espoir. L'avenir était sombre, sans rien de nouveau à l'horizon, et malgré toutes les théories bouddhistes que j'avais apprises au fil des mois, je me sentais incapable de changer quoi que ce soit. Un gros nœud d'anxiété serrait mon estomac en permanence. Comme si autre chose allait se produire, pour couronner la perte de ma petite amie, de mon boulot, puis de l'homme qui avait semblé être mon sauveur. Je ne savais pas quoi, ni quand, mais ce serait tout aussi terrible et cette fois, peut-être, fatal.

Quand je parvenais à me traîner hors du lit, pour aller aux toilettes ou parce que la faim devenait enfin plus forte que mon inertie, je vidais ma vessie, je me grillais une vague tranche de pain, avant de m'affaler mollement devant la télé. Talk-shows, jeux, émissions de cuisine … je zappais sans fin d'une chaîne à l'autre jusqu'au moment où, dégoûté, j'éteignais puis restais assis là, à fixer le petit voyant rouge. Je me disais«Il faut que je fasse quelque chose. Sortir de cet état, de cet appartement. Aller voir un médecin, prendre des cachets – Prozac, valium,

Viagra, n'importe quoi pourvu que ça fasse redémarrer ma vie».
Avec un effort surhumain, je me soulevais du canapé et me
traînais sur les quelques mètres me séparant du vestibule; puis
je pensais «Oh et puis merde!» et je bifurquais à gauche pour
retourner dans la chambre à coucher et m'écrouler à nouveau
dans mon lit.

«Ce que je veux vraiment faire, c'est des films ...» C'était
tout moi. C'était ce que j'étais devenu. Un rêveur, incapable de
produire un effort soutenu, qui se cachait sous sa couette. Et
tout savoir de l'unité de l'esprit et du corps, de la vie et de son
environnement, de *ichinen sanzen*, c'était encore pire, parce que
c'était comme avoir en main la clé du changement total ... et ne
pas réussir à la tourner. Martin l'avait fait, alors pourquoi je n'y
arrivais pas, moi? J'avais voulu poser la question à Dora mais
avais été distrait – ce n'était pas la première fois. Et puis j'avais
manqué de courage – pas la première fois non plus – parce que
ça l'aurait encouragée à relever mes failles et je ne pouvais pas
supporter que ma piètre opinion de moi-même soit confirmée.

Ou peut-être était-ce l'opinion de MAD? Je ne savais plus. Il
avait été mon fidèle compagnon dans les jours qui avaient suivi
la mort de Geoff. Il était tellement dans ma tête qu'on semblait
ne plus former qu'une seule et même entité. Il était mon
infirmier, mon confident, mon geôlier. Tant que je n'essayais
pas de m'échapper, il était tout sucre et tout miel. «Tu es bien
ici» disait-il/disais-je. «Il fait bon chaud, c'est confortable. Il
y a à manger dans le frigo, assez d'argent à la banque pour
tenir plusieurs semaines en vivant simplement. Ne lutte pas.
C'est ça, ta vie. Affrontons l'avenir en prenant un jour après
l'autre et si un problème surgit, eh bien, on s'en sortira. On s'en
est toujours sortis. Laisse tomber le monde. Il est nul de toute
manière. Alors garde un profil bas, ne fais pas de vagues et,
surtout, arrête d'essayer de changer. C'est voué à l'échec.»

Dès que l'idée m'effleurait de décrocher le téléphone pour
appeler Dora, Liz ou le médecin, il trouvait une douzaine de
raisons de ne pas le faire. Dora est en pleine pratique; Liz est

débordée et qui plus est, elle attend tes fiches de lecture, pas tes jérémiades. Le médecin? Tu veux vraiment devenir accro aux antidépresseurs, espèce de pauvre imbécile pathétique? Il essayait même de m'empêcher d'arroser la pousse de Piers. «A quoi bon? disait-il. Elle ne deviendra jamais un chêne; à moins que tu ne trouves un endroit où la replanter et que, contre toute attente, elle ne soit pas enlevée par le propriétaire du terrain, ni détruite par des vandales ou déterrée par un chien. Et même si elle continuait à pousser, tu ne vivrais jamais assez longtemps pour le voir, non? Parce que ce n'est pas la vie qui gagne toujours. C'est la mort.» Et pourtant, pour une raison qui m'échappait, je l'arrosais quand même. C'était l'unique fil, fin et fragile, qui me reliait à la vie. Jusqu'à ce que Dora appelle.

Je ne fis pas l'effort de répondre, écoutant le répondeur couché, pendant qu'elle laissait un message. «Salut, Ed. C'est Dora, on est mardi, 11h15. J'appelle juste pour savoir comment tu vas et te dire que les obsèques de Geoff ont lieu après-demain à l'église de West Chapel, sur Hoop Lane, à midi. J'espère que tu pourras venir. Appelle-moi si tu as envie de parler. Salut.»

Elle avait l'air d'aller ... calme, chaleureuse, amicale. Alors que moi, je me sentais agité, froid et clairement hostile. MAD surgit immédiatement. «Quelle horreur, des obsèques! Et bouddhistes, en plus. Tu peux t'attendre à une avalanche de dévotion moralisatrice sur la réincarnation, la vie éternelle et ...» Mais pour une fois, je le fis taire. Il était hors de question de ne pas y aller.

*   *   *

J'arrivai en retard de plusieurs minutes, délibérément, pour laisser tout le monde entrer dans la chapelle. Je voulais me recueillir anonymement, puis m'éclipser. Je ne voulais parler à personne – même pas à Dora – parce que je sentais que ma compagnie serait détestable. Je me détestais, je détestais le monde et je n'avais pas le droit d'infliger cet amas explosif de négativité à quiconque. Je n'étais là que par la grâce d'un suprême effort de volonté. J'avais repassé une chemise, enfilé un costume et envoyé MAD se faire voir; mais il allait revenir se pavaner, crachant sur tout et tout le monde, ce n'était qu'une question de temps. Avec un peu de chance, je serais déjà sur le chemin du retour à ce moment. Sur le chemin de mon sanctuaire.

Le ciel était couvert et gris – parfait pour des funérailles, me dis-je en poussant la lourde porte en bois de la chapelle edwardienne aux briques rouges. Elle était encore plus sinistre à l'intérieur … mais pleine. Surpris, je me retrouvai derrière une foule. Sur tous les bancs, des gens endeuillés se serraient, épaule contre épaule; d'autres encore se tenaient debout sur le côté. Des hommes et des femmes, des noirs et des blancs, indiens, chinois; d'autres qui semblaient arabes; des vieux, des jeunes, des gens d'âge mûr, certains vêtus strictement, d'autres de manière flamboyante, ou élégante, ou décontractée – ils étaient tellement différents les uns des autres que pendant un instant, j'en restai vraiment scotché. Tout le monde écoutait attentivement un grand gars dans la cinquantaine portant un costume sombre, qui se tenait sur une longue estrade et s'adressait à l'assemblée.

« … qui consiste à répéter simplement, encore et encore, cette phrase» disait-il. «Mais si vous préférez offrir vos propres pensées et prières à Geoff pendant ce moment, qui durera cinq minutes environ, sentez-vous libres de le faire. Nous finirons par une série de courtes prières silencieuses, puis nous pratiquerons trois fois. Après cela, il y aura trois brèves prises de parole: deux par des amis de Geoff, suivie d'une brève explication de la vision bouddhiste de la vie et de la mort. Puis le corps sera incinéré, pendant que nous pratiquerons trois fois. Enfin, je sonnerai le gong, nous réciterons la phrase encore trois fois, puis ce sera la fin.»

Pendant tout ce temps, je reprenais pied. Le cercueil de Geoff était disposé perpendiculairement à sa droite, posé sur son catafalque; il faisait face à une ouverture dans le mur. Derrière l'orateur se trouvaient une chaise et une petite table, sur laquelle était posé un petit meuble en bois. Ce qui ressemblait à un parchemin couvert de gribouillis noirs était suspendu à l'intérieur: des textes bouddhistes, devinai-je. Je réalisai que le gong mentionné par l'orateur était en fait un bol en métal, qui trônait sur un coussin richement décoré, à côté de la chaise. Un lourd bâton de bois, dont la moitié était recouverte d'un tissu blanc, était posé près du bol.

Je parcourus l'assemblée du regard. Il devait y avoir dans les trois cents personnes entassées dans la chapelle. Puis je vis Dora. Je souris. Elle était radieuse, avec sa perruque brillante et son maquillage des grands jours, et enveloppée d'un épais manteau de fourrure. A mes yeux, elle était habillée plutôt pour un mariage que pour un enterrement, mais qu'est-ce que j'en savais? A voir ce rassemblement d'endeuillés, formant l'échantillon d'humanité le plus varié que j'aurais pu imaginer, tout était apparemment acceptable pour des funérailles bouddhistes.

Le grand gars nous tourna le dos et s'assit sur la chaise, devant le petit meuble. Tout en sortant un chapelet de la poche de sa veste, il inclina la tête en direction du parchemin et saisit le bâton. Au même moment, il eut un bruissement alors que des chapelets jaillissaient des poches et des sacs à main des membres bouddhistes de l'assemblée. Je fus à nouveau surpris. L'élégante matrone à la chevelure grise, qui semblait tout droit sortie d'un presbytère de campagne, s'apprêtait à pratiquer, alors que le Chinois d'âge mûr assis à côté d'elle n'avait clairement aucune idée de ce qui se passait. On pouvait observer la même chose dans toute la chapelle. Deux filles noires assises sur le même banc: l'une allait pratiquer, l'autre non; un homme à l'air fortuné, portant un costume chic, avait un chapelet dans la main, un type plus jeune dans une veste en jean n'en avait pas; et ainsi de suite. Rien ne permettait de distinguer les bouddhistes des non-bouddhistes; ce que j'aurais pu anticiper, je suppose, considérant le fait que Geoff, Dora,

Piers, Liz et Frank ne semblaient rien avoir en commun à part leur foi; mais quelque part, dans ma tête, je m'étais imaginé que si on rassemblait un grand nombre de bouddhistes, la majorité d'entre eux serait asiatique.

Un puissant son métallique retentit. Mes yeux se tournèrent à nouveau vers l'avant de la chapelle et je vis que le grand gars avait frappé fortement le gong avec le bâton. Alors que le timbre, riche et profond, résonnait entre les murs de briques polies, il le frappa encore, encore et encore, chaque coup porté moins fort que le précédent, jusqu'à ce que le son se fonde dans le silence. Puis il replaça le bâton sur son support, joignit ses mains qui tenaient toujours le chapelet et, portant son attention sur le parchemin, récita une phrase dans un langage que je ne compris pas. Les bouddhistes de l'auditoire l'imitèrent et le son prit de l'ampleur, toutes ces voix d'hommes et de femmes, de jeunes et de vieux, se rejoignant jusqu'à atteindre l'harmonie. Ils répétèrent la phrase trois fois, puis soudain, ils décollèrent, se mettant à réciter quelque chose ensemble à une vitesse ébouriffante; certains lisaient dans un petit livre qu'ils tenaient en face de leur visage, d'autres récitaient de mémoire. A cet instant, je ressentis une étrange décharge d'électricité se propager le long de ma colonne vertébrale. Les poils se dressèrent sur mes bras et dans mon cou, mon cuir chevelu se mit à picoter. Ils s'interrompirent après une minute environ, on sonna à nouveau la cloche … et ils repartirent, tous ensemble, psalmodiant en rythme, les yeux fixés sur le rouleau de papier dans sa boîte. Puis ils commencèrent à ralentir et se remirent soudainement à réciter la phrase qu'ils avaient tous prononcé au début. Je ne comprenais toujours rien, mais je sentis à nouveau une bouffée d'énergie traverser mon corps. La force vitale. J'étais emporté dans le son, submergé par lui, entièrement absorbé. Je ne sais pas combien de temps ils ont récité, mais tout à coup le grand gars fit à nouveau retentir le gong et tout le monde ralentit, puis s'arrêta. Le gong à nouveau, d'autres récitations, puis un son métallique final, trois récitations … et le silence. A l'avant, le grand gars inclina la tête en direction de la boîte, se leva et se tourna pour faire face à l'assemblée. «Merci», dit-il simplement, en prenant place dans un siège sur le côté de l'estrade, juste en face du cercueil; il contemplait le trou par lequel ce dernier allait bientôt disparaître.

Je ne savais pas trop ce qui m'était arrivé. Je me sentais un peu étourdi, comme si j'avais été décrassé par un nettoyant puissant, comme dans les pubs télé où l'on voit des cuvettes de WC métamorphosées d'un coup de javel. Une femme mince, dans la cinquantaine, vêtue d'un tailleur noir, vint à l'avant de la chapelle, une feuille de papier dans la main. Elle monta sur l'estrade puis se retourna pour s'adresser à nous.

«Mon nom est Barbara Watson, dit-elle d'une voix maniérée, comme une directrice d'école pour jeunes filles riches. «J'ai rencontré Geoff pour la première fois quand il a commencé à nettoyer les fenêtres de notre cabinet d'avocats de Lincoln's Inn. Comme vous le savez, Geoff était un homme très accessible et amical, qui adorait parler ... surtout de bouddhisme. J'en ai personnellement beaucoup appris sur sa foi, à laquelle je lui ai promis d'adhérer ... dans ma prochaine vie.»

L'assemblée émit un petit rire.

«Je crains d'être un peu comme Saint Augustin qui, avant de se convertir, a demandé à Dieu de lui donner chasteté et abstinence, mais pas tout de suite.»

Un autre petit rire collectif.

«Même si, pour être juste envers Geoff, je ne peux que décrire le bouddhisme qu'il pratique comme étant ancré dans la réalité, très humain et, pour ce que je peux en comprendre, extrêmement pragmatique. Autant de qualificatifs que j'attribuerais aussi à Geoff lui-même. Parmi d'autres ... parce qu'il était un homme aux multiples facettes, qui se révélaient à des moments surprenants. Un matin, par exemple, il y a quelques années, Geoff lavait les vitres et me demanda sur quoi j'étais en train de travailler. «Une demande de réduction de peine pour l'un de mes clients», dis-je. «Ah, Portia ...» dit-il, avant de citer l'intégralité du discours sur la clémence de cette dernière, dans Le Marchand de Venise. Quand j'ai exprimé mon admiration, il a confessé son amour de la littérature, ce qui a mené à des conversations plaisantes et animées entre nous sur toutes sortes de sujets. En fait, je me réjouissais beaucoup de ses visites et de nos échanges de points de vue sur tout, de la politique à la poésie, et j'étais très déçue lorsque je le ratais. C'est mon côté snob, je le sais, mais j'étais toujours ébahie par la quantité de thématiques sur lesquelles il était capable de discuter, et par la profondeur de sa compréhension. Quand un jour je lui ai demandé comment il se faisait qu'il en sache autant, il dit, avec la simplicité et la modestie qui le caractérisaient: «Je lis beaucoup, Babs[1].» Mais je vous préviens qu'il était la seule personne que j'autorisais à m'appeler comme ça.»

Des rires à nouveau.

«Mais à ce moment-là, nous étions devenus des amis. Une relation improbable, peut-être, mais qui m'a incontestablement enrichie … et j'espère que Geoff aussi. Alors, pour rendre hommage à Geoff et à ce que je considère être l'incroyable variété de son «ancrage terrien», je pense que rien ne saurait mieux convenir que ces lignes de T.S. Eliot.» Elle mit une petite paire de lunettes et se mit à lire.

> Jamais nous ne cesserons notre exploration
> Et le terme de notre quête
> Sera d'arriver à l'endroit que nous avons quitté
> Et de le percevoir tel qu'il est

Elle remercia l'assemblée d'un sourire et s'assit, sous les applaudissements. J'étais trop secoué pour m'y joindre. Car sa citation d'Eliot était exactement celle qui m'était venue à l'esprit durant l'une de mes conversations avec Geoff … c'était flippant. Mais ça soulevait à nouveau ma question sans réponse

---

[1] NdT: Diminutif familier pour le prénom Barbara.

au sujet du bouddhisme: était-ce juste une manière d'apprécier l'ordinaire, ou était-ce une manière de vraiment changer les choses?

Un second orateur monta sur l'estrade. Dans les quarante ans, petit et râblé, avec une grosse barbe touffue; il semblait mal à l'aise dans son costume cravate. Ce qui s'expliqua très vite.

«Bonjour, dit-il d'une voix forte, typiquement londonienne. Je suis Bernie Stevens et je connaissais Geoff parce que je posais des briques pour lui quand il était entrepreneur en bâtiment. Et quand tout ça est parti en sucette, j'ai eu l'occasion de mieux le connaître parce qu'il a roupillé sur mon canapé pendant quelques semaines, jusqu'à ce que je le flanque dehors. Quand je l'ai revu la fois d'après, presque deux ans plus tard, il était méconnaissable et n'avait plus rien à voir avec l'ivrogne déprimé que j'avais viré. Il savait où il allait, il était centré, heureux. Ça m'a tellement impressionné que j'ai acheté son *business* ...» – prononça-t-il avec un pseudo accent américain – « ... c'est-à-dire que quand il m'a dit qu'il avait réussi ça grâce au bouddhisme, j'ai décidé tout de suite d'essayer aussi. Parce que je me suis dit que s'il pouvait le faire, moi aussi. Alors ... merci, Geoff.» Il se tourna vers le cercueil, joignit les mains devant la poitrine et s'inclina profondément.

Un nœud se forma soudain dans ma gorge. Pourquoi? Parce qu'une émotion sincère, ça vous serre le cœur.

Il sortit un papier de la poche intérieure de sa veste. «On n'avait pas des conversations intellectuelles, probablement parce qu'il réalisait que j'avais pas inventé l'eau chaude.»

L'auditoire émit un gloussement incertain.

«Mais il a partagé avec moi des textes qui étaient importants pour lui – des trucs bouddhistes et autres. Et celui-là, je sais que c'était un de ses favoris. C'est d'un auteur bouddhiste qui s'appelle Daisaku Ikeda.» Il s'éclaircit la gorge et se mit à lire:

Je suis intimement convaincu d'être devenu créatif à partir du moment où je me suis jeté de tout cœur dans une tâche, combattant sans cesse jusqu'à son achèvement. C'est ainsi que j'ai gagné la victoire dans la lutte pour élargir ma vie. C'est une affaire de sueur et de larmes. La vie créatrice exige des efforts constants pour améliorer nos pensées et nos actions. Le dynamisme qu'entraînent les efforts, voilà peut-être le plus important.

Vous traversez les tempêtes, et il est possible que vous rencontriez la défaite. Mais l'essence de la vie créatrice consiste à persévérer face à la défaite et à suivre l'arc-en-ciel qui brille dans nos cœurs. Il n'y a pas de créativité dans la complaisance et l'indolence. La plainte et la fuite sont lâches, corrompent la tendance naturelle de la vie à être créatrice. Celui qui abandonne le combat pour la créativité se dirige en dernier ressort vers l'enfer qui détruit toute vie.

Mon corps se raidit. Le choc de la compréhension immédiate. Le reste des mots fut comme autant de coups de marteau assénés à mon cerveau.

Ne vous relâchez jamais dans vos efforts pour vous construire de nouvelles existences. La créativité signifie ouvrir grand la lourde porte de la vie. Combat peu aisé. En fait, c'est peut-être même là la tâche la plus difficile au monde. Car ouvrir les portes de votre propre vie est encore plus dur que d'ouvrir celles des mystères de l'univers.

Mais cela met en valeur votre existence d'être humain et la rend digne d'être vécue. Personne n'est plus seul ou malheureux que celui qui ne connaît pas la pure joie de se créer une vie. Être un homme n'est pas simplement se tenir droit et manifester raison et intelligence: être un homme, au plein sens du terme, consiste à mener une vie créatrice.

Bernie replia son papier et leva la tête pour regarder

l'assemblée. «Le fait que vous soyez tous ici, pour moi c'est la preuve que Geoff a vraiment vécu une vie créatrice. Merci.» Il retourna à son siège, lui aussi sous les applaudissements.

Le grand gars se leva à nouveau et nous fit face. Lui aussi sortit un papier de la poche de son costume, puis se mit à parler. Il expliqua que l'univers est un grand océan de vie et que de la même manière que l'océan «fait des vagues», l'univers «peuple» – ou en réalité crée – la vie sous une myriade de formes diverses, en un flux constant de vie et de mort. Geoff se trouvait dans la phase appelée la mort, mais se rechargeait d'énergie, comme nous le faisons tous durant notre sommeil, pour réapparaître sous une toute nouvelle forme. Dans la vie, dans la mort, sa vie continuait. Tout ça semblait plutôt logique et je pouvais voir que beaucoup de gens présents y croyaient, mais je n'écoutais qu'à moitié. Mon esprit résonnait encore des paroles que Bernie venait de prononcer: «La créativité, c'est ouvrir la lourde porte qui mène à la vie.» Ça décrivait précisément ma situation. «Ce n'est pas une bataille facile.» Sans blague. Pendant tout le discours du grand gars, mes yeux étaient posés sur Bernie, qui écoutait attentivement, les bras croisés, en hochant la tête de temps à autre.

Puis le discours s'interrompit, le grand gars s'assit à nouveau devant le parchemin bouddhiste et la pratique recommença. Après une courte pause, les portes s'ouvrirent dans le mur et, avec un léger sursaut, le cercueil de Geoff se mit à glisser hors de notre vue. Trente secondes plus tard, les portes se refermaient et il avait disparu. Il y eut trois autres coups sur le gong, de nouveau trois fois la même phrase – et tout fut terminé. Le grand gars se leva et nous remercia une fois de plus; deux lourdes portes s'ouvrirent derrière lui, sous la rosace. Nous commençâmes à sortir en file indienne. J'espérais voir le parchemin de plus près, mais j'étais tout à l'arrière de la foule et quand j'arrivai à l'avant de la chapelle, le petit meuble était fermé et deux intendants étaient en train de tout remballer.

J'émergeai dans la lumière du jour avec une mission en

tête. Tout le monde était coincé derrière une colonnade juste derrière la chapelle, les gens se serrant les uns contre les autres pour lutter contre un vent froid qui s'était mis à cracher de la pluie. Je me frayai un chemin au milieu des grappes de gens – des amis, des membres de la famille, qui se retrouvaient pour la première fois depuis des années … ou des mois, des jours, des heures – jusqu'à Bernie; il était en train de rouler une cigarette dans un coin tranquille, à l'abri du vent. «J'ai trouvé ce que tu as dit génial, dis-je. Merci.»

«Merci, dit-il. Mais c'était pas de moi. J'ai juste lu.»

«Eh bien, je pense que tu as fait plus que ça, mais ce que tu as lu était génial aussi. Est-ce que tu sais où je pourrais en trouver une copie?»

Il fouilla dans sa poche et en sortit le bout de papier plié. «Garde-le.»

«Tu es sûr?

«Ouais. Je le connais pratiquement par cœur.»

«Merci.»

«Pas de problème, mon pote.» Là-dessus, il se tourna pour saluer quelques amis, mais ça m'était égal – j'étais déjà en train de déplier le papier et de commencer à lire. Je n'allai pas loin.

«Comment va la pousse de chêne?»

Je levai la tête et vis Piers qui me souriait. Je ne l'avais pas repéré dans la chapelle. «Super. Elle se porte bien. Comment vont les affaires?»

«J'peux pas me plaindre. En fait je peux, mais je ne dois pas – selon ça.» Il prit le papier et le parcourut brièvement du regard et se mit à lire: «Les plaintes et la fuite sont lâches, elles corrompent la tendance naturelle de la vie à la création.»

«Plutôt sans concession.»

«Mais vrai», dit Piers tristement. «La loi de cause à effet, tu sais. En parlant de création, où en est le best-seller?»

Je fis une grimace.

«Une sacrée bataille, hein?»

«C'est pourquoi j'ai pris ça.» J'agitai le papier.

«Je suis sûr qu'il n'en sera que mieux, du coup.»

Je souris et changeai de sujet. «Vous avez vu Dora?»

«Là-dedans.» Piers désigna le centre de la mêlée. «Elle discute avec l'ex de Geoff.»

«Elle est là?»

«Bien sûr. Ses filles aussi.»

Bizarrement j'étais surpris, comme si la vie de Geoff avant qu'il ne devienne bouddhiste n'avait pas sa place ici. «Je veux aller leur faire mes condoléances», dis-je avant de lui tendre la main.

Ce fut au tour de Piers d'avoir l'air surpris. «Vous ne venez pas à la réception? C'est juste de l'autre côté de la rue.»

«Désolé», mentis-je en lui serrant la main fortement, «mais j'ai un entretien d'embauche.» Même si mon état d'esprit était plus joyeux – plutôt étrange pour un enterrement – je n'étais pas d'humeur sociable et je voulais filer chez moi au plus vite. Je m'éloignai de Piers. «Mais si vous avez besoin de muscles …»

«Bien sûr, dit Piers. Et n'oubliez pas de mettre la pousse à l'extérieur pour l'hiver.»

«Ah bon?»

«Elle a besoin de s'endurcir.» Il sourit et se détourna. Je quittai l'abri de la colonnade et contournai la foule, à la recherche de la famille de Geoff et de Dora. Une femme d'une quarantaine d'années et deux filles blondes dans les vingt ans se tenaient légèrement à l'écart des autres. Je décidai de tenter ma chance. Je m'approchai d'elles.

«Madame Aston?»

La femme se retourna et me regarda d'un air absent.

«Je suis un ami de Geoff», dis-je en prenant sa main. «Je voulais juste vous faire mes condoléances.»

«Merci», murmura-t-elle.

Je pouvais voir qu'elle était perdue, dépassée par tous ces étrangers qui connaissaient son mari … ex-mari. Je ressentis le besoin d'expliquer pourquoi nous étions tous là. «Geoff était un homme extraordinaire», dis-je.

La plus jeune des deux filles blondes émit un rire moqueur et détourna son regard. «C'était un laveur de vitres», dit-elle avec un tel mépris que j'en eus le souffle coupé.

Puis une bouffée de colère s'empara de moi. «Oui, mais un putain de génial laveur de vitres. Et il vous aimait.»

Elles eurent toutes les trois l'air choqué. J'étais moi-même choqué. Comment une telle chose avait-elle pu sortir de ma bouche? La plus jeune rougit sous l'effet de la colère et de l'embarras, mais était trop secouée pour savoir quoi dire.

«Désolé», marmonnai-je, puis je m'éloignai rapidement. Je repérai un porche qui menait vers le parking et la sortie, et je me dirigeai vers lui. Je ne pensais plus qu'à partir le plus vite possible. Une main agrippa mon bras.

«Tu ne dis pas bonjour?» C'était Dora.

«J'allais le faire, mais je viens de me comporter comme un crétin total.»

«Comment ça?»

«Avec la famille de Geoff», dis-je, sans oser regarder vers l'arrière. «J'ai eu des mots crus envers sa fille.»

«Eh bien …» dit-elle en jetant un œil dans leur direction, « … tu n'es pas tout seul. Je suis sur sa liste noire depuis des années.»

«Ah bon?» Voilà qui semblait intéressant.

«Invite-moi à déjeuner et je te raconterai tout», chuchota-t-elle d'un air conspirateur.

J'hésitai – rentrer à la maison semblait toujours l'alternative la plus sûre.

«Je crois que tu me dois bien ça, dit-elle, ne serait-ce que pour la commission que tu m'as fait perdre avec le boulot à la City.»

Comment pouvais-je refuser? «Tu as raison, dis-je. Où?»

«Oh, on va trouver quelque chose.» Elle sourit et glissa son bras sous le mien.

* * *

On trouva: un petit restaurant italien sur Finchley Road, où elle se confessa autour d'une assiette de fettucine con vongole. C'était elle, l'autre femme.

Elle avait rencontré Geoff – comme c'est surprenant – dans un pub et avait été séduite dès le premier instant. «J'ai peur d'être le genre de fille qui fonctionne au coup de foudre», soupira-t-elle. «Et il était plus jeune à l'époque, bien sûr.

Plus de cheveux, moins de ventre. Et vraiment à fond dans sa pratique, plein d'énergie, drôle.»

«Tu savais qu'il était marié?»

«Je l'ai su assez vite, mais ça m'était égal … J'avais des priorités différentes à cette époque. J'étais plus jeune aussi, bien sûr. Et il était évident que son mariage n'allait nulle part.»

«Quelle différence d'âge vous aviez?»

«Douze ans. J'avais vingt-trois ans, lui trente-cinq.» Elle me vit faire un peu d'arithmétique mentale. «J'ai trente-cinq ans, chéri, si c'est ce que tu calcules.»

Je souris. «Donc … vous vous êtes mis ensemble … ?»

Dora sourit avec nostalgie et prit une gorgée de vin.

«Pourquoi ça a mal tourné?»

«Eh bien quand sa femme l'a mis dehors, il a changé. Il déprimait, surtout parce qu'il ne voyait pas ses filles, il a commencé à boire beaucoup et à négliger sa pratique. Il n'était pas de bonne compagnie.»

«Donc tu l'as mis dehors aussi.»

«A la fin, oui – pour préserver ma santé mentale. Mais il m'a laissé la pratique, donc quelque chose de bien en est ressorti. Et plus tard, nous sommes redevenus amis.»

Je la regardai enfourner une fourchette de pâtes dans sa bouche.

«Tu permets que je fasse une observation?» demandai-je.

Elle battit des cils et hocha la tête.

«Eh bien, je ne peux que remarquer à quel point tu sembles joyeuse. Quand je t'ai dit que Geoff était mort, j'ai eu l'impression que tu étais effondrée.»

«Je l'étais», articula-telle la bouche pleine de fettucine.

«Mais maintenant, on dirait presque que tu es heureuse.»

«J'ai beaucoup pratiqué.»

«Ça aide, c'est ça?»

«Considérablement.» Elle put voir ma perplexité. «La mort de Geoff a été un choc incroyable, mais tu as entendu ce que le gars a dit sur l'univers qui est un océan de vie?»

J'acquiesçai.

«Eh bien ça veut dire que Geoff est tout autour de nous, partout. Il n'a pas vraiment disparu. Je suis toujours connectée à lui, il fait toujours partie de ma vie. C'est un peu comme s'il était parti en expédition en Amazonie sans son portable. Je sais qu'il est là, quelque part … c'est juste que je ne peux pas le joindre.»

«Il est mort, Dora.»

«Oui, mais sa vie n'a pas disparu.»

Je secouai la tête, perdu.

«Le type qui a écrit le texte sur la vie créatrice … Daisaku Ikeda?»

Je tapotai la poche sur ma poitrine. «Je l'ai là. Bernie me l'a donné.»

«Bien. Il l'a résumé de manière brillante un jour, en parlant de la mort.'On ne peut s'échapper de l'univers', a-t-il dit. Votre vie est obligatoirement quelque part. Même la physique le dit: deuxième loi de la thermodynamique, je crois.»

J'étais assis là, essayant de comprendre.

Elle me regarda d'un air interrogateur. «Mais comment te sens-tu, *toi*?»

Bonne question. «En fait, pour dire la vérité, je ne voulais pas venir. Les enterrements sont …» J'eus un frémissement. «Et j'ai été plutôt mal depuis … depuis que je t'ai appelée, je crois.»

«Seulement à cause de Geoff ou tu as toujours des soucis avec les femmes?»

«Oh, ça.» Je pris une profonde inspiration et lui parlai

d'Angie – dans une version censurée. Inutile de livrer des détails sur mes déficiences de mâle.

Dora écouta attentivement. «Alors tout est fini?»

«Oui, soupirai-je. Finalement, complètement, pour toujours.»
Elle sembla pensive.

«Donc entre ça, l'histoire de Geoff et pas de vrai boulot, venir aujourd'hui, me confronter aux gens … c'était vraiment dur. Mais le plus drôle, c'est qu'en fait je me sens mieux en sortant de là qu'en y entrant, ce qui est une première pour un enterrement en ce qui me concerne.»

«Tu sais pourquoi?»

«Eh bien j'ai trouvé la pratique assez puissante; pas du tout comme je l'imaginais. Et le truc que Bernie a lu … ça m'a soufflé. C'est quoi cette chose dans la boîte, au fait? Le genre de parchemin …»

«C'est le *Gohonzon*», dit-elle.

«*Gohonzon*? Il y a un lien avec … ?»

Elle rit. «Oui. *Honzon* signifie objet de dévotion et *go* veut dire 'digne de grand respect'.»

«Vous vénérez un bout de papier?»

Elle se remit à rire. «Non, ce que le papier représente.»

«C'est-à-dire … ?»

«La Bouddhéité. La vie du Bouddha.»

J'étais perdu. «Si c'est le Bouddha, vous ne devriez pas avoir une petite statue ou un truc du genre … comme un de ces petits bouddhas dorés?»

«On ne vénère pas Bouddha, la personne, la figure historique. On vénère la vie de Bouddha.»

«Comprends pas.»

«Tu es le Bouddha, Ed. Je suis le Bouddha. Cette table est le Bouddha. Bouddha est un autre mot pour la vie elle-même, toute la vie. Le passé, le présent, l'avenir, depuis cet espace où nous sommes assis jusqu'à l'infini.»

«Et au-delà!» fis-je dans la meilleure des imitations de Buzz l'éclair.

Elle sourit. «C'est ça. Alors quand tu pratiques devant le *Gohonzon* tu dévoues ta vie à la vie elle-même, dans son état le plus élevé. La sagesse, le courage et la compassion.»

«Ah.» Le trio du *Magicien d'Oz*.

«Et comme le *Gohonzon* incarne la Bouddhéité, te concentrer dessus pendant que tu récites fait surgir ta propre Bouddhéité; exactement comme le fait de regarder une belle image provoque un certain ressenti en toi. Ce qui est à l'extérieur se relie à ce qui est à l'intérieur.»

«Comment tu le sais?»

«Je le sens. Pas toujours tout de suite, mais toujours après un moment. Comme avec la mort de Geoff. Quand tu me l'as dit, j'étais dévastée parce que … eh bien, je l'ai aimé. Et une partie de moi l'aime encore. Mais graduellement, en pratiquant, j'ai transformé ce sentiment de perte terrible que je ressentais en reconnaissance: pour l'avoir connu, aimé. Et en gratitude pour cette pratique fantastique qu'il m'a transmise. Je suis triste, bien sûr, c'est naturel. Mais désormais c'est une sorte de tristesse souriante, plutôt qu'une tristesse qui te vrille les tripes et te fait pleurer sans arrêt.»

Il y eut soudain comme en déclic en moi. «Tu veux dire que tu peux vraiment changer ton humeur en pratiquant?»

«Bien sûr!» s'exclama-t-elle en riant.

«A volonté? Consciemment?»

«C'est bien toute l'idée!» Elle semblait ébahie que je ne l'aie pas compris. «Tu génères de la force vitale, de l'espoir – ça emporte tout, ça le transforme. Tu vois les choses différemment, tu recommences, tu n'abandonnes pas …»

Je réfléchis un moment. Peut-être que j'étais extraordinairement bouché, mais pour une raison ou l'autre, ça paraissait digne d'être exploré davantage. «Et donc, qu'est-ce que vous récitez exactement?»

Elle recula dans son siège, me fixa, puis soudain elle se pencha par-dessus la table et m'embrassa … sur les lèvres. «J'ai bien cru que tu ne poserais jamais la question», dit-elle avec un sourire.

Chapitre Seize

On enchaîna une chose à une autre, on se mit à sortir ensemble; puis on se mit ensemble. Et maintenant, après plusieurs mois, je pense qu'on est comme qui dirait sur le point de former un couple; on a eu des discussions pour savoir si je devrais emménager avec elle, ou elle avec moi, ou si nous devrions tous les deux vendre nos appartements et acheter quelque chose en commun. Rien que des trucs effrayants et MAD ne sait plus où donner de la tête, le pauvre – en particulier sur le fait qu'elle a quelques années de plus que moi et qu'elle est noire. Sauf que Dora parvient à le remettre dans sa boîte dès que je l'autorise à sortir pour s'aérer, ce que, contrairement à Angie, elle m'encourage à faire. «On ne peut pas combattre un ennemi invisible», dit-elle avant de lui régler verbalement son compte.

Mais ce qui est flippant, c'est que plus je la connais, plus je vois à quel point elle ressemble à Angie. Fougueuse, ergoteuse, allergique aux conneries – en particulier les miennes. La différence, c'est ce truc: la pratique. On se dispute, elle va pratiquer, elle revient, son humeur a changé et, bizarrement, les choses s'arrangent. Ou elle revient, son humeur n'a pas changé et je passe un putain de mauvais quart d'heure. Et c'est là que j'ai besoin de pratiquer pour vraiment accepter ce qu'elle me dit.

Comme quand elle a découvert que j'avais donné son exemplaire du livre de Frankl à Angie. Je pensais qu'elle prendrait la chose avec philosophie, sur le mode bouddhiste, mais elle fut vraiment contrariée et insista pour que je le récupère. Mais je n'avais aucune envie d'appeler Angie et Dora me faisant remarquer que «si tu n'as pas les tripes pour faire ça, comment diable veux-tu arriver à quelque chose dans ta vie? » n'arrangea pas exactement les choses. En fait si, parce que ça m'obligea à pratiquer au sujet du lion peureux qui est en moi. Mais – ô miracle – le lendemain matin, une petite enveloppe à bulles brune apparut sur le paillasson; elle contenait – youpie – le livre. Aucun mot ni rien, juste le livre, donc j'ignore si Angie l'avait vraiment lu, mais au moins il était de retour. J'étais ébahi.

Dora fut beaucoup moins enthousiaste. «Ça veut juste dire qu'il va falloir trouver un autre moyen de développer ton courage», dit-elle en faisant la moue.

«En restant avec toi, par exemple?» suggérai-je. Sur quoi elle m'envoya quelque chose à la figure – juste un torchon, mais je reçus le message cinq sur cinq.

Toujours est-il qu'elle fut vraiment heureuse de récupérer le livre et, plus tard, elle me montra que j'étais pardonné de la plus jolie des façons – ce qui pourrait bien répondre à ma question concernant la Bouddhéité et le sexe … Je n'en suis pas certain.

En ce moment, elle me presse de pratiquer au sujet de l'idée de vivre ensemble, pour que je «prenne la décision à partir de l'état de vie adéquat». Je traîne les pieds, honnêtement, mais elle, elle pratique à fond; elle l'avait fait aussi à mon sujet quand elle m'a rencontré pour la première fois, ce qui est assez flatteur, franchement. Quoiqu'il en soit, l'important est que nous semblons avoir un outil pour prendre des décisions, atténuer les disputes et jusqu'ici – croisons les doigts – on dirait que ça a fonctionné.

Donc, comme vous le voyez, j'ai succombé au bouddhisme. Pas parce que Dora est ma petite amie, et pas à cent pour cent. Pratiquer deux fois par jour, matin et soir, vous met réellement à l'épreuve; mais je suppose que c'est pareil pour tout effort soutenu. Quand j'y arrive pendant une semaine, je me sens vraiment bien. Dora dit que c'est comme du sport pour l'esprit humain. On se met en forme en pratiquant un certain temps, puis il faut continuer pour maintenir son niveau. Souvent, on ne voit pas la différence, jusqu'à ce qu'un sérieux problème nous tombe dessus; c'est un peu la même différence que courir après son bus en étant en forme ou en ne l'étant pas. Et je dois admettre que, petit à petit, ma vision de la vie change. Mes humeurs noires, par exemple. Avant, elles surgissaient régulièrement: une fois par mois, au moins, la vie était dénuée de sens, sans espoir, sinistre. Ça m'est arrivé l'autre jour et ça a été un vrai choc, parce que j'ai réalisé que je ne m'étais pas senti comme ça depuis des semaines. Et le truc incroyable, c'est qu'en pratiquant un peu plus, en vingt-quatre heures, c'était terminé. Avant, la crise durait plusieurs jours. J'ai réalisé d'autres choses encore – au sujet de Geoff par exemple. Selon Dora et d'autres de ses amis que j'ai rencontrés, il n'était pas seulement actif au sein d'une organisation bouddhiste, il était aussi samaritain, donateur pour plusieurs structures de bienfaisance, et il travaillait avec les autorités locales sur plusieurs projets pluriculturels, comme une grande foire internationale de l'alimentation qu'ils avaient mise sur pied quelques années auparavant. Et il parlait de bouddhisme à tout le monde, à certains très directement, à d'autres en les encourageant simplement à croire en eux-mêmes. En entendant tout ça, j'ai pris conscience petit à petit qu'il passait vraiment son temps à aider les gens à voir plus clair, à tous les niveaux. Il ne m'avait absolument pas menti.

C'est la raison pour laquelle j'ai décidé de reléguer le best-seller aux oubliettes et d'écrire ça à la place. Pour dire merci. Il y a une jolie expression bouddhiste pour ça: s'acquitter des dettes de gratitude. Je lis toujours des scripts pour Liz et Frank et je complète mes revenus en tant que correcteur indépendant... pas très glorieux, mais ça paie les factures. Écrire a été une lutte, mais Dora était là pour dégainer le fouet dès que je brandissais le drapeau blanc et, comme vous pouvez le voir, j'ai presque terminé. J'espère seulement que quelqu'un lira ce livre et le trouvera intéressant; peut-être même utile. Mais même si ce n'est pas le cas, j'aurai fait de mon mieux, me semble-t-il, pour m'acquitter de ma dette envers Geoff, parce que le rencontrer a été la chose la plus importante qui me soit jamais arrivée.

A ce propos, je réalise maintenant que la phrase avec laquelle j'ai entamé ce livre est totalement fausse. *Tout* vous prépare au moment où votre vie va changer. C'est justement l'idée. C'est peut-être inattendu à un certain niveau, mais quelque part au fond de vous, il y a une chose que vous cherchez, sinon vous seriez incapable de la reconnaître au moment voulu. Si j'avais été totalement heureux et comblé, rien de ce que Geoff aurait pu dire ou faire aux Trois Couronnes n'aurait eu le moindre effet sur moi.

Une autre chose que j'ai comprise – deux, en fait, toutes deux liées à la fosse septique des WC pour hommes. Je pensais à Geoff et à SCC – sagesse, courage et compassion – et j'ai réalisé qu'en collant son bras dans cette boue, il avait fait preuve des trois. Il avait eu la sagesse de savoir quoi faire, le courage de le faire et la compassion envers tous les gens du pub qui bénéficieraient de son action. Le Bouddha des Toilettes … Mais j'ai compris que la Bouddhéité, ce n'est pas un truc éthéré et cérébral, ce n'est pas rester assis au sommet d'une montagne en baignant dans «l'illumination». C'est se salir les mains pour améliorer les choses.

L'autre truc que j'ai compris est plus personnel, parce que je me suis aperçu qu'il y a aussi une belle grosse fosse septique dans ma vie. Il en émane une puanteur depuis des années, mais j'ai été trop douillet pour soulever le couvercle et voir ce qu'il en était, sans parler d'y plonger le bras pour la nettoyer. J'avais trop peur, en somme. Il y a une citation bouddhiste sur laquelle je suis tombé récemment qui le résume bien: «Rejeter le superficiel pour rechercher ce qui est profond demande du courage.» On en revient toujours aux mêmes deux éléments, du moins en ce qui me concerne: la peur et le courage. Mais désormais je sais que si je ne défie pas cette partie de moi-même, si je laisse juste bruyamment retomber le couvercle, la puanteur ne va pas disparaître. Elle va juste empirer. Et qui voudrait vivre auprès d'un cloaque ? Angie n'en avait pas envie, et je ne l'en blâme pas.

Et je ne pense pas que Dora le fera si je ne change pas. Comme le disait Freud: on trouve tous l'odeur de la merde répugnante, sauf quand c'est la nôtre.

Mais j'ai compris que même la merde a une fonction … Ce qui m'amène à MAD. Et là, ça devient fascinant. Je viens de dire que Dora me pousse à le laisser s'exprimer pour qu'elle puisse s'en occuper. Eh bien, cela m'a amené à devenir étrangement protecteur envers lui. C'est un *ami*, après tout. Et de plus en plus souvent, au lieu de simplement transmettre ce qu'il m'a marmonné, je me suis mis à pratiquer au sujet de son pessimisme, de sa manière de jouer les Cassandre, prophétisant malheur et malédiction, de sa vision cynique de la vie en général. Et j'ai réalisé qu'assez souvent, flottant au milieu de son océan de négativité, il y a de vraies perles de sagesse et de perspicacité. Le défi, c'est de les repêcher avant qu'elles ne soient englouties par les vagues de conneries qu'il génère. Tout dépend de la manière dont vous regardez les choses. Et la manière dont vous regardez les choses dépend de votre état de vie.

Dora me l'a expliqué un jour d'une façon que même moi j'ai enfin pu commencer à comprendre. Je l'avais questionnée au sujet de *ichinen sanzen*, lui disant que je pouvais comprendre le fait que j'influençais mon environnement et que mon environnement m'influençait; mais je n'arrivais pas à comprendre pourquoi ils ne faisaient qu'«un», n'étaient que des aspects différents de la même chose, ni comment ce qui se passait à l'intérieur se prolongeait dans le monde, «là-dehors», jusque dans les confins reculés de l'univers.

«D'accord, dit Dora. Imagine que tu te trouves dans une fête et que la pièce est pleine de gens – des gens de toutes sortes, de tous horizons. La manière dont tu vas en faire l'expérience dépendra de ton état de vie, des Dix Etats. Si tu es dans l'état d'Enfer, tu n'auras probablement envie de parler à personne, et personne n'aura envie de te parler. Si tu es dans l'Avidité, tu vas peut-être passer d'une personne à l'autre, mais ne jamais t'arrêter assez longtemps pour parler vraiment avec quelqu'un. Si tu es dans l'Animalité, tu seras peut-être à la recherche de quelqu'un à draguer et à mettre dans ton lit. Dans la Colère, tu vas peut-être te retrouver dans une dispute. Dans l'état d'Humanité, tu passeras un plutôt bon moment, mais pas forcément mémorable. Dans le Bonheur temporaire, tu vas danser toute la nuit. Dans l'état d'étude, tu te nourriras du savoir d'un autre. Dans l'éveil personnel, tu observeras tout le monde et en tireras peut-être certaines conclusions sur le comportement humain. Dans l'état de Bodhisattva, tu seras peut-être l'épaule sur laquelle pourra pleurer quelqu'un qui se trouve en Enfer; et dans l'état de Bouddha, tu lui parleras peut-être du fait que pratiquer peut modifier sa situation.»

«Et donc ?»

«Donc l'idée, c'est que le même environnement physique et social te semblera très différent, et t'offrira des possibilités différentes, selon ton état de vie: tu approcheras des gens différents, tu attireras des gens différents, tu parleras à des gens différents. Et ce qui en résulte aussi sera différent: tu vas te saouler, faire une rencontre décisive, sauver la vie de quelqu'un ... tout ça en fonction de ton état de vie. Donc le cours de ta vie, instant après instant, est modelé par celui des Dix États qui est le plus fort en toi. Il contrôle ta manière de voir les choses, ta manière de penser, les décisions que tu prends. Selon le bouddhisme, il détermine même l'environnement dans lequel tu es né; ce qui revient un peu à dire qu'il détermine même, avant tout, le genre de fête auquel tu es invité.»

Ça, ça me plaisait: la vie comme une fête à laquelle nous sommes tous invités. Ça avait l'air marrant. J'aime aussi ce que Dora a dit ensuite ... Mais bon, il y a beaucoup de choses que j'aime chez Dora. Bref, voilà ce qu'elle a dit:

«Geoff m'a expliqué un jour que le futur est comme un vide, attendant d'être rempli par la réalité. Cette réalité sera déterminée par la contribution la plus forte, et si tu ne la fais pas, quelqu'un d'autre la fera. C'est la loi de cause à effet. Alors la question cruciale, c'est de savoir qui, ou qu'est-ce qui, va créer la cause ... et, plus important encore, est-ce que ça peut être toi? Geoff disait que la plus puissante des causes qu'il connaissait, c'était de pratiquer, et je suis d'accord avec lui; parce que ça veut dire que graduellement, petit à petit, tu remplis ta vie de Bouddhéité. Tu vis dans la Bouddhéité, dans le présent, ton avenir est modelé par ta Bouddhéité et ton environnement – surtout les gens – est touché et influencé par ta Bouddhéité. Je trouve que c'est une formidable manière de vivre.»

Ça m'a suffi. Je ne comprends peut-être pas la théorie, même si ça rentre gentiment, un morceau après l'autre; mais il y a un truc dans la manière dont Dora parle, dont elle pense, qui me fait me sentir magnifiquement bien et cette vie-là, elle vaut la peine d'être vécue. Geoff avait ça en lui, Piers l'a en lui ... En fait, beaucoup des bouddhistes que j'ai rencontrés ont ça en eux. Pas tous, parce que beaucoup semblent vraiment ramer, mais je suis sûr qu'ils étaient encore plus déboussolés avant de commencer à pratiquer. Et le truc incroyable, c'est qu'il suffit de réciter quelques caractères chinois et sanskrit, qui forment une phrase d'à peine seize lettres. Elle est cachée dans ce livre, si ça vous dit de la chercher; et quand vous la trouverez, j'espère que vous lui donnerez sa chance.

Alors on y est ... c'est la fin. Et dans toute fin, il y a un commencement, comme pour la pousse que Piers m'avait donnée. Je l'ai sortie pendant l'hiver, comme il avait dit, et toutes les feuilles se sont ratatinées avant de mourir et de tomber; en gros il n'est plus resté qu'une tige sortant du pot pendant des mois. Mais ensuite – ô miracle – des bourgeons sont apparus, puis des feuilles: trois, puis cinq, six, sept et huit au dernier comptage. L'hiver se transforme toujours en printemps, selon le bouddhisme. Une phrase qui semble enfoncer une porte ouverte, d'un certain point de vue, mais une phrase qui est désormais à mes yeux d'une incroyable profondeur. Parce que s'il y a bien une chose que j'ai apprise de Geoff, c'est que quand on commence à changer son point de vue, tout commence à changer.

Note biographique

Edward Canfor-Dumas est écrivain et scénariste de télévision, également spécialisé dans la résolution de conflits. Après des études au New College de Oxford, il a démarré sa carrière en tant qu'auteur de comédies, avant d'écrire pour des séries télévisées à succès. Il est aussi l'auteur de trois livres portant sur des thématiques bouddhistes: *The Buddha in Daily Life* (1988, rédigé avec Richard Causton), *Bouddha, Geoff et Moi* (2005, traduction française en 2016) et *Bodhisattva Blues* (2014).

En 2007, il a joué un rôle prépondérant dans la création, au Royaume-Uni, d'un groupe parlementaire rassemblant tous les partis autourdes enjeux liés à la résolution de conflits. En 2011, il a cofondé *ENGI*, une société de conseil qui travaille avec le gouvernement, l'armée, le secteur privé et la société civile britanniques pour résoudre les conflits et réduire la violence. Il est aussi membre du forum stratégique mis en place par le chef de la Défense britannique. Edward Canfor-Dumas est marié, père de deux enfants et vit dans le Hertfordshire.

Note de la traductrice

La version anglaise du roman est tombée dans mes mains un jour d'août 2013, dans mon minuscule refuge londonien de Holland Park, comme un ange arrive parfois dans votre vie juste au bon moment, quand celle-ci part en vrille. Puis il a suffi d'un e-mail à l'auteur pour que cette folle aventure commence. Alors je dis merci …

… à Eddy Canfor-Dumas et Tony Morris pour leur chaleureuse bienveillance et leur confiance … à tous ceux qui m'ont aidée, parfois sans le savoir: Marie, Mum, mes merveilles Léa et Théo, Monsieur Léon, Lucos «Lapin» Plantier et bien sûr Hilary W., sans qui rien ne serait arrivé … à mon père, qui m'a transmis sa passion pour les livres, la langue anglaise et Londres … à la Vie, tout simplement, pour cet incroyable cadeau.